기억의 숲

기억의 숲

1판 1쇄 인쇄 2014년 11월 19일
1판 1쇄 발행 2014년 11월 26일

지은이 | 이경희
펴낸이 | 임홍빈
펴낸곳 | (주)문학사상
주 소 | 서울특별시 송파구 중대로38길 17(138-858)
등 록 | 1973년 3월 21일 제1-137호
전 화 | 02)3401-8540
팩 스 | 02)3401-8741
홈페이지 | www.munsa.co.kr
이메일 | munsa@munsa.co.kr

• 이 책은 한국출판문화산업진흥원의 2014년 〈우수출판콘텐츠 제작 지원 사업〉 선정작입니다.
• 잘못 만들어진 책은 구입하신 서점에서 바꾸어 드립니다.
• 책값은 표지 뒷면에 표시되어 있습니다.
• 이 책은 환경보호를 위해 재생종이를 사용하여 제작했으며,
  한국간행물윤리위원회가 인증하는 녹색 출판 마크를 사용했습니다.

재생종이로 만든 책

ISBN 978-89-7012-911-2 03810

이 도서의 국립중앙도서관 출판예정도서목록(CIP)은 서지정보유통지원시스템 홈페이지
(http://seoji.nl.go.kr)와 국가자료공동목록시스템(http://www.nl.go.kr/kolisnet)에서
이용하실 수 있습니다. (CIP제어번호 : CIP2014033138)

기억의
숲

이경희 장편소설

문학사상

차례

프롤로그

열두 살이던 무렵, 세상을 움직이게 한 것은 '새벽종이 울렸네'로 시작하는 노래였다. 신기하게도 사람들은 그 노래가 들릴 때마다 새벽잠을 털고 일어나 부지런히 움직였다. 노래 속에 무슨 주문이라도 들어 있는 것인지, 노래를 듣고도 그냥 잠을 자거나 화를 내는 사람은 거의 없었다. 노래는 밝고 경쾌하고 반복적이어서 따라 부르기도 쉬웠다. 하지만 나는 그 노래가 들려올 적마다 대청마루 나무 기둥에 매달린 라디오를 땅바닥에 내팽개치고 싶었다. 아버지가 고무줄로 칭칭 감아 상기둥에 보란 듯이 매달아놓지만 않았다면, 또 그것이 아버지의 유일한 장난감만 아니었다면 진즉 그렇게 했을 것이다. 아버지가 좋아하는 것은 그 노래가 아니라 라디오였기 때문에 함부로 망가뜨릴 수가 없었다.

열두 살인 나는 마을을 벗어나본 일이 없어 바깥세상에 대한 호기심이 없었다. 그런데 이상하게 그 노래를 들으면 나의 게으른 평화가 깨지는 느낌이었다. 누군가 빨리 일어나 일하지 않으면 그냥 안 둔다고 채찍을 휘두르는 것 같아 마음이 불편했다. 그 노래가 촌구석인 우리 마을에까지 울려 퍼지고 두더지처럼 땅만 일구어온 아버지한테까지 영향을 주었다는 사실을 알고부터는 두렵기까지 했다.

　그 알 수 없는 두려움과 걱정으로 보낸 열두 살을 다시 기억하게 된 것은 늙은 아버지가 언제부턴가 그 노래를 자꾸만 흥얼거렸기 때문이다. 정신이 온전치 못한 노인이 어떻게 그 노래를 기억해낸 것인지, 세상을 바꾸게 한 그 노래가 이번에는 아버지에게 어떤 변화를 줄지, 아버지의 흥얼거림을 듣고 있자면 다시금 그 시간들이 떠올라 불안했다. 그러니까 이것은 '새벽종이 울렸네'라는 노래가 한창 유행하던 내 유년 시절의 동화 같은 이야기다.

1

닭장 안에는 일곱 마리의 닭이 있었다. 달걀을 낳을 수 있는 닭은 세 마리뿐이었다. 그중 꽁지가 짧고 색깔이 검은 놈과 덩치가 크고 온몸이 흰털로 덮여 있는 놈이 달걀을 잘 낳았다. 나머지 한 마리는 잠시도 가만히 있지 못하고 땅바닥을 헤집는 꿩처럼 생긴 놈이었다. 놈이 낳는 달걀의 반 이상은 상태가 부실해 다른 닭들의 발길에 깨지기 일쑤였다. 다른 네 마리의 수탉은 벼슬과 빛깔만 좋을 뿐 잡아먹어도 별맛이 없었다. 그래서 닭고기라면 자다가도 벌떡 일어나는 외할머니마저 외면해 수탉의 숫자는 좀처럼 줄어들지 않았다. 읍에서 막걸리 장사를 하는 외할머니는 암탉의 씨를 말리는 장본인으로, 우리 집에 오기만 하면 주저 없이 닭 모가지를 비틀었다. 다른 집은 장모가 사위 주려고 씨암탉을 잡는다는데 우리 집은 아니었다. 외할머니는 매번 자기 손으로 암탉을 잡아먹었다. 암탉의 주인은 외할머니가 아니라 아버지인데도 그랬다. 그런 외할머니한테 불만이 있는 건 나뿐이었다. 아버지는 외할머니 손에 번번이 모가지가 비틀리는 암탉들을 보면서도 찍소리 한번 내지 못했다. 외할머니 말대로 아버지는 정말 바보인지도 모른다. 그렇지 않고서는 외할머니의 그런 횡포를 참아낼 수 없었을 테니 말이다.

닭들은 내가 모이를 주러 온 게 아니라는 걸 금방 알았다. 닭 모이를 주는 건 언제나 아버지였다. 그래서 닭들은 아버지 발소리만 들어도 모이통으로 우르르 몰려들었다. 그렇다고 우리 집 닭들이 영리하다는 소리는 아니다. 아직도 제 이름조차 한자로 쓰지 못하는 언니보다 더 멍청한 놈들이었다. 외할머니한테는 눈 깜짝할 사이에 목을 비틀리면서 고작 달걀 하나 노리고 들어간 나를 보고는 바짝 고개를 쳐들었다. 하긴 닭들은 절대로 외할머니를 이길 수 없었다. 그 잔머리는 아무도 당하지 못했다. 외할머니는 닭 모가지를 비트는 순간까지 닭 모이를 손에서 놓지 않았다. 그것이 외할머니가 닭들보다, 그리고 기역 자도 모르는 우리 아버지보다 영리하다는 증거였다.

검은 닭의 달걀은 다른 것보다 훨씬 컸다. 놈은 방금 전 볏짚으로 만든 둥지에서 뛰쳐나왔다. 달걀을 낳은 게 확실했다. 나는 달걀을 손에 넣을 기대로 서둘러 우리 안으로 들어갔다. 종두가 똥을 누고 나오기 전에 일을 끝내야 했다. 닭들은 종두를 좋아하지 않았다. 혹시라도 종두가 화장실에서 나와 닭장으로 온다면 닭들은 미쳐 날뛸 테고, 그 소리를 들은 엄마가 곧장 닭장으로 달려올 터였다.

나는 긴장해서 그만 모이통을 건드리고 말았다. 다행히 닭들은 눈치채지 못했다. 살금살금 걸어서 둥지 쪽으로 갔다. 생각대로 둥지 안에는 따뜻한 달걀이 하나 들어 있었다. 조심스럽게 달걀을 꺼낸 나는 쏜살같이 닭장을 빠져나와 종두가 있는 변소로 뛰었다. 등허리와 손바닥에서 식은땀이 났다. 산수 문제를 푸는 일보다 더 힘들고 긴장됐다. 내 발소리를 들은 엄마가 뒤쫓아와 뒷덜미를 움켜잡으며 요년! 하고 소리칠 것 같아 가슴에서 벼락 치는 소리가 났다. 엄마한테 들키기 전에 그만둬야 하는데 닭장만 보면 매번 발길이 떨어지지 않았다. 달걀을 훔치는 것만큼 짜릿하고 긴장되는 일은 없었다.

화장실 문 앞에 종두의 책가방이 널브러져 있었다.

"야! 빨리 나와. 학교 늦었어."

한시라도 빨리 집에서 멀어져야 했다. 나는 발을 동동거리며 종두를 재촉했다. 종두는 아침마다 한 번도 거르지 않고 똥을 누었다. 내가 닭장 안으로 들어가는 그 시간이었다. 처음에는 내가 시켜서 한 일인데, 요즘은 그 시간만 되면 자동으로 변소에 앉아 있었다. 모든 게 습관 들이기 나름이었다. 변소에서 나오는 종두의 손에는 여지없이 막대기가 들려 있었다. 막대기는 잠잘 때를 빼놓고는 한 번도 손에서 놓지 않는 종두의 보물이었다. 종두는 교실에서조차 가랑이 사이에 막대기를 끼우고 공부를 했다. 이제는 선생님도 포기한 듯 더 이상 종두를 나무라지 않았다. 내가 지우개를 좋아하는 것만큼 종두도 막대기를 소중하게 생각하는 것 같아 귀찮지만 이해하기로 했다.

"빨리 가자."

내가 아무리 서둘러도 종두는 항상 느렸다. 막대기를 손에서 놓지 않는 바람에 바지춤을 만지고 가방을 메는 데 오래 걸렸다. 그 시간이 한없이 지루하고 답답했다. 그렇다고 종두를 윽박지르거나 억지로 잡아끌면 안 되었다. 달콤한 말로 부드럽게 꼬드겨야만 말을 들었다. 엄마나 언니처럼 공연히 종두의 쇠고집을 건드렸다가는 아무 소득 없이 기운만 빼기 십상이었다. 종두가 힐끗 내 손에 들려 있는 달걀을 보았다.

"지우개 또 살 거야?"

"그래, 빨리 가자. 오늘은 달걀이 커서 아줌마가 젤리를 하나 더 줄지도 몰라."

종두는 금세 얼굴이 환해졌다. 젤리 때문이었다. 문방구 여자는 내가 가져간 달걀의 크기에 맞춰 지우개를 고를 수 있도록 허락했다. 달걀이 크면 클수록 나는 커다란 지우개를 가질 수 있었다. 여자는 잊지 않고 젤리나 사탕도 한 개씩 얹어주었다. 물론 그것이 여자의 상술이라는 것을 나는 알고 있었다. 그녀는 내가 가져다준 달걀을 모았다가 몇 배의 이문을 붙여서 시장에 내다 팔았다. 그러니 젤리를 한 주먹씩 줘도 그녀로서는 손해가 나지 않았다. 하지만 지금은 그 문제를 따질 생각은 없었다. 여자와 나의 거래는 계속되어야만 했다. 앞으로도 종두에게 젤리를 안겨주어야만 엄마 몰래 달걀을 빼내는 나의 잘못이 덮어질 수 있었다.

"달걀 조심해!"

앞서 가는 종두가 내 손에 들려 있는 달걀을 걱정했다. 달걀을 땅바닥에 떨어뜨리면 지우개도 젤리도 물 건너가기 때문이었다. 종두의 막대기 끝에서 개구리가 팔딱거렸다.

"하지 마! 개구리 튀어나오잖아. 달걀 깨지면 네 책임이야."

"개구리가 너무 많아서 그래……"

종두의 막대기가 다시 공중으로 향했다. 막대기가 나무들을 톡톡 건드릴 적마다 나뭇잎에 매달렸던 이슬방울들이 후드득 쏟아졌다. 내 머리 위로도 차가운 이슬방울이 떨어졌다. 달걀에만 집중하며 걷고 있던 나는 기겁해서 소리쳤다.

"씨발놈아, 그만해!"

욕이 저절로 튀어나왔다. 그런 욕은 하지 않으려 했는데 후회가 됐다. 종두는 씨 자가 들어간 말을 좋아하지 않았다. 종두의 엄마인 내 고모가 씨도 모르는 놈의 자식을 가졌다고 할머니한테 구박을 당하다가 집에서 쫓겨났기 때문이다. 이후부터 종두는 그 말을 들을 때마다 예민하게 반응했다. 팔팔 뛰며 눈을 부라릴 때는 전혀 다른 사람 같았다. 이제는 할머니도 죽었고 기억도 희미해졌는데, 종두는 아직도 구박당하던 고모의 모습을 잊지 못하고 있는 게 분명했다. 고모가 무얼 잘못해서 쫓겨났는지는 모르지만 고모가 집을 나갈 때는 나도 무척이나 슬펐다. 고모도 종두와 나를 번갈아 안으며 몇 번이고 입술을 깨물었다. 할머니한테 거듭거듭 아이들을 잘 부탁한다는 말도 남겼다. 고모의 눈에도 아마 몸치장에만 신경 쓰는 엄마보다 할머니가 훨씬 미더웠던 모양이다. 그러고 보니 나는 엄마 품에 안겨서 잠을 잔 기억이 한 번도 없었다. 종두와 나는 늘 할머니와 함께 잤다.

욕을 먹은 종두가 화가 난 듯 입술을 삐죽였다. 나는 가끔 종두의 입 모양이 집 나간 고모와 닮았다는 생각을 한다. 종두의 윗입술은 아랫입술보다 도톰해서 무얼 먹을 때나 말을 할 때 조금 어둔하게 느껴졌다. 그 입술이 귀여울 때도 있는데, 특히 심하게 삐쳐서 눈을 흘기며 쳐다볼 때는 더욱 그랬다.

욕을 하고 나니 수습할 일이 걱정이었다. 종두가 꼼짝 않고 서서 나를 노려봤다. 나보다 더 센 욕을 고르는 듯 윗입술이 콧구멍에 닿도록 씰룩거렸다. 솔직히 살짝 긴장되었다. 그런데 마침 창배네 개가 느닷없이 나타나 힐떡거리며 종두에게 달려들었다. 놈은 주인인 창배보다 종두를 더 좋아했다. 묶여 있지 않으면 귀신같이 종두를 찾아내 쫓아다녔다. 개 덕분에 위기는 모면한 듯했다. 종두는 바짓가랑이에 달라붙어 비비적거리는 개를 끌어 올려 가슴에 꼭 껴안았다. 온 동네를 발발거리고 다녀 돼지 엉덩이보다 더러운 개였다. 종두는 아무렇지도 않은 듯 개를 주물렀다. 하긴 지저분하기로 치면 종두도 돼지 엉덩이 못지않았다.

"학교 늦었어. 개새끼 내려놔!"

나는 단호하게 말했다. 그렇지 않으면 종두는 학교 가는 것도 잊고 개하고만 놀 게 뻔했다. 좀 전에 내가 했던 욕을 까맣게 잊어준 것은 고맙지만 혼자 놔두고 학교에 갈 수는 없었다. 선생님을 실망시키고 싶지 않았다. 선생님은 종두를 잘 데리고 다니고 공부도 도와주라고 내게 특별히 당부했다. 다른 사람은 몰라도 김영민 선생님과의 약속만큼은 절대로 깨고 싶지 않았다.

"너 젤리 먹고 싶지? 젤리 떨어지기 전에 빨리 가자."

종두는 안고 있던 개를 잽싸게 바닥에 내려놓았다. 개보다는 젤리가 더 좋은 모양이었다.

"그래, 얼른 가."

그제야 안심이 됐다. 매일 집에서 동네로 넘어가는 오솔길까지가 문제였다. 항상 그곳에서 일어나는 자잘한 일들이 학교 가는 시간을 지체시켰다. 하지만 그리 걱정할 필요는 없었다. 암탉의 씨가 마르지 않는 이상 나는 계속해서 달걀에 손을 댈 것이고, 종두 역시 입병에 걸리지 않는 한 젤리를 먹기 위해 내 말을 잘 들을 것이다.

종두는 제멋대로 막대기를 휘두르며 걸었다. 개도 신이 난 듯 종두를 뒤따랐다. 마을을 통과해 학교로 가는 길은 하나뿐이고, 우리는 매일 똑같은 모습으로 이 길을 지나갔다. 나는 개나 종두처럼 몸이 자유롭지 못했다. 손에 달걀이 들려 있기도 했지만 아궁이에 간신히 말린 운동화가 이슬에 젖을까 걱정이었다. 파란색 운동화는 하얀 고무테가 둘러져 있고 여섯 개의 구멍을 하얀 끈으로 연결해 매는 것이었다. 운동화 끈으로 리본을 만들어 묶을 적마다 나는 큰일을 마무리하는 사람처럼 마음이 뿌듯했다. 뭔가 차근차근 공들여 완성했다는 느낌이 들었다. 그러나 아무리 조심해서 걸어도 이슬을 피해 갈 수 없었다. 한 걸음씩 걸을 때마다 흙먼지와 풀씨가 운동화에 달라붙었다. 운동화는 아버지가 모처럼 장에 나가 쌀 한 말을 주고 사다 준 큰 선물이었다. 그 때문에 아버지는 엄마한테 밤새도록 닦달을 당했다. 다시는 장에 나가지 말라는 경고까지 받았다. 아버지가 엄마한테 자주 그렇게 당할 때마다 나는 알 수 없는 분노를 느꼈다. 엄마의 잔소리가 당연하게 생각되는 것이 아니라 왠지 부당하다고 여겨졌다. 아버지의 힘이 땅을 파거나 쌀가마니를 드는 데만 쓰인다는 것이 답답하기만 했다.

밤나무와 아카시아 나무가 숲을 이루고 있는 오솔길은 맨땅이 보이지 않을 정도로 잡풀이 무성했다. 마음을 졸이며 오솔길을 벗어날 때가 되면 걱정은 포기로 바뀌었다. 어제랑 똑같이 운동화는 또 흠뻑 젖어 있었다. 당장 손쓸 방법도 없었다. 맨발에 고무신을 신은 종두는 개 콧구멍에 달라붙은 풀잎에만 신경을 썼다. 풀밭에서 뒹굴어 푹신 젖은 개를 끌어안고서 털에 붙은 풀잎을 하나하나 떼어내고 있었다.

"야, 네 바지나 털어."

"안 돼, 개는 손이 없잖아."

"바보 같은 놈…… 개는 손이 없어도 흔들면 다 털려. 너, 그러다 개벼룩 옮으면 어떻게 되는지 알아?"

"어떻게 되는데?"

"음…… 꼬추 떨어져."

종두가 쓸데없는 짓을 할 때마다 할머니가 써먹던 말이었다.

"거짓말!"

그렇게 말하면서도 종두는 다급히 사타구니로 손을 가져갔다.

"이거 가지고 있어."

나는 종두의 코앞에 달걀을 내밀었다.

"정말!"

개를 끌어안고 있던 종두가 입을 딱 벌렸다.

"조심해. 달걀 깨지면 죽는다."

종두에게 달걀을 맡긴 것은 개를 떼어놓기 위해서가 아니라 할 일이 있어서였다. 오늘은 창배네 집 모내기를 하는 날이었다. 아버지도 일찌감치 그 집으로 품앗이를 하러 갔다.

나는 바지주머니 속에서 안경을 꺼냈다. 재작년 홍수 때 집 앞 냇가에서 건져 올린 선글라스였다. 그때 종두는 빨간색 돼지 저금통과 찢어진 우산 하나를 건졌고, 나는 조그만 바구니 하나를 건져 올렸다. 그것은 보통 바구니가 아니라 대나무로 만든 핸드백 비슷한 것이었다. 잠금장치가 잘되어 있는 탓에 바구니 속의 내용물은 다행히 그대로였다. 커다란 은색 머리핀과 플라스틱으로 만든 빨간 빗, 손수건인지 팬티인지 모를 손바닥만 한 속옷들이 안경과 함께 들어 있었다. 창배네 아줌마는 읍내 술집 여자들이나 쓰는 물건이니 당장 버리라고 호통을 쳤지만 안경만은 버릴 수가 없었다. 안경을 쓰고 거울을 보니 세상이 달라 보였다. 몰래 숨어서 누군가를 엿보는 기분이었고, 저녁나절 불 켜지 않은 방

안에 혼자 있는 것처럼 편안했다. 사물을 보지 못하거나 판단할 수 없는 것도 아니었다. 약간의 어둠이 오히려 사물을 더 세밀하게 보이도록 했다. 사람들이 내 눈을 또렷이 볼 수 없다는 게 신기했다. 안경만 쓰면 무슨 일이든 잘할 수 있다는 자신감이 생겼다. 그래서 종두가 언제나 막대기를 가지고 다니듯 나도 바지주머니 속에 항상 안경을 넣고 다녔다.

"어때?"

"멋지다! 너는 안경 써야 더 예뻐. 근데 나 보이냐?"

"그래, 까만 베트콩처럼 보인다."

"베트콩이 뭔데?"

"베트콩은…… 월남에서 나는 시커먼 콩이다."

베트콩은 어디선가 얼핏 들은 얘기였다. 종두는 안경 쓴 내 모습이 신기한 듯 달걀과 나를 번갈아 쳐다보았다. 종두 역시 다른 사람들처럼 안경 쓴 내 모습이 예쁜 게 아니라 이상한 모양이었다. 실망스럽긴 하지만 상관없었다. 내가 안경을 쓰는 이유는 그런 사람들이 보기 싫어서가 아니라 그들이 나를 보는 게 싫어서였다. 하지만 김영민 선생님은 예외였다. 나는 선생님 앞에서는 안경을 쓰지 않았다. 선생님만이 내 눈을 예쁘다고 해주기 때문이었다. 선생님이 내 눈을 똑바로 쳐다보면 선생님의 냄새와 목소리가 내 눈 속으로 스르르 스며들어오는 것만 같았다.

안경을 쓴 나는 허리끈을 풀어서 다시 매고 이마로 쏟아진 머리칼을 쓸어 올렸다.

"이제 됐어. 가자."

창배네 논 앞을 지나가기 위한 준비였다. 종두에게 다시 달걀을 넘겨받은 나는 특유의 팔자걸음으로 앞장서 걷기 시작했다. 내 뒤를 종두가 막대기를 휘두르며 따라왔고, 창배네 개가 종두의 발길에 차일 정도로 바짝 따라붙었다. 마치 일렬로 행진하고 있는 모양새였다.

윗마을은 오솔길이 끝나고 야트막한 언덕을 넘어가면 있었고 언덕 중턱에는 지난가을에 죽은 똘삐 할머니의 무덤이 있었다. 나는 한 번도 똘삐 할머니가 웃는 모습을 본 적이 없었다. 늘 때가 낀 광목 저고리와 시커먼 몸뻬 바지를 입고 다녔다. 할머니는 식구도 없는데 하루도 거르지 않고 산에서 삭정이를 주웠다. 그래서 할머니 집 둘레는 온통 삭정이와 솔잎들이 산처럼 쌓여 있었다. 동네 사람들은 지붕이 낮은 할머니의 집이 언젠가는 솔잎과 삭정이에 치여서 폭삭 가라앉을지도 모른다고 수군거렸다. 그 나뭇단들 때문에 집 안으로 들어가지 못한 할머니가 낑낑거리며 서 있는 것을 보았다고도 했다. 할머니는 언제나 못 들은 척 산에 오르는 일을 그만두지 않았다. 그러던 어느 날, 사람들의 고약한 기대가 맞아떨어진 것인지 정말로 똘삐 할머니의 집에 일이 생기고 말았다. 집이 가라앉은 것은 아니지만 그보다 더한 일이 벌어졌다. 불이 나 집과 할머니가 해놓은 나뭇단들이 홀랑 타버렸던 것이다. 너무나 엄청난 불길이라서 사람들은 할머니가 집 안에 있는지조차 확인하지 못했다. 더 이상 삭정이를 줍는 똘삐 할머니를 볼 수 없었으므로 사람들은 할머니가 죽었다고 믿었다. 그리고 언덕에다 저렇게 시신도 없는 무덤을 만들어놓았다.

언덕을 넘어갈 때마다 나는 똘삐 할머니의 무덤 때문에 겁이 났다. 시신이 들어 있지 않다는 것을 알면서도 왠지 으스스한 기분을 떨칠 수가 없었다. 꼭 무덤 근처 어딘가에 똘삐 할머니가 웅크리고 앉아 있을 것만 같았다. 그래도 나는 종두처럼 고개를 돌리고 지나가거나 후다닥 뛰어가지는 않았다. 왜 그런지 나도 모르게 고개가 무덤 쪽으로 스윽 돌아가곤 했다. 어쩌면 종두 말대로 나는 간이 부었는지도 모르겠다.

언덕 중턱에 이르자 뒤따라오던 종두가 쏜살같이 내 앞을 질러 갔다. '겁쟁이 새끼! 뭐가 무섭다고.' 조금 두렵긴 하지만 나는 버릇처럼 똘삐 할머니의 무덤을 쳐다보았다. 주변은 온통 숲과 나무들로 파란데 똘삐 할머니의 무덤만은 맨 처음 고구마밭에서 퍼 올린 붉은 흙 그대로였다. 굵은 장대비라도 내리는 날에는 무덤 속에 묻었다는 할머니의 고무신과 은비녀가 튀어나올 것만 같았다.

"빨리 와! 귀신 나와……"

저만치 앞서 간 종두가 숨넘어가는 듯한 소리로 불렀다.

"새끼야, 귀신이 어디 있어?"

나는 언덕 중턱에 서서 똘삐 할머니의 무덤을 뚫어져라 쳐다보았다.

"자꾸 무덤 쳐다보면 귀신한테 홀린대. 옛날에 할머니가 그랬어."

종두가 나를 향해 다시 손을 내저었다.

"저건 가짜 무덤인데 뭐가 무섭냐."

그건 거짓말이었다. 나도 무서워서 다리가 후들거리고 오줌이 마려웠다. 하얀 소복을 입은 구미호가 나타나 내게로 달려들 것 같았다. 하지만 한편으로는 어른들이 보았다는 그 귀신을 내 눈으로 한번쯤 확인하고 싶었다. 물론 아침부터 귀신을 보았다는 사람은 없었지만 똘삐 할머니 무덤의 흙이 자꾸 흘러내리고 있는 걸 보면 머지않아 무슨 일이 일어날지도 모른다는 생각이 들었다. 꼭 내가 지나갈 때 그런 일이 일어날 것만 같았다.

언덕을 넘으면 평평한 들과 마을이 나타났다. 박씨 일가들이 모여 사는 큰 마을과 넓은 들로 그들 땅을 밟지 않고서는 읍내로 나갈 수가 없었다. 우리 집만 마을로부터 외롭게 떨어져 있었다. 종두와 내가 넘어 다니는 이 작은 고개가 우리 가족이 마을과 읍으로 나갈 수 있는 유일한 통로였다. 마을 사람들이 우리 집으로 오기 위해서 언덕을 넘어오는 일은 흔치 않다. 마을 이장인 순정이 아버지와 품앗이 때문에 아버지를 만나러 오는 창배 아버지가 고작이었다. 아! 또 한 명 있었다. 우체부였다. 그가 별 볼 일 없이 고개를 넘어오기 시작한 것은 작년 봄부터였다. 일 년에 한두 번 동네 부고장을 전해주러 오던 그가 요즘은 일주일이 멀다 하고 고개를 넘어왔다. 언니는 《농민신문》을 배달하기 위해서 그가 오는 거라고 했다. 하지만 우리 집에서 《농민신문》을 볼 사람은 아버지뿐인데, 아버지는 정작 글을 읽지 못하니 이상한 일이었다. 그렇다고 농사일에 관심도 없는 언니와 엄마가 신문을 읽

을 리도 없었다. 하여간 누가 보는지는 모르지만 신문이 놓여 있
는 곳은 주로 화장실이었다.

논바닥에 엎드려 있는 사람들 가운데 가장 작은 사람이 아버지
였다. 아버지는 손이 빨라서 모내기 품앗이를 할 때는 항상 못줄
을 잡았다. 모를 심는 아버지의 손이 어찌나 빠른지 사람들은 손
이 보이지 않을 정도라고 말했다. 나는 그 소리가 별로 듣기 좋
지 않았다. 아버지가 기계처럼 일만 한다는 소리로 들렸기 때문
이다. 사실 아버지는 일만 죽도록 할 뿐 엄마한테조차 사람대접
을 받지 못했다. 동네 사람들이 아버지를 비아냥거리는 것도 그
런 이유 때문이었다. 나는 되도록 빨리 걸었다. 동네 사람들의 눈
에서 얼른 벗어나는 게 상책이었다. 공연히 또 무슨 소리를 들을
지도 몰랐다. 특히 아버지 옆에 엎드려 있는 이장과 창배 아버지
는 나를 발견하면 절대 그냥 넘어가지 않았다.
　"너, 저쪽 쳐다보지 말고 빨리 따라와."
　"어! 저기, 외삼촌 있다!"
　차라리 가만히 있을걸…… 종두는 아예 손짓까지 해가며 소리
쳤다. 눈치라고는 쥐뿔도 없는 놈이었다.
　"가만히 있어!"
　그러나 사태는 이미 벌어지고 말았다. 조용히 지나가기는 틀린
듯했다. 여지없이 이장의 텁텁한 목소리가 나를 향해 날아왔다.
　"어이! 월뱅이 딸, 학교 가냐."

모른 척 지나가려고 했는데 나도 모르게 몸이 휙 돌아서고 말았다. 안경 속의 나는 몹시 화가 나 있었다. 못줄을 잡고 있는 아버지 옆에서 이장이 히죽거렸다. 내가 그러길 기다렸다는 듯 재밌어 하는 표정이었다. 이장의 커다란 코가 아침 햇살에 반들반들 윤이 났다.

"월뱅아! 네 딸 좀 봐라. 꼭 영화배우 같다."

그쯤 되면 다른 사람들도 가만히 있지 않았다. 모두들 한마디씩 던지면서 씩씩거리고 서 있는 나를 건너다봤다. 그러나 아버지는 아무 말도 하지 않았다. 학교에 가니, 하는 말조차 없었다. 그저 허리를 피는 척 슬쩍 나를 쳐다보고는 다시 논바닥으로 몸을 숙였다.

"월뱅아! 저기 네 딸 좀 봐라. 누굴 닮아 저리 예쁘냐. 네 딸 맞냐? 아무래도 수상해. 월뱅이한테서 저런 딸이 나왔다는 게……"

아버지 이름은 월봉인데 이장은 항상 월뱅이라고 불렀다. 이장 때문에 동네 사람들 역시 모두 그렇게 불렀다. 아버지보다 세 살이나 아래인 이장은 우리 집 얘기를 할 때마다 언제나 월뱅이 딸, 월뱅이 조카, 월뱅이네, 라고 했다. 어느 때는 골뱅이라는 말도 서슴없이 내뱉었다. 아버지 이름을 동네 똥개 부르듯 하는 것이다. 마음 같아서는 돌멩이라도 집어서 논바닥으로 내던지고 싶었다. 그 돌멩이가 이장의 주독 걸린 코에 정통으로 맞는 상상도 했지만 그렇게 할 수는 없었다. 만일 내가 그런 사고를 치게 되면 아버지한테 돌아갈 수모가 몇 배 더 커질지 모르기 때문이었다. 동네 사

람들 말처럼 내가 다른 애들과 달리 당돌하고 겁이 없고 악착같은
것은 사실이었다. 하지만 아버지를 속상하게 하고 싶지는 않았다.
식구들한테도 동네 사람들한테도 대접받지 못하는 아버지를 나까
지 나 몰라라 하면 안 될 것 같았다. 아버지가 동네 머슴처럼 이리
저리 불려 다니며 일하고도 대접받지 못하는 까닭은 그저 순박하
고 무식해서가 아니라 그들의 일가가 아니라는 데 있었다.

  명달리는 오십여 가구가 사는 작은 마을로 주민 거의가 박씨 일
가였다. 그들은 마치 씨감자처럼 줄줄이 사촌에 팔촌이요, 당숙
에 조카로 끈끈하게 매달려 살아왔다. 곯아서 버려지지 않는 이상
은 모두가 한 뿌리였다. 마을 중턱의 교회도 박씨들이 세웠고, 목
사나 장로, 집사들도 박씨 종친회 사람들이었다. 그들은 하나님과
미신을 같이 섬겼다. 마을의 잔치는 곧 집안 잔치로 시끌벅적했
고, 혹여 초상이라도 나는 날에는 온 동네 사람이 상복을 입었다.

  읍의 관할 부락 중에서 가장 잘사는 마을도 명달리였다. 그것
은 다 읍장을 주무르는 박씨 일가의 단합된 힘 때문이었다. 그들
의 힘은 넉넉한 땅과 하나님으로부터 나왔다. 그러나 불행하게도
그들 속에 다른 성을 가진, 처음부터 곯은 사람들이 있었다. 우리
식구들이었다. 아니, 우리 엄마였다. 엄마는 박씨면서도 그들과
한 뿌리가 될 수 없는 박씨였다.

  그래도 할머니는 끝까지 반쪽짜리 박씨를 고집했다. 반쪽의 박
씨라도 돼야 명달리에서 살 수 있다고 한을 삼았다. 그래서 반쪽
짜리인 서울옥 박씨의 딸을 기꺼이 며느리로 맞아들였다. 하지만

24

여전히 우리 집은 그냥 박씨네로 불리지 않고 서울옥 박씨네, 아니면 월뱅이네로 불렸다. 할머니는 그것만으로도 만족해했다. 이제야 뿌리를 내리고 사는 것 같다고 눈물까지 흘렸다. 아버지는 그런 할머니를 위안 삼아 살았다. 그런데 아버지의 유일한 위안이었던 할머니가 죽었으니 아버지를 챙겨줄 사람은 이제 나밖에 없었다.

나는 힘줘 안경 속의 눈을 데굴데굴 굴리며 두 주먹을 불끈 쥐었다. 그리고 이장을 향해서 말했다. '주먹코 나쁜 놈아! 말거머리한테 물려서 죽어라!' 소리는 밖으로 터져 나오지 않았지만 그래도 속은 시원했다. 사람들은 내가 그렇게 지독한 욕을 하고 있는지 모를 터였다. 실룩거리는 입과 큰 바지 속에 파묻힌 내 작은 몸만 볼 것이다. 내 이름은 장중미. 그들은 아직 나의 존재를 모르고 있었다. 안경 속에 숨어 있는 진짜 나는 김영민 선생님만이 알고 있었다. 선생님만이 안경 속에 숨어 있는 나를 읽을 수 있고 또 이해할 수 있었다.

"빨리 가자, 젤리 떨어지기 전에……"

종두는 저 멀리 문방구가 보이자 마음이 급해졌다. 내 손에 들린 달걀에만 온통 신경을 쓰고 있었다.

"월뱅아! 네 딸이 이번에도 공부 일등 했다며. 허! 그것 참…… 도대체 누굴 닮아서 그렇게 머리가 좋으냐. 너냐? 아니면 네 마누라냐?"

이번에는 창배 아버지였다. 도대체 내가 공부 잘하는 것이 뭐가 이상하다는 것인지 이해할 수 없었다. 나는 누굴 닮아서 공부를 잘하는 게 아니고 스스로 열심히 하기 때문에 잘했다. 왜 그 문제에 엄마와 아버지를 연결시켜 얘기하는 것인지 알 수 없었다. 아버지가 글자를 몰라서? 아니면, 엄마가 술집 딸이어서? 그도 아니면, 이장의 아리송한 말대로 내가 다른 누구의 딸이라서? 아무튼 이장보다 언제나 한술 더 떠서 아버지를 괴롭히는 창배 아버지가 나는 이장 다음으로 미웠다. 그런데 창배 아버지가 하나 모르는 게 있었다. 그것은 우리 아버지를 괴롭히는 만큼 창배가 나한테 시달림을 당한다는 사실이었다. 그 사실을 안다면 지금처럼 나와 아버지를 함부로 놀리지는 못할 것이다.

내가 아무리 폼을 잡아도 동네 사람들 눈에는 어린애의 재롱으로밖에 보이지 않는 모양이었다. 하긴 내가 욕설을 삼키고 내뱉지는 않으니 당연했다. 종두와 나는 서둘러 그곳을 벗어났다. 종두의 발걸음은 더 빨라졌고 활기가 넘쳤다. 문방구가 점점 가까워지고 있었다. 뒤따라오던 창배네 개는 언제 떨어져 나갔는지 보이지 않았다. 아마 논바닥에 있던 개 주인이 불러 앉힌 모양이었다. 종두는 개가 없어진 사실도 모르는 눈치였다.

문방구 여자는 쌍달걀이 아니면 값을 모두 똑같이 쳐주었다. 여자는 볼 것도 없이 어제와 같은 지우개 상자를 내게 내밀었다. 나는 잠시 망설이다가 노란 줄이 들어가 있는 지우개를 골랐다. 어제는 빨간색이 섞인 지우개를 골랐으니 완전히 같다고 볼 수는 없었다. 되도록 나는 같은 모양이나 같은 색깔의 지우개는 피했다. 내가 지우개를 고르기 무섭게 여자의 오른손이 사탕과 젤리가 들어 있는 유리병 속에서 나왔다. 그리고 순식간에 종두의 손과 여자의 손이 교차했다. 개구리도 그처럼 빠르게 파리를 잡아먹지는 못했다.

문방구에서 학교까지는 아주 가까웠다. 종두의 입속에서 젤리가 다 녹을 정도면 충분했다. 마냥 행복해진 종두가 내 뒤를 쫄래쫄래 따르며 흥얼거렸다. 불편했던 달걀이 지우개로 바뀌어 호주머니로 들어간 이상 나 역시 더없이 자유롭고 뿌듯했다. 마치 만국기가 펄럭이는 가을 하늘을 이고 가는 듯 걸음이 가벼웠다. 그 설렘 속에는 늘 선생님이 있었고, 선생님을 생각하면 달리기 위해서 출발선에 서 있는 것처럼 가슴이 콩닥거렸다.

학교에서 검은 안경을 쓴 나를 모르는 사람은 없었다. 교장 선생님도 알았다. 내 복장에 대해 시비를 거는 사람은 없었다. 검은 안경만 벗으면 나는 공부 잘하는 모범생이었다. 복도로 들어서자 친구들이 소리를 지르며 환호했다. 비웃음과 부러움이 섞여 있다는 걸 나는 모르지 않는다. 그들은 언제나 한결같은 반응을 보였다. 그러거나 말거나 나는 안경을 벗어 바지주머니 속에 넣었다. 눈곱을 떼고, 이마로 흘러내린 머리카락을 모아 자연스럽게 귀 뒤로 넘겼다. 마른 입술에 침을 발라 윤기를 주고 늘어진 허리끈은 바지 속으로 집어넣었다.

드르륵, 교실 문을 열었다. 교탁 앞에 해바라기처럼 키가 크고 환한 선생님이 서 계셨다.

2

뒷산은 온통 아카시아 나무와 밤나무 천지였다. 흐드러지게 핀 아카시아 꽃으로 산 전체가 눈이 내린 듯 하얘서 숨이 막힐 지경이었다. 죽은 할머니의 말처럼 아귀 같은 아카시아 뿌리가 언젠가는 우리 집 앞마당을 가로질러 대청마루를 통한 다음 안방 구들장을 뚫고 나올지도 몰랐다. 밑동을 베어내고 뿌리를 뽑아버려도 완전히 죽지 않는 아카시아가 뒷산에 퍼지기 시작한 것은 할아버지가 아카시아 꽃을 먹기 시작하면서부터였다. 부족한 식량을 아카시아 꽃으로 채웠다고 했다. 덕분에 뒷산의 할아버지 무덤가는 아카시아가 성을 이루고 있었다. 헤집고 들어가 벌초할 엄두조차 내지 못했다. 누군가 일부러 산에 불을 지르지 않는 이상 뒷산의 아카시아는 계속해서 퍼져 나갈 것이었다.

개구리 소리와 아카시아 냄새가 구멍 난 창호지 문을 뒤흔들었다. 그것들은 하나가 아닌 엄청난 무리였고, 어마어마한 군락을 이루고 있었다. 여름은 그 소리와 냄새로 더웠다. 토방의 말간 햇살도, 언니의 능청스러운 노랫가락도 그것들을 무시할 수 없게 만들었다. 아주 멀리 다른 곳으로 도망칠 피난처도 없었다. 문밖에는 천지가 아카시아요, 밟히는 게 개구리였다. 나는 지독한 여름과의 전쟁이 시작되었음을 각오하고 있었다.

언니하고 엄마는 달랐다. 엄마는 아카시아 꽃이 피기 시작하면서 콧노래를 더 자주 불렀다. 가끔씩 꽃을 보러 뒷산으로 올라가기까지 했다. 산으로 올라가는 엄마는 한껏 치장을 했다. 분홍색 립스틱을 짙게 바르고 장에 갈 때나 입는 파란색 물방울무늬가 찍힌 짧은 치마를 입었다. 손에는 꼭 손수건과 양산을 들었다. 그렇게 환하게 차려입고 산으로 올라가는 엄마를 볼 적마다 나는 엄마가 미쳐가고 있는 게 아닐까 걱정되었다. 집 안에 가만히 앉아 있어도 그놈의 아카시아 냄새가 속을 뒤집는데, 일부러 산에까지 올라간다는 것이 이상했다. 그러나 엄마의 정신은 결코 허술하지 않았다. 누구 엄마의 여름 블라우스가 몇 벌이고, 어느 집 땅이 몇 마지기고, 어떤 남자가 자신에게 추태를 부렸는지 엄마는 세세히 기억했다. 밥상머리에 아버지를 앉혀놓고 자신의 그러한 기억을 자랑스럽게 떠들어대는 사람이 엄마였다.

언니도 오월을 싫어하지 않았다. 그렇다고 엄마처럼 산으로 올라갈 정도로 좋아하는 것은 아니었다. 언니는 근처에 있는 뽕나무밭에 자주 갔다. 산등성이에 있는 넓은 뽕나무밭이었다. 언니는 그곳에서 뽕잎을 따거나 오디를 따 먹으며 혼자 놀다가 집으로 돌아왔다. 누가 시키지 않는데도 그 일을 거르지 않았다. 엄마는 그런 언니를 매우 대견스럽게 생각했다.

학교에서 일찍 돌아온 나는 숙제를 하고 있었다. 숙제부터 하고 놀라는 선생님과의 약속을 지키고 있는 중이었다. 우리 땅에 뻗어 있는 산맥 이름을 외우고 그림지도에 표시하는 것으로 금방 할 수 있는 쉬운 숙제였다. 내 옆에는 종두와 언니도 있었다. 종두는 아까부터 공책을 펴놓은 채 막대기로 쇠파리만 쫓고 있었다. 언니는 종두 옆에 쪼그리고 앉아 뜨개질에 열중했다. 언니에게 뜨개질은 뽕잎을 따는 일 다음으로 중요한 일과였다. 열네 살 이후로 언니가 하는 일은 뜨개질과 누에치기, 그리고 엄마를 따라 일없이 읍으로 바람 쐬러 나가는 게 전부였다. 아! 하나 더 있었다. 언니는 일주일치 달걀을 모아놓는 일도 했다. 엄마는 장마다 그 달걀을 팔아서 언니한테 뜨개실을 사주거나 자신의 화장품과 옷가지를 샀다. 가끔은 종두와 내 물건을 사오기도 했는데, 양품점에서 산 엄마와 언니의 물건들과 달리 노점에서 파는 싸구려 물건들이었다. 종두와 나는 그것도 감지덕지해서 발가락에 실이 엉키는 나일론 양말을 사주면 열 번도 더 신어보았다.

종두의 부산스러움이 아카시아 꽃 냄새로 예민해져 있는 나를 자꾸 건드렸다. 그렇다고 종두의 유일한 놀이를 걷어치우라고 할 수는 없었다. 하지만 언니는 달랐다. 언니는 종두의 막대기가 뜨개바늘에 걸릴 적마다 소리를 버럭버럭 질렀다.

"이 새끼, 저리 못 가!"

종두의 막대기가 놀라 반사적으로 방향을 바꿨다. 그러나 언제 또다시 막대기의 방향이 그쪽으로 갈지 종잡을 수 없었다. 나는 종두와 언니를 번갈아 보았다. 쇠파리 한 마리가 언니의 머리 위를 뱅뱅 돌았다. 종두가 쇠파리를 쫓고 있었다. 언니는 소리를 한 번 지른 것으로 종두를 멀찍이 쫓아냈다고 생각하는지 기계처럼 움직이고 있는 자신의 손놀림에 빠져 있었다. 거리를 두고 있기는 했지만 종두의 눈 역시 쇠파리에서 떠나지 않았다. 공중에 뻗쳐 있는 막대기의 폼이 여차하면 언니의 머리통을 내리칠 기세였다. 아슬아슬했다. 쇠파리가 구멍 난 문구멍으로 스스로 빠져나가지 않는 이상 두 사람의 충돌은 피하기 어려울 듯 보였다. 나는 연필을 잘근잘근 씹으며 조용히 두 사람을 지켜보았다. 머리 냄새 때문인지 파리는 계속해서 언니의 머리통 가까이서 맴돌았다. 급기야 물러나 있던 종두의 몸이 조금씩 움직이는가 싶더니 휙 하는 소리와 함께 손이 번쩍 들렸다. 순식간의 일이었다. 똑바로 쳐다보고 있던 나도 의심스러울 지경이었다. 언니의 머리통을 내리치는 종두의 손이 어찌나 빠른지 바람을 가르는 소리만 들렸다.

"아얏!"

순간 언니의 비명이 방 안을 울렸다. 새파랗게 질린 언니가 머리통을 붙잡고 울부짖었다.

"미친놈아! 너 죽고 싶어!"

종두는 그제야 자신이 무슨 짓을 했는지 깨달은 것 같았다. 놀라 떨어뜨린 막대기조차 주울 생각을 하지 못했다.

"미안해……"

잔뜩 움츠러든 종두가 나를 방패 삼을 양 주춤주춤 기어서 내 뒤로 숨었다.

"종두 건드리면 죽을 줄 알아……"

언니는 내 눈빛에 약했다. 잡아먹을 듯 눈에 힘을 주고 덤벼드는 나를 당하지 못했다. 나는 사람을 똑바로 쳐다보지 못하는 언니의 약점을 알았고, 그래서 더더욱 영리하지 못하다는 사실도 진작부터 알고 있었다. 언니의 그런 점을 나보다 더 정확히 알고 있는 사람은 물론 엄마였다. 어쩌면 엄마의 지나친 영리함이 언니를 그렇게 만들었는지도 모른다.

"이 지지배, 종두 이리 내놔."

"언니! 종두 패면 달걀 다 깨버린다. 그럼 어떻게 되는 줄 알지?"

그 소리에 주먹을 휘두르던 언니가 잠깐 멈칫했다. 언젠가 종두의 심술로 언니가 모은 달걀 한 판이 몽땅 깨져버린 일이 있었다. 그때 언니는 뒤로 넘어가 기절해버렸다. 달걀은 언니와 내게 있어 지루한 일상의 모험이고 삶의 재미를 느끼게 하는 중요한 물건이었다. 종두도 마찬가지였다. 모두 달걀에 죽고 사는 사람들 같았다. 그런 게 아니라면 언니도 나도 종두도 그놈의 달걀을 들먹이며 매일같이 전쟁 아닌 전쟁을 벌이지는 않을 것이다.

"지지배, 알았어……"

아프긴 아픈 모양이었다. 언니는 연신 머리통을 비비며 종두를 노려보았다. 달걀이 종두를 지켜준 셈이다. 그렇지 않았다면 언니의 큰 주먹으로 종두는 죽도록 맞았을 것이다.

"잘 생각했어. 종두는 건드리면 안 돼, 달래야지……"

종두가 내 뒤에서 슬그머니 모습을 드러냈다.

"너, 엎어져서 빨리 숙제해!"

종두는 영 마음이 놓이지 않는지 언니 발밑에 흩어져 있는 공책을 덥석 집어오지 못했다. 몸을 비비 틀면서 막대기를 만지작거리는 폼이 아무래도 수상했다. 그러다 막대기 끝이 한 번 더 언니의 몸에 닿으면 무슨 날벼락이 떨어질지 몰랐다.

"미쳤어!"

나는 몸을 날려 언니 옆에 널브러져 있던 종두의 공책을 집어들었다. 언니는 다행히 눈치를 채지 못했다. 액자 속의 그림처럼 조용히 앉아 뜨개질에만 열중했다. 조그만 쇠바늘이 연속적으로 빠르게 움직였다. 실이 어느 구멍으로 나왔다 들어가는지 아무리 눈여겨봐도 알 수 없었다. 반복적인 단순한 동작 같은데 무늬가 만들어지는 것이 신기했다. 언니의 의지로 저런 동작이 나올 수 있을까 의심이 들 정도였다. 구구단도 제대로 못 외우는 언니가 정밀한 동작들을 한 치의 오차도 없이 연결시키는 것이 믿기지 않았다. 콩주머니 하나 만들지 못하는 나하고는 달랐다. 나는 신기한 눈으로 언니를 바라보았다. 뜨개질하고 있을 때만큼은 왠지 언니가 대단하다는 생각이 들었다.

"야, 이거 어떻게 하냐?"

정신을 차렸는지 종두가 연필을 들었다. 내가 숙제를 하면 당연히 저도 숙제를 해야 한다는 걸 알면서도 항상 딴짓을 했다. 그래봤자 내 숙제를 그대로 베끼는 수준이지만 선생님은 그렇게라도 숙제를 해오는 종두를 기특하게 생각했다. 물론 다 내 덕분이라는 것도 선생님은 알고 있었다. 고모는 어쩌자고 나보다 어리고 또래보다도 훨씬 모자란 종두를 나랑 같은 해에 입학시켰는지 모를 일이다. 종두도 학년이 같다는 생각 때문인지 나한테는 절대로 누나 소리를 하지 않았다.

"지도에 색연필로 똑같이 표시하고, 산맥 이름 다 외워."

"이걸 다? 나 못해."

"그래? 그럼 하지 마. 난 숙제 다 했으니까, 개구리 잡으러 갈 거다."

종두는 금세 긴장했다. 마음이 급해진 것이다. 그렇게 되면 종두는 숙제를 안 하고는 못 배겼다. 나 역시 종두가 숙제를 해야 밖으로 나갈 수 있으니 시킬 도리밖에 없었다.

"알았어, 할게. 혼자 가면 안 돼."

사실 종두가 산맥 이름을 다 외울 거라고 기대하는 것은 무리였다.

"기다릴 테니, 얼른 해."

종두는 연필에 침을 묻혔다. 글씨 모양이야 어찌 됐든 쓰는 속도만큼은 언니의 뜨개질 솜씨를 뺨쳤다. 그러고 보면 손재주 없는 것은 이 집에서 나뿐이었다. 아버지의 농사일 솜씨는 익히 알려졌고, 언니의 뜨개질 솜씨, 종두의 글씨 쓰는 솜씨도 보통 사람의 수준을 훨씬 넘었다. 한 가지 아쉽다면 세 사람 모두 그 방면에만 고수일 뿐 다른 재주는 없다는 것이다. 또한 외할머니나 엄마처럼 별다른 능력 없이도 타고난 미모만으로 열흘 걸러 한 번씩 씨암탉을 잡아먹을 수 있는 팔자도 있다는 걸 생각하면 하나님도 그리 공평하다는 생각은 들지 않았다. 아무튼 나는 언니와 종두의 손놀림을 번갈아 보느라 잠시 아카시아 향기를 잊었다.

"언니는 뜨개질하는 게 재밌어?"

"응, 재밌어."

"왜 재밌는데?"

"그냥, 재밌어."

나는 속으로 바보 같은 년, 이라고 말했다. 언니는 도대체 대화할 줄을 몰랐다. 몸은 건드리는 즉시 발광을 하면서 묻는 말에는 '그냥' 아니면 '몰라'였다.

"이번엔 뭐 만들어?"

며칠 전에 본 실이 아니었다. 그때는 흰색이었는데 그사이 무엇을 만들었는지 실뭉치 색깔이 바뀌어 있었다. 집 안에는 온통 언니가 만든 물건 일색이었다. 방석 커버, 옷 덮개, 재떨이 받침, 식탁보, 신발 깔창 등 셀 수 없을 정도로 많았다. 그것들은 색깔과 모양이 모두 달랐고 문양도 달랐다. 뜨개질 교본을 가지고 있는 것도 아닌데 무슨 수로 그런 기술을 익혔는지 신기했다.

하늘색 실뭉치는 언니의 두 다리 사이에 꼭 끼워져 있었다.

"비밀……"

언니는 비밀이라고 말하며 슬쩍 미소를 흘렸다. 그런 모습은 처음이었다. 언니의 입에서 비밀이라는 단어가 나온 것은 뜻밖이었다. 나는 묘한 호기심이 발동했다. 비밀이라니, 언니한테 무슨 비밀이?

"무슨 비밀인데, 말해봐."

바싹 다가가며 묻자 순간 언니의 몸이 움츠러들었다. 가까이 오지 말라는 표시였다.

"몰라……"

또 그놈의 소리, 더 이상 언니의 비밀을 캐기는 틀린 듯했다. 언니는 아예 나를 피해서 등을 돌리고 앉았다. 순간 나는 벽을 대하는 기분이었다. 돌아앉은 언니의 등짝이 한없이 답답하게 느껴졌고, 물을 퍼 올리던 두레박이 다시 깊은 우물 속으로 가라앉는 것만 같았다.

"싫으면 관둬라, 말 안 해도 뻔해. 엄마 화장품 바구니 받침 만들지?"

전에 언니하고 엄마가 나누는 소리를 들었던 기억이 났다. 그 기억을 토대로 언니가 내 유도 심문에 걸려들까 해서 그냥 물어본 것이었다.

"아냐! 지지배야."

뭔가 있는 것 같기는 한데, 그동안 언니를 잘못 판단한 것일까? 그쯤 되면 속내를 털어놓을 줄 알았던 나는 처음으로 언니한테 당했다는 생각이 들었다.

"흥! 어디 두고 보자, 비밀을 꼭 알아내고 말 거야…… 근데, 오늘은 뽕 따러 안 나가?"

분이 안 풀린 나는 언니를 방에서 몰아내고 싶었다. 그렇지 않고는 벽처럼 답답하게 앉아 있는 언니에게 무심할 수가 없었다.

"누에 잠자고 있는 중이야. 잘 때는 밥 안 주는 거야."

언니에 대해서 한 가지 더 상기해야 할 것이 있었다. 누에 치는 일이었다. 언니는 고치에서 나방을 부화시켜 다시 고치를 만들기까지 혼자 알아서 척척 해냈다. 처음에는 엄마의 강요로 시작한 일이지만 지금은 그 일을 뜨개질 다음으로 재밌어 하는 눈치였다. 고치 판 돈의 십 분의 일을 언니 몫으로 준다는 엄마의 유혹에 제대로 걸려든 것이다. 하지만 언니는 한 번도 자신의 몫을 현찰로 쥐어본 적이 없었다. 그것은 엄마의 영리한 계산 덕분이었다. 언니가 엄마로부터 누에 치는 일의 대가로 받는 것은 대부분 요란한 색깔의 치마나 스웨터, 양말, 손수건, 팬티 같은 것들이었다. 언니는 엄마하고의 애당초 약속 따위는 상관없는 듯 매번 그 알팍한 선물만으로도 기뻐서 어쩔 줄 몰라 했다.

"그럼, 하루 종일 뜨개질만 할 거야?"

"그래."

언니나 엄마하고 같이 있으면 불편했다. 아주 어려서부터 종두와 할머니하고 방을 같이 썼기 때문이기도 하지만, 엄마나 언니하고 붙어 있으면 왠지 그들만큼 친밀한 느낌이 들지 않았다. 마치 삼킨 알약이 녹지 않고 그대로 위 속에 남아 있는 기분이었다.

두 사람이 꼭 남처럼 느껴질 때가 많았다.

밖에서 자전거 벨소리가 찌르릉 울렸다. 내 귀에만 들렸는지 종두나 언니는 까딱하지 않았다. 바보들의 공통점은 가끔 저렇게 놀라운 집중력을 보여주는 데 있었다. 자신이 무슨 일을 하고 있는지조차 깨닫지 못했다. 바보들은 동작의 반복에 쉽게 마취당하지만 바보가 아닌 사람들은 다음 동작의 개연성을 찾으려고 항상 다른 감각기관을 열어놓았다. 자전거 벨소리가 또 울렸다. 이번에는 좀 더 길게 울렸다. 그 소리는 하얀 창호지 문살을 통과해 말간 햇살에 실려왔다. 나른하고도 심심한 한낮의 정적을 살짝 뒤흔드는 소리였다.

"언니, 누가 왔나 봐!"

그제야 언니의 손이 멈췄다.

"누가?"

"자전거 소리가 났어."

언니는 뭔가 긴장하는 표정이 역력했다. 자전거 소리를 찾는 듯 신중하게 귀를 기울이더니, 잠시 후 다시 자전거 벨소리가 들리자 뜨개질 바구니를 내려놓고 잽싸게 일어섰다.

"중미야! 언니 뽕 따러 갔다 올게."

언니는 내 발까지 밟아가며 후닥닥 방문을 열었다. 몸이 어찌나 빠른지 마루를 딛는가 했더니 토방으로 내려섰고, 토방의 신발을 신는가 했더니 어느새 대문 밖으로 사라져버렸다. 뭐라 물어볼 틈도 없었다. 누가 부른 것도 아니고 자전거 소리만 났을 뿐인데, 언니는 누구인 줄 알고 나간 것일까? 이장이나 창배 아버지도 자전거를 타고 다니긴 하지만 그들의 소리는 아니었다. 두 사람의 자전거는 고물이고 벨이 달려 있지 않다. 벨소리는 무슨 신호처럼 일정한 간격을 두고 따르릉거렸고, 언니는 분명히 마지막 벨소리에 민감하게 반응했다. 그렇다면! 나는 우체부를 떠올렸다. 그 세 사람 말고는 우리 집 앞으로 자전거를 타고 지나가는 사람은 보지 못했다. 맞았다! 언니는 우체부한테 《농민신문》을 받아오기 위해 급히 달려 나간 게 분명했다. 왜 진작 그 생각을 하지 못했을까. 그러나 밖으로 나간 언니는 한참이 지나도 돌아오지 않았다. 오후의 햇살이 토방 끝에 있던, 언니가 뛰쳐나가면서 걷어찬 고양이 밥그릇을 바싹 말리도록 소식이 없었다.

"야! 우리도 나가자."

종두는 머리통이 방바닥에 닿을 듯 말 듯 졸고 있었다.

"종두야, 개구리 잡으러 가자."

종두가 뿌옇게 눈을 뜨며 꾸물꾸물 일어났다. 흘린 침으로 턱밑의 버짐이 번들거렸고, 가느다란 목에는 땟자국이 줄기를 이루고 있었다. 깨끗한 구석이라고는 한 군데도 없었다. 그래도 할머니가 살아 있을 때는 종두의 모양새가 저토록 더럽지는 않았다. 할머니가 한 달에 한두 번은 아궁이 앞에서 목욕을 시켰고 종두가 아무리 싫어해도 억지로 옷을 벗겨 빨아 입혔다. 지금은 그렇지 않았다. 누가 봐도 쪽 빼입고 다니는 엄마와 언니하고는 비교할 수 없을 정도로 종두와 나는 옷차림이 허름했다. 그런 까닭에 이장이나 창배 아버지가 늘 우리 가족사에 대해 빈정거리는 것인지도 몰랐다. 특히 내가 아버지의 친딸인지 아닌지를 놓고 장난치는 걸 그들은 즐겼다. 할머니 말대로 자신들과 다른 가문이라는 것 때문에 우리를 얕보았다. 그러나 나는 터무니없는 그들의 말꼬리에 그다지 신경 쓰지 않았다. 그 당시는 기분이 상했지만 하루 이틀 들은 소리가 아니라서 무시해버렸다. 콩쥐와 팥쥐 따위의 그런 유치한 이야기와 연관을 지어 상상해보기는 싫었다.

"새끼야, 숙제 안 하고 졸면 어떡해!"

"숙제…… 아!"

종두는 손에 연필을 들고 있으면서도 자신이 숙제를 하고 있었다는 걸 깨닫지 못했다.

"뭐야, 하나도 안 했잖아."

시작할 때는 연필에 열심히 침을 바르더니 종두의 공책은 서너 줄도 채워지지 않았다.

"관둬. 있다가 해."

"정말?"

종두의 쌍꺼풀이 상큼하게 올라갔다. 매번 그런 식이었다. 녀석의 숙제를 내가 더 걱정해야 했다. 종두가 못한 숙제까지 하느라고 언젠가는 밤을 꼬박 새운 적도 있었다. 선생님만 아니라면 그럴 필요 없는데, 그런 내 심정을 이용이라도 하듯 종두는 자주 숙제를 하지 않았다. 나는 그걸 알면서도 선생님의 당부 때문에 매번 모른 체했다.

3

오늘도 늙은 얼룩 고양이는 흰 고무신 위에 길게 누워 있었다. 얼룩무늬 배 한쪽이 움푹 꺼져 있는 걸 보니 또 굶은 것이 분명했다. 고양이 밥그릇은 바짝 말라 쇠파리조차 달려들지 않았다. 지나가던 종두의 막대기가 여지없이 늙은 고양이를 툭 건드렸다. 집 안의 모든 사물들은 종두의 막대기가 낯설지 않았다. 오히려 무심히 지나치면 심심할 지경이었다.

"그만 자."

종두가 나무라듯 말했다. 늙은 고양이의 눈꺼풀이 힘없이 열렸다. 쥐새끼 한 마리 못 잡을 듯 맥이 없어 보이는 고양이는 하마터면 할머니보다 먼저 죽을 뻔했다. 쥐약을 먹고 다 죽어가는 걸 할머니가 살려놓았다. 이후로 제 밥그릇조차 챙기려 하지 않는 걸 보면 그때 먹은 쥐약 탓인지도 모른다. 마루 밑에서 끄집어낸 할머니 고무신 위에 몸을 묻은 고양이는 다시 죽은 듯 눈을 감았다. 종두의 애틋한 부름에도 발 하나 건네주지 않았고 막대기로 다시 건드려도 꿈쩍하지 않았다.

"그냥 둬, 더 자게."

"낮잠 많이 자면 밤에 잠 안 와. 할머니가 그랬어."

"바보 같은 놈아, 고양이는 원래 야행성이야."

"뭐라고, 그게 뭔데?"

종두는 고양이 눈 속으로 바람을 불어넣었다. 고양이는 여전히 꿈쩍하지 않았다.

"그냥 두고, 빨리 와."

"아무래도 이상해."

종두의 노력에도 늙은 고양이는 여전히 힘없이 늘어져 있었다. 종두의 손길을 전혀 느끼지 못하는 듯 꼬리를 들춰보고 수염도 건드려보았지만 눈만 살짝 떴다 감을 뿐 털끝 하나 움직이지 않았다.

"중미야, 이러다 내롱이 죽으면 어떡하지?"

종두는 쉽게 포기하지 못했다.

"안 죽어, 새끼야."

"꼭 죽을 거 같은데……"

종두는 확실한 대답이 듣고 싶은 듯 걱정스러운 눈길로 나를 쳐다보았다. 내 말 한마디에 종두의 희비가, 늙은 고양이의 생사가 달려 있는 것 같아 나는 선뜻 대답이 나오지 않았다. 사실 나도 고양이의 상태를 그리 좋게 보지는 않았다. 며칠 전 아궁이를 얼쩡거리다 엄마의 발길에 걷어차이고 나서부터 상태가 더 나빠졌다. 엄마는 고양이를 죽은 할머니만큼이나 징그러워했다. 할머니를 묻던 날에도 종두가 고양이를 안고 있지 않았다면 엄마는 아마 고양이를 번쩍 들어서 깊게 파놓은 할머니 무덤 속으로 집어 던졌을지도 모른다. 그때, 소름 끼치도록 슬피 우는 고양이를 엄마는 분명 그런 눈으로 노려봤다. 엄마의 눈빛이 '언젠가는 너도 묻어버리고 말 거야.' 하고 말하는 것 같아서 나는 잽싸게 고양이를 챙겼다.

"내가 책임질게. 쥐약 먹고도 안 죽었는데, 그깟 발길질 한 번에 죽으려고……"

고양이가 죽을지도 모른다는 얘기는 급하게 하고 싶지 않았다. 그것은 별로 행복하지 않은 말이었다. 할머니는 죽음이 목전에 와 있는데도 죽지 않을 테니 걱정하지 말라고 했다. 나는 그 말을 믿었다. 물론 할머니는 그 말을 하자마자 죽었다. 나는 할머니가 한 그 말 때문에 죽음이라는 무시무시한 세계를 미리 상상하지 않을 수 없었다.

"내롱아, 푹 자고 있어. 오빠가 개구리 잡아다 줄게."

종두는 몇 번이나 늙은 고양이의 털을 쓸어내렸다.

대문 밖의 세상은 지독한 꽃향기와 따가운 햇살로 가득했다. 어디를 둘러봐도 꽃이요 햇살이었다. 공기마저 들척지근하고 끈적거렸다. 숨을 들이쉴 때마다 꽃잎의 단물들이 목구멍으로 넘어가는 것만 같았다. 한동안 우리는 그 화려한 빛에 질려 눈을 가린 채 서 있었다. 종두와 나는 자주 어지럼증에 시달렸고, 빛을 보며 더 서 있기가 힘이 들었다.

"중미야! 우리 저쪽 논으로 가자. 거기 개구리가 많아."

"그래."

정신을 차린 것은 종두가 먼저였다. 그를 정신 나게 한 것은 순전히 늙은 고양이였다. 고양이가 아니었다면 나보다 빈혈이 더 심한 종두의 정신이 그렇게 빨리 돌아오지 않았을 것이다. 종두의 손에는 어느새 개구리를 잡는 작살이 들려 있었다. 길이가 두어 뼘 정도 되는 굵은 대나무 작살은 날카로운 철꼬챙이가 박힌 또 다른 심봉을 대나무통 안에 집어넣어서 만든 거였다. 검정 고무줄이 걸림쇠 역할을 하는데, 심봉에 연결된 고무줄을 팽팽하게 당겨서 대나무 중간의 파인 홈에 걸어놓았다가 목표물을 향해 고무줄을 걸으면 당겨져 있던 고무줄의 탄력으로 철꼬챙이가 날아 갔다. 명중률도 높아 여간해서는 빗나가지 않았다. 특히 종두의 작살 쏘는 솜씨는 일품이었다. 작년에 종두는 그걸 만드느라고 온종일 아버지를 따라다녔다.

논은 산등성이 뽕나무밭을 지나서 있었다. 누에의 성장 속도에 따라 뽕잎의 크기도 달라졌다. 뽕잎은 지난번보다 훨씬 소담스러 웠다. 자줏빛 오디도 더러 눈에 띄었다. 종두와 나는 둑길까지 길게 이어진 뽕나무밭을 따라 걷기 시작했다. 겨우 한 사람 정도 걸을 수 있는 좁은 길이었다. 식구들의 발길로 만들어진 길이니 그럴 수밖에 없었다. 질경이와 잔디가 발목까지 덮어 뽕밭인지 길인지 구분이 가지 않았다.

"야! 저기 우체부 아저씨다."

양손에 작살과 막대기를 휘두르며 앞서 가던 종두가 갑자기 멈추면서 말했다.

"어디?"

"저어…… 기."

종두가 막대기로 가리킨 곳은 뽕나무밭과 보리밭이 경계를 이루고 있는 어름이었다. 자전거 뒷바퀴만 살짝 보였는데 뽕잎에 가려서 유심히 보지 않으면 그냥 지나칠 정도였다.

"저거, 우체부 자전거 맞지?"

종두는 공연히 신이 나는 모양이었다. 집 나간 자기 엄마가 나타난 것처럼 좋아했다. 우체부는 우리 집을 드나드는 유일한 외부인이었다. 종두는 전에도 우체부를 만나면 숨이 턱에 차도록 자전거 뒤꽁무니를 따라다녔다. 아무 볼일도 없는데 왜 따라다니느냐고 물으면 종두는 '그냥'이라고 말했다. 너무나 간단하고 쉬운 대답이었다. 종두는 자전거를 보면 얼굴이 새빨개지도록 그냥 달리고 싶은 모양이었다. 지금도 마찬가지였다. 뽕잎에 가려져 있는 자전거를 발견하더니 금방 긴장해서 헐떡거리기 시작했다.

"맞는 거 같은데, 왜 저기 있지?"

우체부가 맞다면 언니는 벌써 신문을 들고 집으로 돌아왔어야 했다. 그런데 언니는 보이지 않았고, 우체부 자전거는 뽕나무밭에 있으니 이상한 일이었다.

"맞다! 아저씨가 뽕나무밭에서 똥 누고 있나 봐."

불현듯 그럴지도 모른다는 생각이 들었다. 신문을 건네받은 언니는 그길로 옥자 언니네 집으로 놀러 간 것이고, 우체부는 읍으로 돌아가던 중 똥이 마려워 뽕나무밭으로 들어간 게 틀림없었다.

"네 말이 맞는 모양이다. 신경 쓰지 말고 가자."

"싫어, 아저씨 자전거 구경하고 갈래."

종두는 금방 뽕나무밭으로 뛰어갈 기세였다.

"새끼야! 남 똥 싸는 걸 왜 봐. 한참 있어야 나올 텐데. 그때까지 기다릴 거야? 너 그러다 내롱이 죽는다."

"그냥, 살짝 만져보고 올게."

나는 늘 종두의 고집을 꺾지 못했다. 어찌 보면 내가 종두를 조종하고 다스리는 것 같지만 결정적인 순간마다 지는 것은 항상 나였다.

"그럼, 얼른 가서 한 번만 만져보고 와."

종두는 작살과 막대기를 나한테 맡기고는 자전거가 있는 곳으로 총알처럼 뛰어갔다. 발 빠르기가 언니하고 맞섰다. 비실비실해 보이는데 달릴 때만큼은 새처럼 빨랐다.

그러나 금방 다녀온다고 했던 종두는 나타나지 않았다. 그의 걸음이라면 자전거를 만지고 벌써 달려왔어야 했다. 뽕잎에 가려진 자전거만 보이고 종두는 어디로 사라진 것인지 보이지 않았다. 눈앞에서 종두를 잃어버리고 만 셈이었다. 두리번거리며 뽕밭과 보리밭 사이를 아무리 쳐다봐도 종두의 흔적은 보이지 않았다. 혹시 오디를 따 먹으러 뽕나무로 기어 올라간 것은 아닐까 생

각하며 나는 슬슬 뽕밭으로 향했다. 그때 뽕잎을 헤치며 종두가
튀어나왔다.

"너, 어디 갔다 왔어!"

"저기……"

"거긴 왜? 너 혹시, 그 사람 똥 누는 거 봤니?"

"있잖아, 저기…… 누나하고 우체부 있더라."

"뭐야? 언니가!"

나는 더 물어볼 것도 없이 종두가 가리킨 뽕나무밭 속으로 들
어갔다. 자전거가 세워져 있는 곳에서 훨씬 안쪽이었다. 뽕나무
밭은 생각보다 넓고 아늑했다. 바닥은 자잘한 잡초들로 융단을
깔아놓은 듯 푹신했고, 뽕잎이 하늘을 가리고 있어 휘장을 친 듯
아늑했다. 게다가 달콤한 오디 냄새가 사방에서 풍기고 있어 손
만 뻗으면 얼마든지 따 먹을 수 있었다. 뽕밭에 들어와보기는 처
음이었다.

종두의 말대로 언니는 거기 있었다. 우체부와 함께였다.

"언니! 거기서 뭐 해?"

그들은 건너편 이랑에 있었다. 우체부의 모자 사이로 언니의
머리통이 살짝살짝 보였고, 그의 회색 제복 사이로 언니의 노란
색 치맛자락이 규칙적으로 팔랑거렸다.

"언니!"

우체부가 먼저 기겁하는 눈치였다. 언니는 아직도 나를 발견하
지 못한 것인지, 아니면 내 소리를 듣고도 모른 체하는 것인지 우

체부의 무릎에서 내려오지 않았다. 우체부가 전전긍긍하며 아무리 눈짓을 해도 우체부로부터 떨어지려 하지 않았다. 두 사람 사이에 약간의 실랑이가 벌어지기 시작했다.

"어서 일어나!"

"왜요?"

"저기……"

우체부가 고개로 나를 가리켰다. 그러자 언니의 얼굴이 우체부의 모자 위로 빠끔히 올라왔다. 그러나 언니의 손은 여전히 우체부의 목덜미를 놓지 않고 있었다.

"거기서 뭐 하냐고?"

"어, 그냥……"

언니는 우체부와 달리 별로 놀라는 기색이 아니었다. 뜨개질하면서 대답하듯 그냥 심심한 말투였다. 언니는 어떤 놀이에 열중하고 있는 것이 틀림없었다. 언니의 얼굴빛이 그랬고, 언니의 숨소리가 그랬다. 우체부가 그만하자고 아무리 언니의 허리를 들어올려도 언니는 막무가내로 우체부를 놓지 않았다. 마치 우체부의 몸에 언니의 힘으로는 떨어질 수 없는 강한 자석 같은 물건이 숨어 있기라도 한 것처럼 보였다. 그렇지 않다면 저렇게 창피한 줄도 모르고 우체부한테 매달려 있을 리 없었다.

"아저씨!"

나는 우체부한테 매달려 있는 언니가 창피했다. 그런 언니를 우체부가 이용하는 것 같아 더 이상 참을 수가 없었다. 내가 소리를 버럭 지르자 옆에서 구경하고 있던 종두가 막대기를 들어 불쑥불쑥 올라오는 언니의 머리통을 내리쳤다.

"저 개새끼!"

그 순간 언니의 몸이 우체부로부터 뚝 떨어졌다. 갑자기 자성을 잃은 자석처럼 두 사람의 몸이 각기 다른 극으로 분리되었다. 종두의 막대기가 두 사람을 떼어놓은 셈이었다. 종두를 따라 뽕밭을 도망쳐 나오며 나는 언뜻 보았다. 풀어 헤친 옷자락 사이로 드러난 언니의 하얀 젖가슴을. 언니가 왜 젖가슴을 드러내놓고 있었는지, 나는 도망치는 내내 언니가 부끄러워 미칠 것 같았다.

4

절터가 있던 산자락 밑으로 계단처럼 만들어진 조그만 논들이 있었다. 그중 아래쪽으로 두 개의 논이 우리 것이고, 위쪽의 것들은 이장의 논이었다. 절터의 샘이 마르지 않아 이곳의 논들은 항상 물이 넘쳤다.

절이 허물어진 것은 똘삐 할머니가 죽기 사 년 전이었다. 절의 유일한 보살이었던 할머니는 스님이 죽자마자 절에 불을 질렀다. 무슨 연유로 그리 급하게 불을 질렀는지는 모르지만 그것을 궁금하게 생각하는 사람은 없었다. 모두 교회를 다녔으니 당연했다. 그래서 똘삐 할머니가 악을 써가며 불을 질러도 모른 체 그냥 두었다. 똘삐 할머니만이 스님을 똑바로 알았고 뭔가를 이해했던 모양이다. 나는 가끔 절터에 올 적마다 사람들의 관심을 철저하게 배제하고 살았던 두 사람의 죽음이 궁금했다. 필시 무슨 연관이 있을 거라는 생각을 지울 수가 없었다. 소문의 진상은 밝혀지지 않았지만, 지금도 스님과 똘삐 할머니의 소문은 가끔씩 은밀하게 동네를 떠돌다 사라졌다. 말 그대로 소문에 불과한 관계였는지도 모른다. 아직도 절터 주변에는 깨진 사기그릇들이 우물가 주변 땅속에 파묻혀 있었다.

종두와 나는 항상 절터 주변을 한 바퀴 돌았다. 깨진 기왓장이 며 시커멓게 탄 서까래들을 발로 툭툭 걷어차기도 하고 그릇 조각을 주워 햇빛에 비춰보며 일없이 마당을 맴돌았다. 그러다 목이 마르면 우물가로 달려가 손으로 물을 퍼 올렸다. 안에 커다란 차돌이 박혀 있는 우물은 팔을 뻗으면 돌이 만져질 정도로 얕았다. 그러나 자세히 들여다보고 있으면 왠지 우물이 점점 깊어지는 느낌이었다. 우물 바닥을 막고 있던 차돌이 어느 순간 슬쩍 사라지면서 깊고 깊은 수렁으로 변할 것만 같았다. 그 으스스한 느낌은 내 옆을 슬쩍 비켜 가던 스님의 눈빛을 보았을 때도 그랬다.

종두의 작살은 펄펄 뛰는 개구리의 심장을 여지없이 뚫었다. 주로 뱃가죽이 노란 큰 개구리들이었다. 놈들은 종두의 횡포에 혼비백산해 이리저리 도망가거나 키가 큰 물풀 속으로 달아났지만 끝내 종두의 작살을 피하지는 못했다.

"어디! 어디!"

신이 난 종두는 발목이 물속에 잠기는 것도 몰랐다. 오로지 개구리가 뛰는 방향에만 신경을 썼다.

"저기, 큰 놈 있다!"

흥분한 나도 가만히 있지 못하고 안절부절 도망가는 개구리를 쫓았다.

"넌 개구리나 잘 가지고 있어."

그럴 때 종두는 제법 의젓했다. 자기가 다 알아서 할 테니 네할 일이나 똑바로 하라는 뜻이었다. 내가 할 일은 종두가 작살에 꽂힌 개구리를 빼서 던져주면 도망가기 전에 잡아서 철사에 꿰는 것이었다. 작살에 정통으로 맞은 개구리라도 쉽게 죽지 않기 때문에 행동이 느리면 놓치고 말았다. 종두의 작살 쏘는 솜씨까지 구경해야 해서 정신이 쏙 빠질 지경이었다. 종두는 첨벙거리다 쓰러질 듯 중심을 잃다가도 눈앞에 개구리만 나타나면 놀라운 집중력을 발휘했다.

"야! 철사 꽉 차어."

더 이상 개구리를 꿸 틈이 없었다. 얼마나 꼼꼼하게 꿰었는지 개구리 뒷다리의 길이가 잘라놓은 듯 똑같았다. 숨이 끊어지지 않은 놈들은 여전히 개굴개굴 떠들었지만 시간이 지나면서 개구리들은 꾸들꾸들 마르기 시작했는데, 금세 다리가 뒤틀리고 배가 오그라들었다.

"그만 잡고 집에 가자!"

나는 더 이상 개구리를 줍지 않았다. 여기저기 툭툭 개구리 떨어지는 소리가 들렸지만 내버려두었다. 운이 좋으면 개중에 몇 놈은 다시 살아서 논으로 돌아갈 것이다. 아니면 한 시간도 채 안 돼 새까맣게 몰려든 개미 떼한테 죽거나 황새의 먹이가 될 것이다. 아무리 그래도 논바닥의 개구리 숫자는 줄지 않았다. 아직도 논바닥에는 개구리알이 무더기로 떠 있었다. 그러니 개구리한테 크게 미안한 일은 아니었다. 너무 많으면 적은 것만 못하다고 할머니가 말했었다. 나는 개구리로 꽉 찬 철사를 움켜쥐고 논둑의 토끼풀 위에 잠시 앉았다. 종두가 나를 돌아보고 포기할 때까지 기다려야 했다. 한창 흥이 올라 정신없는 종두의 귀에 집에 가자는 소리가 들릴 리 없었다.

얼마쯤 지났을까. 하도 철사를 꽉 쥐어서 손에 쥐가 나려고 할 때였다.

"야! 씨…… 왜 개구리 안 잡아."

종두가 절벅절벅 논에서 걸어 나왔다.

"새끼야! 철사가 모자라."

나는 철사를 들어 보였다.

"우와! 나 잘하지?"

종두 스스로도 대견한 모양이었다.

"개구리 잡기 대회 나가면 일등 하겠다."

"정말?"

종두가 금방 솔깃해서 물었다.

"알았어, 내가 가을운동회 때 선생님한테 말해서 '개구리 잡기 대회' 열라고 할게. 선생님은 틀림없이 내 말 들어주실 거야."

"나가서 꼭 일등 할 거야."

종두는 신이 나 어쩔 줄 몰라 했다. 거짓말인 줄도 모르고 좋아하는 것이 조금 미안했지만 사실을 알기까지 종두는 행복할 수 있으니 그다지 나쁜 일도 아니었다. 종두가 가을운동회 때까지 개구리에 대한 기억을 하지 못하면 더더욱 그랬다.

개선장군처럼 종두는 앞장서서 걸었다. 한 손에는 작살과 막대기를 들었고, 다른 한 손에는 사냥한 개구리를 들었다. 나는 개구리를 잡느라 끈적끈적해진 손바닥을 풀잎으로 닦으며 그 뒤를 따라갔다. 종두의 가는 종아리가 풀숲을 요리조리 헤집으며 앞으로 나갔다. 앞을 똑바로 보고 걸어도 논 속으로 빠지기 쉬운 좁은 길을 종두는 비칠비칠 잘도 걸었다. 제 딴에는 자신이 무척이나 자랑스러운 모양이었다.

종두와 내가 떠나는 것을 아는지 등 뒤에서 개구리 소리가 더 요란스럽게 들렸다. 종두는 별 미련이 없는 듯 뒤돌아보지 않았다. 아마, 개구리 잡기 대회가 열릴 운동회를 기대하고 있는지도 몰랐다.

멀리 똘고개를 올라가고 있는 우체부가 보였다. 지금 가는 것을 보니 우리가 뽕밭을 도망쳐 나온 이후에도 언니와 우체부는 헤어지지 않은 게 분명했다. 종두와 내가 절터에서 논 뒤 개구리를 잡기까지는 결코 짧은 시간이 아니었다. 그 긴 시간 동안 두 사람은 무얼 했을까? 뽕밭에서 낮잠이라도 잔 것일까? 공연히 또 궁금해지면서 벌게져 있던 언니의 얼굴이 떠올랐다.

"저기, 외삼촌 온다."

집 가까이 오자 이장 집으로 일을 나갔던 아버지가 돌아오고 있었다. 일이 일찍 끝난 것인지 다른 날보다 비교적 빨리 돌아왔다. 아버지는 매우 지친 모습이었다. 등에 지고 있는 빈 지게조차 힘겨운 듯 마당에 들어서자마자 얼른 내려놓았다. 종두처럼 아버지도 검정색 고무신을 신었고, 걷어 올린 종아리에는 진흙과 풀잎이 말라붙어 있었다. 거머리한테 물렸는지 왼쪽 다리 복숭아뼈 근처에는 핏자국이 또렷했다.

"개구리 잡았구나."

아버지는 걷어 올렸던 바지를 내려 툴툴 털며 힘없이 웃었다. 얼마나 고단한 웃음인지, 그 웃음의 무게 때문에 아버지의 몸이 경련을 일으키는 것만 같았다.

"외삼촌! 이거 봐, 무지 많이 잡았지."

종두는 보란 듯이 잡은 개구리를 아버지한테 보여줬다.

"이거 끓여서 내롱이 줄 거야."

"그래, 맛있겠다."

아버지는 진짜로 입맛을 다셨다. 일 끝나고 참을 먹고 왔을 시간인데, 아버지는 참은커녕 때도 거른 듯 보였다. 잘사는 이장 집에 일을 나갔다 왔으니 굶고 올 리는 없는데, 혹시 언짢은 일을 당한 것은 아닌가 하는 생각이 들었다. 버릇없는 이장이 또 아버지를 골려 먹은 게 틀림없었다. 그래서 아버지의 기분이 상한 것이고, 대꾸하기 싫어 참다 보니 밥맛까지 잃은 것인지도. 아주 가끔 할머니도 아버지의 그런 모습을 보다 못해 이장과 대거리를 하곤 했었다. 참아야 산다고 말하던 할머니가 이장하고 쌈이 붙은 것은 이장의 오만방자함이 도를 넘었기 때문이고, 할머니의 인내가 한계에 달했기 때문이다. 내 친구 순영이 아버지는 이장 말고도 새마을지도자라는 감투를 하나 더 가지고 있어 명달리 최고의 실세였다. 명달리에 전기를 끌어온 것도 이장이고 마을길을 시멘트로 포장한 것도 이장, 아니 새마을지도자 덕분이라고들 했다. 이장의 말 한마디면 군수와 읍장이 대번에 오케이 한다고, 명달리 사람들은 이장, 아니 새마을지도자인 순영이 아버지를 모두 떠받들었다. 그런 사람에게 할머니가 우리만 차별한다고 쓴소리를 했으니, 이장이 우리 식구를 더 따돌리는 것은 당연했다. 이해가 안 되는 것은 그 새마을지도자라는 감투였다. 내가 반장을 해봐서 이장이 무슨 일을 하는지는 대충 알겠는데, 새마을지도자는 도대체 무슨 감투이기에 군수하고 읍장과 맞먹는다는 것인지 알수 없었다. 또 이장은 왜 애국가도 아닌 '새벽종이 울렸네' 하는 노래를 아침저녁으로 틀어놓고 툭하면 사람들을 집합시키는 것인지 이해되지 않았다. 이장과 새마을지도자 덕분에 명달리는 점점 살기 좋아진다고들 하는데, 우리 집은 아무것도 달라진 것이 없었다. 그놈의 노랫소리가 들려올 적마다 아버지는 허기를 참아가며 부역을 나갔다. 그럼에도 불구하고 아버지는 그 노래를 좋아했는데 그것 또한 이해되지 않는 일이었다.

늘 했던 대로 우리는 큰 돌을 가져다 아궁이를 만들고 그 위에 엄마의 양은 세숫대야를 올려놓았다. 은색의 대야는 엄마가 매일 재로 닦아서 반짝반짝 빛이 났다. 걸레를 빨고 개밥을 담아주는 우리가 쓰는 찌그러진 대야하고는 달랐다. 엄마는 세수를 할 적마다 반짝이는 대야에 얼굴을 비춰보았다. 대야가 주문을 거는 듯 공연히 웃거나 찡그렸다. 엄마의 하루 기분은 그 양은 대야가 결정하는 것 같았다. 세수를 하고 난 엄마의 표정을 보면 알 수 있었다. 눈이 시리도록 반들반들한 양은 대야를 볼 때마다 나는 날카로운 물건 옆에 서 있는 듯 불안했다.

양은 대야에 개구리를 고아 먹는 줄 알면 엄마는 생난리를 칠 것이다. 서둘러야 했다. 아버지도 그걸 아는 듯 어느새 나뭇간에서 삭정이 한 단을 들고 나왔다.

드디어 불이 지펴졌고, 대야가 뜨거워지기 시작했다. 마른 삭정이가 타면서 내는 불꽃은 수백 개의 촛불을 한데 모아놓은 듯 맑고 투명했다. 삭정이가 딱딱 부러지며 타들어가는 걸 아버지는 아련한 눈길로 바라보았다. 아버지의 그런 눈길은 처음이었다. 마치 불꽃 속에 자신의 몸뚱이를 던져넣은 것처럼 아버지는 알 수 없는 안타까움으로 눈이 벌겋게 충혈되었다.

우리는 행여 불꽃이 밖으로 새 나갈까 봐 꼼꼼히 아궁이를 감싸고 앉았다. 추운 날 화로 앞에 쪼그리고 앉아 있는 꼴이었다. 종두와 아버지의 발에 달라붙어 있던 진흙이 마르면서 툭툭 떨어져 나갔다.

"중미야, 숙제는 했니?"

아버지가 물었다. 아버지가 가끔 내게 묻는 몇 마디 중 하나였다.

"했어. 근데 아버지, 어디 아파?"

"아니, 안 아파."

"근데 왜 그렇게 기운이 없어. 순영이 아버지하고 싸웠어?"

"싸우긴…… 안 싸웠어."

다행이었다. 할머니나 나라면 몰라도 아버지는 이장과 맞설 배짱이 없었다. 그렇다고 죽은 할머니가 이장의 터무니없는 억지와 비웃음을 모두 상대했다는 뜻은 아니다. 할머니도 이장과 맞설 만큼 말주변이 좋지는 않았다. 다 늙은 노인이니 두려울 게 없어 억지 하나로 대들었다. 그러면 이장은 기가 막힌 듯 가슴을 탁탁 치며 꽁무니를 뺐다. 매번 그런 것은 아니었지만 이장도 할머니를 그리 만만하게 보지 않은 게 틀림없었다. 나도 마찬가지였다. 한주먹도 안 되는 계집애한테 체면 깎아 먹는 짓은 못하겠지 싶어 두려워하지 않았다. 문제는 아버지였다. 그들과 잘 지내야 한다는 할머니의 당부도 있었지만, 근본적으로 아버지는 누구를 상대로 대거리할 사람이 못 되었다. 그런 아버지가 나는 불쌍하기도 하고 답답하기도 했다. 하지만 언젠가는 이장과 동네 사람들이 아버지를 함부로 대한 걸 후회하게 만들어주고 싶었다.

"끓는다!"

구수한 냄새가 퍼지면서 국물이 끓었다. 참지 못하겠다는 듯 종두가 침을 삼켰다. 뽀얗게 우러난 국물이 제법 먹음직스러워 보였다. 논바닥에서 잡은 개구리 같지 않았다. 마음이 급한 종두가 기어이 막대기를 이용해 솥에서 개구리 하나를 건져 올렸다. 개구리 다리가 닭다리처럼 크게 보였다. 외할머니가 혼자서 뜯어 먹던 씨암탉의 뒷다리가 종두의 입으로 들어가는 것만 같았다. 아버지와 나는 실팍한 닭다리, 아니 개구리 다리에 침을 삼켰다.

"맛있냐?"

개구리 다리가 종두의 입속으로 들어가기도 전에 물었다. 나도 모르게 튀어나온 말이었다.

"익었는지 어디 맛 좀 보자."

이번에는 아버지가 손을 내밀었다.

"야! 정말 맛있다. 그때그때 먹었던 것보다 더 맛있어."

더 이상 망설일 필요가 없었다. 창자가 요동을 쳐 참을 수가 없었다. 나는 타다 남은 삭정이 가지를 주워 개구리를 건져 올렸다. 아버지도 대야 곁으로 달려들었다. 쉴 새 없이 개구리 다리가 떨어져 나갔다. 뽀글뽀글 국물 끓는 소리와 삭정이 타는 소리만 들렸다. 종두도 아버지도 조용했다. 끓는 대야 속으로 막대기를 쥔 세 사람의 손만 들락거렸다. 왜 그런지 오붓하고 평화로웠다. 그토록 많은 씨암탉을 잡았어도 개구리 뒷다리만큼 맛있게 배불리 먹어본 적은 없었다. 종두와 아버지도 마찬가지였다. 매번 외할머니의 손에 암탉의 모가지가 비틀리긴 했지만 중간에 고기가 어디로 사라지는 것인지 멀건 국물만 올라왔다. 정신없이 먹던 종두가 뭔가 생각난 듯 깜짝 놀라서 말했다.

"야! 내롱이 줘야지."

내롱이 살리려고 잡은 개구리를 우리가 다 먹은 셈이었다. 멋쩍은 듯 아버지가 나뭇가지를 내려놓았다. 나는 입안에 넣으려던 다리 하나를 얼른 대야 속으로 집어넣었다. 국물만 남은 대야 속에서 방금 던진 개구리 다리 하나가 둥둥 떠다녔다.

"씨이, 다 먹으면 어떡해!"

"새끼야, 네가 다 처먹어놓고선……" ·

"난 조금밖에 안 먹었어."

사실 종두는 먹는 속도가 느렸다. 밥 먹을 때도 맨 나중까지 상
다리를 붙들고 있는 게 종두였다. 덕분에 반찬 없이 밥만 먹기 일
쑤였고 그도 시원찮으면 밥에 물을 말아서 대충 넘겼다. 누구도
늦게 먹는 종두의 반찬에 신경을 써주지 않았다. 고모도 집을 떠
나면서 그랬다. 반찬이 없어도 밥은 꼭 많이 먹으라고. 내심 종두
는 고모의 말을 잘 새기고 있는 것 같았다. 그렇다고 내가 종두보
다 개구리를 훨씬 많이 먹은 것은 아니었다. 펄펄 끓는 개구리 다
리를 어떻게 그리 빨리 먹을 수 있겠는가, 어른도 아닌 애가 말이
다. 그렇다면……

"외삼촌이 다 먹었지?"

나는 차마 눈망울조차 굴리지 못했는데 속없는 종두가 여지없
이 아버지를 걸고넘어졌다.

"그래…… 내가 다 먹었다."

아버지가 슬그머니 뒤로 물러났다. 잘 먹은 듯 손으로 입가를
닦으면서 트림까지 했다.

"새끼야, 다 같이 먹어놓고 왜 지랄이야."

아버지의 무안함을 덮어주고 싶었다. 생각 같아서는 남아 있는
국물이라도 떠서 아버지한테 주고 싶었다. 눈만 퀭한 아버지의
푸석한 얼굴이 자꾸 마음에 걸렸다. 눈과 입 주변을 뒤덮고 있는

기미와 버짐 때문에 아버지는 더 가난해 보였다. 희끗희끗한 머리를 애들처럼 짧게 깎아서 유난히 작고 볼품없었다. 머리에 포마드를 발라 뒤통수까지 홀렁 넘기고 다니는 이장이나 창배 아버지하고는 비교가 안 되었다.

나는 남은 개구리 다리를 마저 건져 아버지의 입속으로 집어넣었다. 아버지는 뜨겁다 하면서 입을 크게 벌렸다.

그러고 보니 요즘 들어 닭 국물도 구경하지 못했다. 무슨 일인지 외할머니의 발길이 뜸해졌다. 지난번 상추밭의 상추를 몽땅 뜯어간 뒤로 소식이 없었다. 하지만 외할머니가 언제 어느 때 들이닥쳐 텃밭의 물건에 손을 댈지, 닭장 속으로 들어갈지는 아무도 예측하지 못했다. 아마 내일이나 모레쯤 나타날지도 몰랐다. 아버지의 몰골을 보면서 나는 은근히 외할머니가 와줬으면 하는 생각도 들었다.

"야, 이거만 줘도 내롱이 배 터지겠다. 고양이는 원래 쪼금밖에 안 먹어. 넌 고양이 밥 처먹듯 한다는 말도 못 들어봤냐?"

"누가 그랬는데?"

"누가 그러긴, 죽은 할머니가 그랬지. 니네 엄마가 살 뺀다고 밥 쪼끔 먹을 적에 할머니가 그랬어."

"정말이야?"

"그래, 새끼야."

다행히 국물 속에는 개구리 머리통이 몇 개 남아 있었다. 일단 그것으로 종두를 달랜 나는 고양이 밥그릇을 가지러 집 안으로 들어갔다. 대문 안으로 들어가다 얼핏 돌아보니 아버지가 변소 옆 볏짚더미 속으로 들어가고 있었다. 개구리 다리로 배를 채우더니 식곤증이 생기는가 보았다. 햇살을 이불 삼아 누워 있는 아버지 모습이 더없이 평화롭게 느껴졌다. 아버지는 짚더미 속에 누워 있기를 좋아했다. 좋은 일보다 나쁜 일이 있을 때 더 자주 짚더미 속으로 들어갔다. 엄마한테 심한 욕설을 들었거나 품앗이 갔다가 맥이 빠져 오는 날에는 여지없이 짚더미 속으로 들어가 몸을 바짝 구부린 채 고치처럼 누워서 오랫동안 나오지 않았다. 언젠가는 그곳에서 밤을 새운 적도 있었다. 그날은 엄마의 발광이 극에 달한 날이었다. 발광의 이유가 무엇이었는지는 정확히 모르지만 아무튼 엄마는 아버지를 죽일 듯이 덤벼들었다. 그건 부부 싸움이 아니라 엄마의 일방적인 행패였다. 일찌감치 뒷산으로 쫓겨났던 종두와 내가 어스름 녘 집으로 돌아왔을 때, 아버지는 차가운 저녁 안개를 맞으며 짚더미 속으로 들어가고 있었다. 나는 차라리 아버지가 그 짚더미 속에서 나방이 될 때까지 나오지 말았으면 싶었다.

고양이는 죽어 있었다. 자는 듯 앞다리 사이로 고개가 늘어져 있었다. 파리 두 마리가 고양이의 감긴 눈가 주변을 맴돌고 있었고 긴 수염은 축 처져 있었다. 뭔가 뻣뻣한 느낌이었다. 푹 꺼진 뱃구레의 움직임도 느껴지지 않았다. 집을 나갈 때도 그리 상태가 좋지는 않았지만 고양이가 그렇게 빨리 죽을 줄은 몰랐다. 종두가 잡은 개구리를 먹고 한 이틀은 더 살 줄 알았다. 당황한 나는 어찌해야 좋을지 난감했다. 햇빛이 빠져나간 집 안은 어둡고 침침해서 늙은 고양이의 죽음을 더욱 무겁게 만들었다.

나는 놈의 몸뚱이를 발로 밀쳐내고 깔려 있던 할머니의 고무신을 집어 들었다. 작고 하얀 고무신 속에는 놈의 털이 소복이 쌓여 있었다. 얼마나 문질러댔는지 볼록한 신발 코가 삭아서 구멍이 날 지경이었다.

할머니는 동네에 큰일이 있거나 큰마음 먹고 장 구경을 가는 날에만 고무신을 신었다. 하얀 고무신을 더 하얗게 닦아 신고 마당을 나선 할머니는 햇살이 눈이 부신 듯 이렇게 말했다. '아이고! 날씨 참 좋다!' 그때, 할머니의 신발에서 부서지던 햇살은 새벽녘 교회 종소리를 들었을 때처럼 처연하고 슬펐다. 너무 아름다워도 슬프다는 것을 나는 할머니의 고무신을 보고 느꼈다.

나는 고무신 속에 들어 있는 고양이 털을 털어내려다 그만두었다. 할머니를 따르던 고양이의 마음일지도 모른다고 생각했다.

5

종두와 나는 뒷산으로 올라갔다. 크고 작은 아카시아 나무가 발길에 차였다. 할머니가 개간해놓고 죽은 목화밭조차 흔적을 찾을 수 없었다. 밭인가 싶은 곳에도 어린 아카시아 나무와 산풀들이 숲을 이루고 있어 땅파기가 쉽지 않을 듯 보였다. 고양이를 안은 종두는 입이 붙어버린 듯 말이 없었다. 집에서 산으로 오르기까지 한마디도 하지 않았다. 할머니가 죽었을 때는 동네 애들을 죄다 불러놓고 인절미를 나눠주며 깔깔거리던 놈이었다. 나는 모르는 척 땅을 골라 호미질을 시작했다. 얽히고설킨 아카시아 나무뿌리 때문에 호미가 들어가지 않았다. 고양이를 묻어줘야 하는데, 호미질이 서툰 나는 자꾸 헛손질만 하고 있었다.

"이리 줘, 내가 할게."

보다 못한 종두가 풀숲에 고양이를 내려놓더니 호미를 빼앗았다. 저도 남자라고 나를 깔보는 모양이었다. 하긴 개구리 잡는 솜씨를 생각하면 아주 엉터리일 것 같지는 않았다. 호미를 내준 나는 고양이 옆에 서서 종두의 구덩이 파는 솜씨를 지켜보았다. 종두는 한 곳만 집중적으로 호미질을 했다. 호미 끝이 들어가든 말든 무조건 내리찍었다. 개미집을 건드린 듯 불개미들이 쏟아져 나왔다. 종두는 호미질을 멈추지 않았다. 무엇에 홀린 듯 땅 파는 일에만 신경을 썼다. 구덩이가 아닌 깊은 구멍이 생겨나기 시작했다.

"새끼야, 너 쥐 잡냐? 그 구멍으로 고양이가 어떻게 들어가."

"……"

종두는 행여 나한테 호밋자루라도 빼앗길까 봐 얼른 다른 곳을 파기 시작했다. 아니나 다를까, 먼저 판 구멍 옆에 똑같은 구멍을 또 만들었다.

"어유, 멍청한 새끼! 고양이를 세워서 묻을 거냐. 시체가 누워 있지 서 있는 거 봤어? 바보 같은 놈."

잔소리를 하고 나니 너무 심했나 싶은 생각이 들었다. 하지만 이미 뱉은 말인데 다시 담을 수도 없었다. 그 소리를 듣고 가만히 있을 종두가 아니었다. 호미질을 멈춘 종두가 얼굴이 시뻘게져서 나를 쳐다보았다. 순간 나는 움찔했다.

"뭐라고! 내가 바보라고. 너 있다가 두고 봐……"

호미를 내던지며 바락바락 덤빌 줄 알았는데 고양이 때문인지 나를 봐주는 것 같았다. 대신 콩나물 대가리 같은 주먹을 내 코앞에 들이대며 하얗게 눈을 흘겼다. 두고 보자는 놈 하나도 안 무섭다는 말이 입안에서 맴돌았다. 종두를 더 건드렸다가는 고양이 묻는 일을 내가 고스란히 도맡아야 할지도 몰랐다. 주먹으로 나를 위협한 종두는 잠깐 무슨 생각을 하더니 옆에 있던 고양이를 번쩍 들어서 호미질하던 땅 위에 내려놓았다. 그러고는 호미 끝으로 누워 있는 고양이 모양대로 본을 떴다. 실제보다 조금 넉넉하게 본을 뜬 종두는 다시 고양이를 풀숲에 갖다 놓고 그려진 대로 호미질을 시작했다.

"나 똑똑하지?"

종두는 기막힌 생각을 해낸 자신이 자랑스러운 듯 나를 보며 웃었다. 지도 그릴 때 습자지를 대고 본을 뜨던 방법을 기억해낸 것이 틀림없었다.

"그래, 기똥차다."

종두의 기막힌 발상에 찬물 끼얹는 소리를 할 수도 없고 나는 그저 지켜볼 수밖에 없었다. 종두의 숨소리가 갈수록 커졌다. 땀까지 훔치는 것이 힘에 부쳐 보였다. 그래도 종두는 쉬지 않았다. 고양이 모양대로 흙을 파내려고 조심조심 안간힘을 썼다. 한참 지났을까, 고양이 비슷한 구덩이가 만들어졌다.

"됐어, 그만 파."

"그래."

종두의 옷은 흙투성이였다. 고양이가 죽었다고 펄펄 뛸 때는 대책이 안 섰는데, 이제는 맏상주처럼 제법 의젓하고 침착했다. 아카시아 그늘에 앉아 있던 나는 고양이를 가지러 온 종두에게 할머니 고무신까지 건넸다. 구덩이는 그런대로 고양이가 누울 정도는 됐다. 종두는 아쉬운 듯 자꾸 고양이 꼬리를 오므렸다. 그러

66

나 나뭇가지 같은 고양이 꼬리는 잘 휘어지지 않았다.

"됐어, 그만 흙 덮어."

나를 돌아본 종두가 다시 호미를 들었다.

"할머니 고무신을 고양이 배 밑에 깔아."

"아차!"

할머니 고무신은 다시 고양이 배 밑으로 들어갔다. 토방에 누워 있을 때와 같은 모습이었다. 햇살만 비춰준다면 그리 낯선 곳도 아니었다. 햇살 대신 이곳에는 아카시아 향기가 있었다. 나는 지독히 싫어하지만 고양이는 그렇지 않을지도 몰랐다. 나는 고양이의 부장품이 되어버린 할머니의 흰 고무신을 마지막으로 한 번 더 내려다보았다. 고양이가 턱을 걸치고 있는 고무신 코가 삐쭉이 웃는 듯 보였다.

종두는 빠른 솜씨로 고양이 무덤을 만들었다. 아주 작은 무덤이었다. 잔디로 치장은 안 했지만 그리 흉하지는 않았다. 어쩌면 흙이 채 마르기도 전에 아카시아 꽃잎이 무덤을 덮을지도 몰랐다. 벌써 아카시아 나무가 고양이 무덤에 그늘을 드리우기 시작했다.

마지막 단장인 듯 종두가 손바닥으로 무덤을 탁탁 두드렸다. 흙의 쓸림을 막으려는 종두의 기특한 생각이었다. 종두는 가끔 저렇게 생각지도 못한 행동을 했다. 천재와 바보의 차이가 그리 크지 않다는 말이 맞는 것 같았다.

마무리를 끝낸 종두가 휙 몸을 날리더니 근처 어디선가 솔방울이 달린 나뭇가지 하나를 주워 왔다. 종두는 그것을 고양이 무덤 위에 꽂았다. 그러고는 조용히 무덤 앞에 쪼그리고 앉아 두 손을 모았다. 나는 계속 지켜보기만 했다. 두 눈을 꼭 감은 종두가 뭐라고 중얼거리기 시작했다. 그렇게 한참 동안 기도를 하더니 이번에는 박수를 치며 노래를 불렀다.

"며칠 후! 며칠 후! 요단강 건너서 만나리. 며칠 후! 며칠 후! 며칠 후……"

학교에서 배운 노래도 아니고 유행가도 아닌 노래를 종두는 목청이 터져라 불렀다. 가사를 모르는 것인지, 아니면 원래 노랫말이 그렇게 짧은 것인지 계속 같은 구절만 불러댔다. 하지만 노래를 부르는 종두는 전혀 지루해 보이지 않았다. 음정 하나하나가 절절하게 느껴졌다. 누군가에게 간절히 소원하고 있었다. 끝없이 이어지는 종두의 그 '며칠 후' 노래가 온 산을 울리며 오월의 아카시아 숲으로 스며들었다.

고양이 장례를 치른 우리는 아카시아 숲을 헤치며 집으로 내려가고 있었다. 한풀이를 한 듯 종두는 표정이 밝았다. 종두가 막대기를 휘두를 적마다 아카시아 꽃잎들이 눈처럼 쏟아져 내렸다. 종두는 신이 나서 소리를 질렀다. 나는 그놈의 아카시아 향기 때문에 숨을 제대로 쉴 수가 없었다. 한시라도 빨리 산을 벗어나고 싶은 마음뿐이었다.

"장난치지 말고 빨리 가."

휘날리는 아카시아 꽃잎을 받아먹느라 종두는 자주 걸음을 멈쳤다. 하나둘 종두의 입속으로 작고 하얀 꽃잎들이 소리 없이 떨어졌다. 종두는 온 산의 꽃잎을 다 받아먹을 듯 아까 불렀던 노래를 주문처럼 흥얼거렸다. 나는 왠지 그 노래에 어떤 힘이 실려 있는 듯하다고 생각했다. 어쩌면 그 힘으로 꽃잎이 떨어지고 있는지도 모른다는 생각이 들자 산속의 기운이 후끈해지는 느낌이었다.

"종두야! 그 노래 어디서 배웠어?"

나는 앞서 걷는 종두의 어깨를 살짝 건드렸다.

"왜?"

"아까 그 노래, 어디서 배웠냐고?"

종두가 가볍게 놀랐다.

"어! 그거, 그때그때 창배랑 교회 가서 불렀어."

찬송가였다. 그러고 보니 전에 교회 사람들이 우리 집을 방문해서 노래를 부른 적이 있었다. 그때 부른 노랫가락도 종두가 불렀던 노래하고 비슷했다. 음정의 높낮이가 거의 비슷한 별 특색이 없는 노래였다. 종두가 창배를 따라 몇 번 교회에 가는 것을 본 적이 있었다. 주로 교회에 무슨 행사가 있을 때였다. 목사로부터 식구들 모두 교회에 나올 것을 권유받았지만 종두 말고는 아무도 교회에 나가지 않았다.

"근데, 요샌 왜 교회 안 가니?"

"애들이 나랑 안 논대."

아무리 하나님의 사랑이 지극해도 애들이 종두의 모자란 부분을 감싸면서까지 놀아주지는 않았을 것이다. 더구나 그 교회는 박씨들이 세운 교회였다. 외딴집 종두가 그들 틈에 끼기는 힘들었다. 할머니도 몇 번 교회에 나갈까 생각한 적이 있었다. 아니, 언젠가 한 번 나갔다가 골이 잔뜩 나 돌아와서는 이후로 스님에게 꼬박꼬박 시주를 했다. 교회에 나가는 것을 포기한다는 뜻이었다.

"야, 우리 저쪽으로 가서 꿀 훔쳐 먹고 갈래?"

기발한 생각을 한 듯 종두가 눈을 동그랗게 뜨고 말했다. 무슨 뜻인지는 알지만 쉽게 대답할 일은 아니었다.

"너, 그러다 들키면 죽어, 새끼야."

"괜찮아. 그 아저씨 천막에서 잠자."

"그걸 어떻게 알아?"

"그저께도 왔었는데 안 들켰어."

아카시아 숲에서 벌을 치는 사람은 양 씨였다. 그가 어디 사람이고 나이가 몇이고 언제부터 이 마을에 흘러들었는지 정확히 아는 사람은 없었다. 억센 말투로 보아 경상도에서 왔을 거라 짐작했고, 거무죽죽한 피부와 축 처진 눈가로 봐서 사십은 족히 넘었을 거라고 어림잡았다. 그는 해마다 이맘때만 되면 어김없이 나타나 아카시아 숲에 진을 쳤다. 산의 가장 안쪽으로 초행인 사람은 길이 없어 찾기 힘든 곳이었다. 우리 식구만이 그곳으로 통하는 지름길을 알고 있었다. 그곳 가까이에 우리 집 산소가 있기 때문이다.

벌 치는 양 씨는 가끔 샘물을 얻으러 우리 집으로 내려왔다. 커다란 플라스틱 통을 들고, 무릎까지 닿는 시커먼 장화를 신은 그가 대문 앞에서 헛기침을 하면 집이 흔들리는 것만 같았다. 또 부숭부숭한 머리는 헛간 천장에까지 닿아서 그가 집 안으로 걸어 들어올 때면 허술하기 짝이 없는 지붕이 그의 머리 위에 걸려 있는 것처럼 보였다. 엄마는 아주 친절하게 양 씨를 맞이했다. 엄마의 친절이 언젠가 그가 들고 왔던 꿀 때문이라면 너무 과한 친절이었다. 엄마는 아버지가 쌀 한 가마니 값을 주고 산 닷 돈짜리 금반지를 받고도 부뚜막의 고양이 내치듯 하는 사람이었다. 아무리 꿀 한 병에 그런 친절을 보일 수 있을까? 어쩌면 우리도 모르게 꿀 서너 병은 더 받았을지도 모를 일이었다.

엄마는 양 씨에게 물만 퍼 가게 하는 것이 아니라 텃밭의 꽃상추까지 뿌리째 쑥쑥 뽑아서 한 다발씩 안겨 보냈다. 그리고 오랫동안 그가 사라진 대문 밖을 바라보거나 그도 아쉬우면 아예 밖으로 나갔다가 한참 만에 돌아오곤 했다.

"그쪽 길로 가면 집이 더 가까워."

꿀을 싫어하는 것은 아니지만 그렇다고 꿀을 훔쳐 먹자는 말에 대놓고 좋아할 수는 없었다. 달걀 훔치는 것만으로도 지루한 일상의 반란은 충분했다. 거기다 꿀까지 훔치려 든다면 그건 너무 위험한 모험이고 자칫 반란이 아닌 전쟁을 일으키게 될지도 몰랐다. 하지만 산을 빨리 내려갈 수 있다는 말에는 혹하지 않을 수 없었다. 아카시아 냄새 때문에 빨리 숲에서 벗어나고 싶었다.

"그럼, 꿀은 다음에 훔쳐 먹고 오늘은 그냥 그 길로 집에 가자."

"그래."

종두는 조금의 망설임도 없이 얼른 그러자고 했다. 당장 이곳을 벗어나고 싶은 마음에 약간 둘러친 것인데, 놈에게도 뭔가 다른 속셈이 있는 것 같았다. 꿀을 그리 쉽게 포기할 놈이 아니었다.

산을 뻔질나게 다닌 듯 종두는 숲 사이를 요리조리 잘도 걸었다. 나는 내 키보다 큰 풀숲에 이리저리 쓸리며 종두의 뒤통수만 따라갔다. 종두가 휘두르는 막대기 끝에서 풀벌레들이 놀라 달아났다. 저만치 양 씨의 천막이 보였다. 군인들이 쓰는 천막이었다. 그는 옷도 군인들이 입는 국방색 작업복을 입고 다녔다. 그래선지 그가 한때 군에서 장교를 하다가 쫓겨났다는 말도 떠돌았다. 성질이 하도 지랄 같아서 자기 부하를 총으로 쏴 중상을 입혔다는 것이다. 그 죄로 그는 군 형무소에서 징역을 살다 나왔고, 이후 오갈 데 없이 혼자 떠돌며 산다고 한동안 동네 사람들이 쑥덕거렸다. 그러나 모두 확실하지 않은 풍문에 불과했다.

"저기 있다. 보이지?"

"알았으니까, 빨리 가기나 해."

숲길은 양 씨의 천막을 살짝 비껴서 벌통이 죽 늘어서 있는 뒤쪽으로 나 있었다. 내 눈에는 숲이나 다름없는데, 종두는 그곳이 길이라고 가리켰다. 숲이 도저히 길을 만들어줄 것 같지 않았다. 이 계절, 산에서 지름길을 찾는 것은 어리석은 행동이었다. 처음부터 우리는 지름길을 찾은 게 아니라 달콤한 꿀의 유혹에 이끌려 온 것인지도 몰랐다.

초겨울 시제를 지낼 때 한두 번 와본 적이 있기는 했다. 그때는 양 씨의 천막도 없었고, 숲도 우거지지 않았다. 지름길이 분명 있었다. 그러나 지금은 전혀 다른 모습이었다.

앞서 걷고 있던 종두가 자꾸만 천막 주변을 기웃거렸다. 양 씨는 보이지 않았고 천막도 조용했다. 천막의 네 귀퉁이는 긴 나일론 줄로 연결되어 아카시아 나무에 묶여 있었다. 천막에서 한 발짝쯤 떨어진 풀숲에는 물통과 밥사발, 양 씨의 장화가 나뒹굴었다. 사는 꼴이 물통을 들고 나타나던 양 씨의 생김새 그대로였다. 종두의 눈치가 수상했다.

"야! 뭐 해?"

막상 종두의 눈치를 보자 가슴이 떨렸다. 천막 주위를 살피는 꼴이 짐작대로 그냥 지나칠 심산이 아닌 듯했다. 나는 덜컥 겁이 났다. 어디선가 양 씨가 불쑥 나타나 뒷덜미를 확 움켜잡을 것만 같았다.

"그냥 가……"

나는 조심스럽게 종두를 불렀다. 벌 떼 소리가 요란했다.

"있나 없나 살짝 보기만 할게."

종두가 천막 가까이 다가갈수록 나는 몸이 오그라드는 것만 같았다. 달걀을 훔쳐서 밖으로 나올 때도 이렇게 떨리지는 않았다. 묘한 쾌감이나 스릴 대신 늦은 밤 재마당에 혼자 앉아 똥을 누는 기분이었다. 별도 달도 없는 칠흑 같은 그믐밤에 시커먼 산을 바라보며 똥을 누고 있자면, 반딧불 하나만으로도 눈이 뒤집힐 지경이었다. 지금이 꼭 그랬다. 양 씨가 시키면 어둠의 불청객으로 숲 어디에 숨어 있을 것만 같았다.

나는 큰 상수리나무 뒤에 몸을 숨겼다. 여차하면 왔던 길로 되돌아 도망칠 생각이었다. 종두는 걱정할 것 없었다. 놈의 발은 다람쥐보다 빨라서 나를 쫓아오는 것은 문제도 아니었다. 나는 상수리나무 잎사귀로 얼굴을 가리고는 종두를 지켜보았다.

그런데 숲 어디쯤에서 살짝살짝 여자의 콧노래가 들려왔다. 소리는 벌들의 윙윙거림보다 한 음 높았다. 아카시아 꽃잎이 살랑거리듯 맑고 경쾌한 소리였다. 나는 가만히 귀를 모았다. 소리의 실체는 쉽게 잡히지 않았다. 숲은 여전히 움직임이 없었다. 바람은 자고 벌 소리만 들릴 뿐이었다. 나뭇잎이 눈가를 찔러 몸을 비틀었을 때였다. 길이 없을 거라고 생각했던 바로 그 아래쪽으로 뭔가 보였다. 숲의 색과는 다른 무엇이 언뜻언뜻 내비쳤다. 흰색과 빨강이 조화를 이룬 화려한 색이었다. 온통 푸른 숲에서 그 화려함은 너무도 확연하게 드러났다.

엄마의 양산이었다. 엄마의 양산이 푸른 숲 사이를 사뿐사뿐 내려가고 있었다. 그곳은 우리가 말한 지름길이었다. 분명 엄마가 맞았다. 그런 양산을 가진 사람은 우리 엄마밖에 없었다. 그 양산은 매우 비싼 물건으로, 엄마랑 친한 사람이 사우디아라비아로 일하러 갔다가 사다 준 것이다. 사우디아라비아를 다녀온 사람은 동네를 다 뒤져도 없다고 했다. 그래서 언니는 엄마가 죽

은 다음에 자신이 그 양산을 가질 것이라고 미리 맡아놓기까지
했다.

엄마는 아카시아 향기를 맡으러 왔다가 가는 모양이었다. 종
종 있는 일이었다. 이상할 게 없었다. 나처럼 냄새를 싫어하는 사
람이라면 몰라도 좋아하면 그럴 수 있었다. 좋아하는 것은 자꾸
보고 싶고 만나고 싶은 것이 사람 마음이라고 할머니가 말했다.
나만 해도 선생님을 생각하면 자꾸만 보고 싶어 학교에 빨리 가
고 싶어졌다. 아카시아 냄새는 싫지만 선생님한테서 나는 냄새
는 오이 꼭지 냄새보다, 잘 익은 토마토 냄새보다 좋았다. 엄마가
아카시아 향기를 맡으러 산을 찾는 것은 그리 이상한 일이 아니
었다.

"야!"

기어들어갈 듯한 소리로 종두가 불렀다. 몹시 놀란 표정이었
다. 종두가 천막 입구에서 잠시 주춤거리고 서 있는 동안 나는 엄
마 때문에 다른 생각을 하고 있었다. 종두는 흥분해 있었다. 양
씨가 있는 걸 보고 놀라서 고양이 걸음을 하고 있는 것인지, 아니
면 아무도 없으니 얼른 나와서 꿀을 훔쳐 먹자는 뜻인지 알 수가
없었다. 나는 종두가 있는 곳으로 천천히 걸어갔다. 엄마의 양산
을 본 탓인지 양 씨에 대한 두려움이 한결 덜했다. 엄마가 노래를
부르며 다니는 산이라면 그리 무서워할 것도 없었다. 그러나 생
각과 달리 다리가 후들거렸다. 무슨 짓을 한 것도 아닌데 죄를 지

은 듯 가슴이 쿵쾅거렸다.

"봤으니까, 빨리 가자!"

꿀의 유혹을 완전히 떨친 것은 아니었다. 하지만 숨 막히는 숨바꼭질을 더 이상은 하고 싶지 않았다. 종두가 천막을 들춰본 것만도 대단한 모험이었다.

"저기……"

"저기고 뭐고 빨리 가!"

눈을 흘기며 재촉하는 내 앞에서 종두가 갑자기 바지를 내렸다.

"미친놈아, 왜 그래?"

종두가 바지를 내리고 자신의 고추를 내려다보았다. 녀석은 아직 성을 구별 못해 부끄러움을 몰랐다. 아무 데서나 오줌을 싸고 누구라도 고추 한번 만져보자고 하면 기꺼이 꺼내 보여주었다.

"왜 바지는 내리고 지랄이야."

"그게 아니고, 저 아저씨 고추가……"

종두는 양 씨의 천막을 가리키는 동안에도 제 고추에서 눈을 떼지 않았다. 도무지 무슨 얘기를 하려는 것인지 연신 고추 소리만 해댔다.

"그럼, 저 안에 양 씨가 있단 말이야?"

"응, 자고 있어."

"그래? 그럼 깨기 전에 얼른 가자."

한편으로는 나도 궁금했다. 종두가 양 씨의 무엇을 보고 놀라서 그러는지 알고 싶었다. 천막 속의 양 씨가 자고 있다는 사실이 궁금증을 더 부추겼다. 그 틈을 비집고 종두가 한마디 더 보탰다.

"저 아저씨, 잘 때는 천둥이 쳐도 몰라."

"어떻게 알아?"

"전에 비 오는 날 창배랑 왔었어. 그때도 자고 있었는데 우리가 아무리 떠들고 지랄을 떨어도 꿈쩍 안 했어."

"정말이야?"

종두의 말은 어느 정도 신빙성이 있어 보였다. 거짓말을 만들 정도로 종두의 머리가 좋지 않은 이상 천막 속의 양 씨는 틀림없이 자고 있을 것이다. 여기서 호기심을 접고 발길을 돌리기에는 너무 늦은 것 같았다. 기왕지사 이렇게 된 이상 궁금증을 풀고 가는 쪽으로 나는 생각을 바꾸었다.

"거짓말 아니지?"

한 번 더 확인한 나는 종두가 이끄는 대로 양 씨가 있는 천막으로 갔다. 널려 있는 밥그릇 주변으로 개미들이 새까맣게 모여 있었다. 일벌 몇 마리도 기웃기웃 개미집 주변을 맴돌았다. 물통이 거의 비어 있는 것으로 보아 내일쯤 양 씨가 우리 집으로 내려올 것도 같았다.

종두의 말대로 양 씨는 자고 있는 게 틀림없었다. 양 씨의 코 고는 소리가 천막 밖으로 새어 나왔다. 소리가 어찌나 크게 울리는지 천막 위 아카시아 꽃잎들이 우수수 미끄러져 땅으로 떨어졌다. 종두는 용감하게 천막의 출입문을 열었다. 사실 문은 열려 있는 것이나 마찬가지였다. 열십자의 막대기에 천을 대서 만든 문은 입구에 슬쩍 기대져 있었다. 문이 열렸다고 생각하자 심장 소리가 양 씨의 코 고는 소리보다 더 크게 울렸다. 사람이 아닌 괴물이 천막 속에 있는 것처럼 느껴졌다. 종두가 주춤거리며 서 있는 나를 잡아끌더니 양 씨를 보라고 말했다.

"저기 봐, 보이지?"

"어디……"

"저기, 있잖아."

천막 안은 밖에서 본 것보다 훨씬 넓었다. 나무로 만든 넓은 평상이 있었고 잡다한 옷가지와 라디오, 여러 권의 책들이 평상 한 귀퉁이에 뒤죽박죽 놓여 있었다. 입구에는 담배꽁초로 가득 찬 소주병 세 개가 발길에 차일 듯 위태롭게 세워져 있었다. 천막 안을 살핀 나는 잽싸게 돌아섰다. 더는 그곳에 서 있을 수가 없었다. 훅하고 달려드는 냄새 때문이었다. 소주나 벌꿀 냄새도 아닌 뭐라고 딱히 말할 수 없는 고약한 냄새였다. 아카시아 향기보다 진해서 멀미가 날 지경이었다.

"봤지? 되게 크지?"

"봤어."

크게 놀라지 않는 내가 이상한 듯 종두는 자꾸만 봤느냐고 물었다. 놀라서 소리라도 질러줘야 신나 할 텐데, 나는 호들갑을 떨지 않았다. 그 광경을 보고도 태연한 척하는 내가 종두의 눈에는 무척 신기하게 생각되었을 것이다. 그러나 나는 확실히 보았다. 보고 속으로 충분히 놀랐다. 으악! 소리만 밖으로 내지 않았을 뿐이었다. 양 씨의 발밑에 있던 책 제목까지 자세하게 훑었는데 그 큰 물건이 눈에 들어오지 않을 리 없었다.

평상의 절반 이상을 차지하고 누워 자고 있는 양 씨는 벌거벗고 있었다. 실오라기 하나 걸치지 않은 알몸이었다. 천막 안에서 맨 먼저 본 것은 양 씨의 알몸이었고, 다른 것들은 그다음이었다. 나는 애써 시선의 초점을 측면부터 맞추기 시작했다. 너무 엄청나서 약간의 이해가 필요했다. 처음 보는 어른 남자의 알몸은 상상했던 것보다 크고, 시커멓고, 털이 많고, 징그러웠다. 그중 가장 망측스럽고 흉물스러웠던 것은 사타구니 사이에 불쑥 솟아 있던 기이한 물건이었다. 그것은 커다란 버섯 같기도, 알이 밴 칡뿌리 같기도 한 것이 꼭 혹처럼 튀어나와 있어 몸 같지 않았다. 그러나 양 씨의 코 고는 소리에 맞춰 좌우로 기우뚱거리는 것을 보니 그것도 몸인 것이 분명했다. 종두가 제 바지를 내리고 확인할 만도 했다. 하지만 나는 종두만큼 놀라지 않았다. 나는 아직 그것의 정확한 용도도 알지 못했다. 단지 그런 혹이 어른들의 바지 속 깊숙이 숨어 있다는 것에 놀랐을 뿐이다.

숲 속은 옷을 홀랑 벗을 정도로 그다지 덥지 않았다. 양 씨가 왜 발가벗고 잠을 자는지 의아했다. 평소 습관일 수도 있겠지만 그곳은 집이 아닌 천막이었고 완전하게 닫힌 공간도 아니었다. 또한 열린 문 밖에는 벌 떼들의 극성이 언제 위험을 부를지 모르는 형편이었다. 양 씨는 종두처럼 뭘 모를 정도로 사고의 발달이 늦어 보이지도 않았다. 설사 보는 사람이 없다 해도 부끄러움이란 감정이 그토록 오랜 시간 벌거벗게 놔둘 수 있는 것인지 의심스러웠다. 나만 해도 오줌을 누거나 똥을 눈 다음에는 바지부터 끌어 올렸다. 양 씨의 자는 모습은 보통 사람과 달랐다. 나는 벌에 쏘인 듯 정신이 얼얼했다. 발길을 돌렸지만 양 씨의 코 고는 소리가 여전히 뒤따라왔고, 그의 알몸이 눈앞에서 지워지지 않았다.

나의 고집으로 종두는 결국 꿀을 훔쳐 먹는 걸 포기해야 했다. 지름길로 가자는 것과 양 씨의 몸을 한 번 더 보겠다는 요구도 묵살됐다. 종두가 따라오거나 말거나 나는 서둘러 오던 길로 되돌아갔다.

6

오늘도 난 무사히 달걀과 지우개를 바꿀 수 있었다. 종두는 젤리 대신 줄무늬가 있는 사탕을 받았다. 아쉬운 것은 문방구 여자의 무성의로 연 이틀째 똑같은 지우개를 받았다는 것이다. 무채색의 정사각형 지우개였다. 그런 지우개는 아낄 필요 없었다. 연필에 달린 지우개만 쓰는 종두한테 하나쯤 인심을 쓸 수도 있었다. 연필에 박힌 지우개는 질이 좋지 않아 잘 지워지지도 않을뿐더러 지운 자리에 얼룩이 남았다. 나는 공책에 얼룩이 생기거나 지우개똥이 뭉쳐 있으면 싫었다. 달걀과 바꾼 지우개는 대개 그렇지 않은데, 여자가 가끔은 불량 지우개를 줄 때가 있었다. 나는 커다란 성냥갑 속에 들어 있는 지우개들을 한참 동안 들여다보다가 오늘 달걀과 바꾼 지우개를 쓰기로 했다. 성냥갑 속에 있는 것들이 오늘 받은 지우개보다 좋아 보였다. 산수 시간에 딱 한 번 써서 모서리가 살짝 닳긴 했지만 언뜻 봐서는 새것이나 다름없었다. 종두가 창배네서 돌아오면 지우개를 줄 생각이었다.

종두는 창배네로 놀러 갔다. 아버지는 일 나갔을 테고, 엄마와 언니는 어디 갔는지 보이지 않았다. 집에는 나 혼자뿐이었다. 나는 쏟아지는 졸음을 쫓으며 숙제를 했다. 그 많던 쇠파리도 종두가 없는 걸 아는지 한 마리도 보이지 않았다. 파리를 쫓다 보면 졸음도 달아날 텐데, 나는 종두 주려고 고른 지우개를 만지작거리며 감기는 눈꺼풀을 밀어 올렸다.

"월뱅이 있어!"

이장이 아버지를 불렀다. 목소리만으로도 이장임을 금방 알 수 있었다. 방 안에서도 토방에 서 있는 이장의 그림자가 보였다. 이장 말고는 열려 있는 대문 안으로 저벅저벅 들어설 사람이 없었다. 대개는 대문 밖에서 신호를 보내거나 헛간쯤에 서서 집 안을 기웃거리기 마련이었다. 기척이 없음을 답답하게 생각한 듯 이장이 다시 한 번 짓궂게 불렀다.

"어이! 골뱅이 있어?"

잠이 확 달아나는 소리였다. 나는 벌떡 일어나 바지 속에서 안경을 꺼내 썼다. 아무래도 이장과 신경전을 벌여야 될지도 모른다는 생각에서였다. 안경은 나하고 감정이 별로 좋지 않은 사람들과의 거리를 만들어주는 방패 역할을 하기 때문에 든든했다. 방패는 무기가 아니다. 그러므로 사람을 다치게 하지는 않는다. 자신을 보호하고 대응할 때만 필요한 것이다. 나는 이장을 상대로 싸울 생각은 없었다. 이장의 공격을 막으려는 것뿐이었다.

급하게 일어서는 바람에 종두에게 주려던 지우개가 방바닥으로 굴러떨어졌다.

"아버지 없어요!"

탁 소리가 나도록 방문을 닫은 나는 토방 끝에 서 있다가 막 마루에 걸터앉으려는 이장을 향해 소리쳤다. 이장이 골뱅이 소리만 하지 않았어도 그리 쌀쌀하게 소리치지는 않았을 것이다. 이장이 놀라서 반사적으로 몸을 일으켰다.

"뭐야! 간 떨어지겠다. 네 아버지 어디 갔냐?"

"아버지는 왜요?"

나는 처음보다 더 냉랭한 목소리로 말했다. 한번 놀란 이장은 더 이상 내 말투에 신경 쓰지 않는 눈치였다. 자신의 말투가 그러하니 상대방한테도 예의를 바라지 않는 것인지도 몰랐다. 아니면 나를 늘 그런 아이려니 하고 무시해버리는지도.

"넌 알 것 없어. 네 아버지가 있어야 하니까 얼른 불러와라."

이장의 왼손에는 종이 몇 장이 들려 있었다. 무슨 서류인지는 모르지만 도장을 받으러 온 듯했다. 그가 종이쪽지를 들고 나타나면 으레 그런 일이었다. 그는 왼손잡이로 밥을 먹을 때나 글씨를 쓸 때 왼손으로 했다. 지금도 종이랑 볼펜이 왼손에 들려 있었다. 이장이 나와 같은 왼손잡이라는 것을 알게 된 것은 몇 년 전이었다. 아마 누구네 잔칫집에서 보았을 것이다. 그때 이장은 수저를 왼손으로 사용했다. 그리고 할머니의 죽음을 알리는 부고장도 왼손잡이인 이장이 썼다. 아버지의 신신당부에 마지못해 부고장을 써주던 이장을 보면서 내가 왼손잡이라는 사실이 죽도록 싫었다. 왜 하필 이장하고 나하고 그런 공통점이 있는 것인지 인정하고 싶지 않았다. 그 후로 오른손으로 글씨 쓰는 법을 연습했지만 왼손잡이를 바꾸지는 못했다. 좀 더 노력했으면 바꿨을지도 모르지만 갑자기 달라진 내 글씨로 선생님을 놀라게 해드릴 수 없어 그만 포기했다. 이장은 보지 않아도 되지만 선생님을 안 볼 수는 없었다.

이장이 아버지한테 도장을 맡고자 하는 서류는 순전히 형식에 불과했다. 아버지는 글을 읽지도 쓰지도 못했다. 따라서 이장은 아버지의 의견을 묻지도 이해를 구하지도 않았다. 변명을 위한 설명 따위도 없었다. 이미 결정지어진 사항이니 넌 도장이나 찍어라, 하는 식이었다. 전에도 몇 번 그런 일로 할머니와 이장이 다투는 것을 보았다. 그러나 매번 선택의 여지가 없음을 은근히 강요하는 이장한테 할머니도 어쩔 수 없이 도장을 내주고 말았다.

사실 아버지의 도장을 가지고 있는 사람은 나였다. 할머니가 죽기 전에 나한테 맡겼다. 맡기면서 절대로 아무 곳에나 도장을 찍어주지 말라고 간곡히 부탁을 했다. 엄마와 언니가 있는데 굳이 도장을 나한테 맡긴 이유에 대해서는 말해주지 않았다. 나중에 크면 알게 될 테니 아무한테도 말하지 말라고만 했다. 이유야 어찌 됐든 나는 할머니와의 약속을 지키면 그만이었다. 도장이 내게 있으니 이장이 아버지를 찾아봤자 소용없었다.

"아버지 일 나가서 언제 올지 몰라요."

이런 때는 차라리 아버지가 없는 게 다행이었다. 공연히 이장의 압력에 못 이겨 도장이라도 내주라고 하면 곤란했다.

"왜 그러는지 저한테 말하세요."

이장은 들고 있던 종이를 슬쩍 내려다보았다.

"그럼, 네가 아버지 도장 좀 찍어줄래. 다른 건 필요 없고 여기다 도장만 찍으면 돼. 아버지 도장 어디다 두는지 알지?"

이장은 또 한 번 종이를 쳐다보며 묘한 웃음을 지었다. 일이 생각보다 간단하게 끝난 것 같아 마음이 흡족한 모양이었다.

"그게 무슨 서류인데요?"

"넌 알 것 없어. 도장이나 얼른 가져와."

"뭔지 봐야지요. 이리 줘봐요."

그렇게 나오자 이장은 약간 곤란해하는 눈치였다. 까막눈인 할머니도 실컷 따져 물은 다음에 도장을 내줬는데, 글짓기까지 하는 내가 서류를 보지 않을 수는 없었다.

"네가 보면 아냐?"

"아니까, 줘봐요."

나는 깐깐하게 말했다. 이번만큼은 이장한테 밀리고 싶지 않았다. 목소리도 평소보다 얇고 높게 똑똑 끊어서 말했다. 물론 안경으로 가려진 눈은 더 날카롭게 이장을 살피고 있었다. 이장이 잠깐 망설이더니 두 장의 종이를 내게 넘겨주었다.

두 장의 종이에는 명달리 마을 사람들의 주소와 이름이 적혀 있었다. 나는 손으로 꼼꼼하게 읽어 내려갔다. 아버지 이름은 맨 마지막 끝줄에 있었다. 장월봉, 분명 아버지 이름이었다. 나는 집게손가락으로 정확히 짚어가며 아버지 이름을 확인했다. 다른 이름들 옆에는 크고 작은 도장들이 어지럽게 찍혀 있었다. 아버지만 도장을 찍지 않은 상태였다. 죽 훑어보던 나는 첫 장에 적혀 있는 공지사항을 보았다. 내용인즉 새마을운동의 일환으로 정부에서 지급한 환경 개선 기금 내역이 적혀 있었다. 환경 개선 내역은 부엌과 변소였고 배당된 보조금은 세대별로 금액이 똑같았다. 전에 창배가 자기 집 변소는 물이 나온다고 자랑을 하더니 그 돈으로 변소를 고친 모양이었다. 그러니까 종이쪽지는 '이미 나온 보조금으로 환경 개선을 잘했습니다.' 하는 확인서였다. 그 확인서를 읍사무소에 제출해야 되는 거였다.

내가 그것을 살피고 있는 동안 이장은 알 듯 모를 듯한 표정을 지으며 왼손에 쥔 볼펜을 딱딱거렸다. 내가 종이를 보고 무슨 눈치를 챘을 거라는 불안감인지도 몰랐다. 나는 무슨 내용인지 다 파악한 후에도 종이에서 한동안 눈을 떼지 않았다. 이장처럼 초조하지도 않았다. 이장의 커다란 약점을 잡은 것 같아 약간의 자신감도 생겼다. 나는 천천히 고개를 들어 이장을 쳐다봤다.

"아저씨네도 변소 고쳤죠?"

볼펜의 딱 소리가 멈추더니 이장이 다른 발에 몸의 중심을 실었다. 머뭇거리며 이내 말하지 못하는 폼이 변소를 고친 게 틀림없었다. 그렇다면 서류에 도장을 찍은 사람들 모두가 보조금을 받아 변소를 고쳤다는 뜻이었다. 아버지 이름 옆에도 도장만 안 찍혔지 분명히 변소 고치는 보조금으로 얼마 받았다는 표시가 돼 있었다. 우리 집 변소는 전하고 똑같은데 서류에는 돈을 받은 것으로 돼 있으니 기가 막힐 노릇이었다.

"아저씨, 우린 변소 고친 일 없어요. 그런데 왜 변소 고쳤다고 써 있죠? 우리는 돈 받은 일 없어요."

손에 종이만 들려 있지 않았다면 삿대질도 불사했을 것이다. 입술이 씰룩거리고 얼굴이 확확 달아올랐다. 처음으로 안경이 답답하게 느껴졌다. 안경을 벗고 눈을 부라리며 달려들고 싶은 심정이었다. 그동안 이장이 가져온 모든 서류들이 그런 식이었으니 글을 모르는 할머니와 아버지가 이장의 감언이설에 넘어간 것은 당연했다. 이제야 할머니가 나한테 도장을 맡긴 이유를 알 것 같았다.

"그게 말이야…… 너희 집은 다음번에 더 좋게 고쳐주려고 그런 거야."

"그럼, 여기 써 있는 우리 돈은 어떻게 했어요?"

나는 흘러내린 안경을 추켜올리며 다시 따져 묻기 시작했다.

"아! 그 돈은 네 아버지가 마을회관 짓는 데 기부한다고 그랬어."

"언제 그랬는데요?"

"전에 모심을 때 그랬어."

"그래요? 어디 증명서 있나 봐요."

"무슨 증명서?"

"우리 아버지가 돈 기부한다고 말한 증명서요. 기부금에는 이렇게 증명서가 필요하잖아요."

나는 종이를 흔들며 이장을 다그쳤다. 어쩌면 이장의 말대로 아버지가 그 돈을 회관 건립하는 데 기부하겠다고 했을 수도 있었다. 그러나 그것은 어디까지나 아버지의 의사가 아닌 이장의 강요에 못 이긴 결정이거나 아버지의 무지가 낳은 실수였을 것이 분명했다.

"너, 아주 맹랑하다. 쪼끄만 게 어디 어른한테 꼬박꼬박 말대꾸야. 쓸데없는 소리 말고 어서 가서 도장이나 가지고 와!"

이장은 급기야 만만찮게 덤비는 내가 귀찮은 듯 버럭 화를 냈다. 얼렁뚱땅 넘어가려다 덜미가 잡힌 꼴이었다. 설마 종이에 적힌 내용을 내가 이해하랴 싶었을 것이다. 그러나 그 정도 내용을 읽고 파악하는 것은 그리 어려운 일이 아니었다.

이장 역시 나 같은 어린애한테 쉽게 당할 위인이 아니었다. 모르긴 몰라도 또 다른 계책을 세워 나를 공격하려 할 게 틀림없었다. 안경에 비친 이장의 우렁이 같은 눈빛을 보면 알 수 있었다.

"아저씨! 쪼끄맣다고 눈치도 없는 줄 알아요. 아저씨가 무슨 생각으로 그랬는지 다 알아요. 우리 돈 어디다 썼어요?"

"얘가, 무슨 돈을 썼다고 그래…… 뉘 집 새낀지 싸가지 더럽게 없네."

"나요? 우리 아버지 장월봉 씨 딸이에요. 그걸 여태껏 몰랐어요?"

"그래, 월뱅이 딸이다. 네가 더 이상 뭘 알겠냐."

이장의 말에서 묘한 뉘앙스가 풍겼다. 나의 추궁을 공연히 다른 쪽으로 돌리려고 딴소리를 하는지도 몰랐다.

"아저씨! 딴소리할 것 없어요. 읍에서 나온 돈을 우리한테 주

든지, 아니면 아저씨가 우리 변소를 직접 고쳐주든지 양자택일하
세요."

"못 하겠다면 어쩔래?"

"그래요. 그렇다면 경찰서에 가서 신고해야죠. 아저씨가 우리
돈 떼어먹었다고……"

이장은 새파랗게 질린 눈치였다. 누구나 경찰서는 싫어하는 모
양이었다.

"아니! 이년이 별소릴 다 하네. 너 이년, 나중에 보자."

생각보다 이장은 겁쟁이였다. 그는 떨어뜨린 볼펜도, 내가 들
고 있던 종이도 잊어버린 채 서둘러 발길을 돌렸다. 이장이 어떻
게 나올지는 두고 볼 일이지만 지금 심정은 이장을 한 방 먹인 것
같아 기분이 좋았다. 짧은 다리에 오리 엉덩이인 이장이 쪽문을
막 빠져나갈 즈음 나는 그의 뒤통수에 대고 한마디 더 떠들었다.

"아저씨! 가다가 우리 집 변소 좀 보고 가요. 구더기 땜에 똥을
못 눠요."

그가 우리 집 변소를 본다면 달라질지도 모른다고 생각했다.
다행히 이장의 마음이 변해서 읍에서 나온 돈을 준다면 상관없지
만 그렇지 않을 때는 아까 내가 했던 말대로 경찰서에 신고를 해
야 되는 것인지, 아니면 엄포로 끝내고 말아야 되는 것인지 머리
가 복잡했다. 당분간은 두고 볼 일이었다. 나는 이장이 흘리고 간
볼펜과 종이쪽지를 가져다 안방 윗목에 있는 앉은뱅이책상 서랍
에 넣어두었다.

7

외할머니가 집에 온 것은 어제 저녁나절이었다. 할머니는 늘 위아래가 다른 색깔의 한복을 풍성하게 입었다. 볼살이 두둑한 얼굴에는 스치기만 해도 묻어날 정도로 하얗게 분을 발랐다. 긴 머리는 묶어서 정수리까지 틀어 올렸고, 튀어나온 광대뼈와 큰 눈은 볼수록 사나웠다. 외할머니 얼굴에서 가장 눈에 띄는 것은 눈썹이었다. 양미간을 중심으로 그려진 눈썹은 완만한 경사를 이루다 갑자기 급경사로 뚝 떨어졌다. 눈꼬리 부분에서는 다시 일직선으로 귀까지 길게 그려져 역사책에 나오는 무슨 장군처럼 보이기도 했다. 본래의 눈썹은 아예 터럭조차 남아 있지 않았다. 낮은 코와 두툼한 입술 때문에 가끔은 살찐 마귀할멈처럼 보이기도 했는데 다 이상하게 그린 눈썹 탓이었다. 웃긴 것은 외할머니의 그 화장법을 엄마와 언니가 그대로 따라 한다는 거였다. 세 사람의 눈썹 그리는 솜씨가 모두 똑같았다. 언니와 엄마가 훨씬 젊고 이목구비가 뚜렷해서 외할머니보다는 나았지만, 세 사람이 나란히 앉아 있는 꼴을 보자면 저녁 무렵에 갈매기 세 마리가 떼를 지어가는 것도 같았다.

한복 끝자락을 옹골지게 매고 팔짱을 낀 외할머니가 대문 안으로 들어섰다. 외할머니가 오랜만에 왔는데도 나는 별로 반갑지 않았다. 외할머니 역시 쓴 약을 삼킨 사람처럼 달갑지 않은 표정으로 나와 종두를 쳐다보았다. 종두와 내가 마지못해 인사를 했다. 외할머니는 뭐가 그리 못마땅한지 우리를 머슴 새끼 쳐다보듯 하고는 헛간에 세워져 있던 지게 작대기를 심술궂게 발로 걷어찼다. 그 행동이 무슨 뜻인지 아는 나는 외할머니가 지나가기 무섭게 달려가서 쓰러져 있던 작대기를 일으켜놓았다.

"얼씨구! 그래도 지 아비라고……"

뒤에도 눈이 달렸는지 외할머니가 토방으로 올라서며 한마디 했다. 지게는 아버지 물건이었다. 아버지 물건을 함부로 대하는 것은 아버지를 무시하는 일이나 마찬가지였다. 사위를 개떡같이 아는 장모는 세상에 외할머니 말고는 없을 것이다. 종두와 나는 놀러 온 이웃집 애들처럼 서 있을 뿐이었다. 외할머니는 천둥 같은 소리로 언니와 엄마를 찾았다. 아침나절 장에 갔다 돌아온 뒤 또 한 차례 어디론가 사라졌다 돌아온 엄마는 자는 듯 방 안에서 꼼짝하지 않았다. 천둥 같은 외할머니의 목소리에 방문이 열렸다. 립스틱이 지워져서 그런지 엄마는 좀 피곤해 보였다. 뽕잎 자루를 들고 사랑방으로 들어갔던 언니도 달려 나왔다. 남들이 보면 세 사람씩 편을 갈라 사는 집으로 볼 만큼 우리 집의 풍경은 뭔가 이상했다. 아버지는 이 집의 머슴처럼 보였고, 나와 종두는 머슴의 자식처럼 보였다. 나머지 세 사람은 주인처럼 굴었다. 그렇지만 우리 집 가장은 당연히 아버지였다. 외할머니의 위풍이 아무리 당당해도 외할머니는 우리 가족에 포함되지 않았다. 그저 외할머니였다.

외할머니의 방문에는 특별한 목적이 있었다. 내일이 외할머니의 생일이었다. 외할머니는 해마다 자신의 생일상을 받기 위해서 전날 우리 집으로 쳐들어왔고 나는 이튿날 아침에서야 그 사실을 알았다. 지극히 일방적이고 도발적인 외할머니의 이러한 폭력 아닌 폭력을 불편하게 생각하는 사람 또한 없었다. 불만이 있어도 대놓고 말하지 못하는 사람은 있지만. 눈을 뜬 나는 부산하게 아침 준비를 하는 엄마를 보고서야 눈치를 챘다. 치맛자락을 한껏 추켜올린 외할머니는 공연히 샘가를 왔다 갔다 하며 집 안 공기를 썰렁하게 만들었다.

"자네는 가마솥에 물 좀 끓여!"

외할머니가 명령을 했다. 대문 안으로 들어서던 아버지는 말 떨어지기 무섭게 알았다고 대답했다. 다른 이의는 있을 수 없었다. 외할머니가 치맛바람을 일으키며 닭장으로 향했다. 아버지는 굼뜬 동작으로 뒤꼍 나뭇간으로 향했다. 나는 잽싸게 닭장으로 가는 외할머니를 뒤쫓아 갔다.

닭장 속의 식구들은 며칠 전 두 배로 불어났다. 누런 암탉 덕분에 여덟 마리의 병아리가 생겼다. 병아리 색깔도 제각각 달랐다. 흰색이 네 마리, 검은색이 두 마리, 누런색과 꿩 색깔이 한 마리씩이었다. 병아리의 부화를 직접 목격한 것은 역시 아버지였다. 놈들은 새벽일 나가는 아버지를 유혹해서 닭장으로 불러들였다. 아버지는 잔뜩 상기된 얼굴로 나와 종두를 불러 닭장 안을 살피게 했다. 방금 달걀에서 깨어난 놈들은 세 개의 발가락으로 비실비실 중심을 잡느라 애를 썼다. 그러다 이내 암탉의 품속으로 숨어버렸다. 나는 그 암탉이 제발 외할머니 손으로부터 무사하길 바라며 닭장으로 달려갔다.

외할머니가 닭장 안을 살폈다. 어느 놈을 잡을 것인지 고르는 중이었다. 나는 걷어붙인 외할머니의 팔뚝을 보았다. 팔뚝은 방금 뽑은 무처럼 잔털 하나 없이 튼튼해 보였다. 매끄럽기가 평생 비단만 만진 듯 거스름 하나 없는 외할머니 손이 늑대의 손으로 변하는 순간이었다. 나는 마음을 졸이며 외할머니의 눈동자가 향하는 대로 따라 움직였다. 어느 닭이 외할머니 손에 걸릴지 순간순간 숨이 멎는 것 같았다.

검은 닭은 둥지 위로 올라가 있었고, 흰 닭과 나머지 닭들은 흙바닥에 박힌 쌀겨를 먹느라 정신이 없었다. 아직은 외할머니를 경계하지 않았다. 누런 암탉이 먼저 외할머니를 발견했다. 긴장한 놈은 한쪽 구석에 날개를 부풀린 채 꼼짝 않고 앉아 눈망울만 굴렸다. 암탉의 날개 사이로 새싹 같은 병아리들의 다리가 삐죽삐죽 보였다.

외할머니는 전하고 달리 선뜻 닭을 고르지 못했다. 요리조리 눈동자를 굴리는 폼이 눈에 확 들어오는 놈이 없는 모양이었다.

좀 특별한 날이라 신중을 기하는지도 몰랐다. 다른 때 같으면 암탉이라는 사실만 확인되면 손에 잡히는 대로 낚아챘다. 닭들이 모두 외할머니의 마음에 들지 않았으면 싶었다. 그러면 외할머니가 닭 잡는 것을 포기할지도 모른다고 생각했다. 굳이 닭을 잡지 않아도 외할머니의 생일상은 어제 아버지가 사온 돼지고기로 충분했다. 아버지는 어제 동네서 죽은 돼지고기 두 근을 논두렁의 풀을 깎아주기로 하고 가져왔다. 순전히 외할머니를 위해서였다. 그런데도 외할머니는 성에 차지 않는지 기어이 닭을 잡으려 하고 있었다. 아버지 생일에는 멸치 대가리 하나 넣지 않은 심심한 미역국을 끓여주면서 외할머니 생일에는 뱃사람 계집처럼 하루아침에 살림을 거덜낼 듯 상을 차리는 엄마는 또 무슨 심사인지 이해할 수 없었다. 두 사람처럼 죽이 잘 맞는 모녀간도 드물었다. 그리고 엄마와 나처럼 뜻이 어긋나는 모녀간 또한 없었다.

문득 외할머니의 눈빛이 한곳에 머무는 듯했다. 한 발 뒤에서 살피고 있던 나는 외할머니의 시선이 어느 닭을 향해 있는지 몸이 달았다. 하긴 안다 한들 외할머니를 말릴 수는 없었다. 그랬다가는 생난리를 칠 것이 뻔했다. 외할머니의 손이 닭장 문을 무섭게 열었다. 그때까지도 나는 외할머니가 어느 닭을 지목했는지 눈치채지 못했다. 급기야 닭장 문을 열고 들어간 외할머니가 바람처럼 달려가 닭을 낚았다. 아! 외할머니 손에 낚인 닭은 병아리를 품고 있던 누런 암탉이었다. 그 순간 나는 눈을 감아버렸다.

어미 닭이 죽으면 여덟 마리의 병아리들은 어쩌라고……

뭐가 그리 급했던지 외할머니는 전처럼 수수로 닭들을 유혹하지도 않았다. 계획적이지 않고 우발적이었다. 내 눈에는 그렇게 보였다. 계획적인 유혹은 아무리 그것이 최소한의 미끼였다고 해도 급작스러운 죽음보다는 훨씬 나았다. 외할머니는 그렇게 빨리 닭고기가 먹고 싶었던 것일까. 매일 술과 안주로 사는 사람인데 그것도 부족해서라면 외할머니는 정말 먹기 위해서 사는 사람이 맞았다.

외할머니의 손아귀에 잡힌 암탉은 크게 반항하지 않았다. 죽을 것을 예감이라도 한 듯 두 눈을 꾹 감고 있었다. 아니면 벌써 목이 비틀렸는지도. 다리가 버둥거리지 않는 것을 보니 그런 것도 같았다.

펄펄 끓는 물을 샘가에 대령한 아버지는 모가지가 비틀어져 오는 암탉을 무연히 바라보았다. 아버지의 마르고 튼 입술은 아무런 표정도 만들지 못했다. 본래부터 웃을 줄도 서운해할 줄도 모르는 사람 같았다.

"물은 팔팔 끓었지?"

"예."

외할머니는 노련한 사냥꾼처럼 늘어진 닭 모가지를 대롱거리며 물가로 들어섰다. 그 기세에 아버지의 몸이 저절로 물러났다. 말주변 없는 아버지의 입술이 들릴 듯 말 듯 달싹거렸다.

"씨암탉이네요……"

"왜, 아까워?"

끓는 물 속으로 암탉을 집어넣으려던 외할머니가 눈을 하얗게 치뜨면서 소리를 질렀다. 아버지는 닭과 자신의 존재를 알리고 싶었을 뿐이었다. 가만히 서 있기가 뭣해서, 거침없이 닭을 잡는 외할머니의 위상을 돋보이게 하고 싶어서 그런 소리를 했을 것인데, 외할머니는 영 다르게 해석했다.

"저리 못 가! 이년이 왜 자꾸 쫓아다녀!"

아까부터 소리 없이 외할머니 뒤를 졸졸 따라다니던 나는 결국 한소리를 들었다. 그러잖아도 잔뜩 속이 상해 있던 나는 외할머니의 고함이 목에 탁 걸렸다. 더 이상 외할머니의 소행을 두고 볼 수가 없었다. 진짜 외할머니라면 내게도 아버지에게도 그렇게 심한 말을 하지는 않을 터였다.

"외할머니! 왜 하필 그 닭을 잡아요. 다른 닭도 있잖아요. 병아리 새끼 불쌍해서 어떻게 해요!"

목에 걸린 말이었다. 처음부터 외할머니가 그 암탉을 잡을 줄 알았더라면 필사적으로 말렸을 것이다. 설마 했고, 병아리가 있으니 그놈만은 안 잡겠지 싶어 암탉의 죽음을 예감하지 못했다. 그러나 암탉은 이미 끓는 물 속으로 들어가버린 뒤였다.

"아이고! 이년 좀 봐, 어따 대고 독사처럼 덤벼. 이년아, 이까짓 닭은 내가 다 잡아먹어도 시원찮아."

외할머니의 양미간이 붙었다 떨어졌다 하며 갈매기 눈썹이 춤을 췄다. 어느 한 군데 움직이지 않는 곳이 없었다. 그 인상이면 누구라도 못 당해낼 것 같았다. 어젯밤 외할머니와 엄마가 하는 이야기를 살짝 엿들었다. 외할머니가 우리 집에 오랫동안 발걸음이 뜸했던 것은 외할머니 술집에서 일하던 아가씨가 돈을 떼먹고 달아나 그 여자를 잡으러 다니느라고 그랬던 것이다. 외할머니는 이불 속에서 이를 으드득 갈며 말했다.

"내 이년을 잡기만 해봐라. 밑구녕을 찢어놓을 테니…… 어디 감히 내 돈을 떼먹고 도망가. 저승까지 쫓아가고 말껴."

그 말을 듣는 순간 나는 오줌이 마려웠다. 죽은 할머니한테 무서운 옛날이야기를 들었을 때와 같은 기분이었다. 하지만 그때는 할머니가 있어 그리 무섭지 않았다. 말랑말랑한 할머니 젖가슴에 얼굴을 묻고 있으면 아무리 무서운 얘기도 금세 잊어버릴 수 있었는데, 지금은 아무도 없었다. 나보다 머리통이 작은 종두는 있으나 마나 했다. 가까이 오라고 하지도 않지만 엄마와 외할머니 품 역시 무서움을 덜어주는 것이 아니라 더 가중시킬 듯 늘 찬바람이 느껴졌다. 그래서 나는 모든 걸 혼자 해결하고 감당했다. 그런 외할머니와 엄마가 있는 것도 내 팔자라고 스스로를 위로해야 했다. 외할머니의 이야기는 내가 지쳐 잠이 들 때까지 계속됐다.

그런 외할머니한테 내가 과감히 도전장을 낸 셈이었다.

"그래요, 다 잡아요. 고기나 실컷 먹게!"

솔직히 그랬다. 닭을 몽땅 잡아먹으면 외할머니가 더 이상 우리 집을 찾아오지 않을 것이다. 그리된다면 닭들의 죽음은 슬프지만 외할머니를 보지 않아도 된다는 기쁨이 더 클 것 같았다. 지금 심정으로는 그랬다. 그러나 외할머니의 욕심이 암탉으로 끝나지 않으리라는 것을 나는 전부터 알고 있었다. 곳간이 텅 비고 아버지가 호미 들 근력이 없어지면 모를까, 외할머니는 우리 집 문턱이 닳아빠지도록 드나들 것이다.

"뭐야, 이년아! 저년 말하는 것 좀 봐. 이제 보니 저년이 보통 년이 아니야. 굴러온 돌이 박힌 돌 빼낸다더니, 저년이 나중에는 물 한 모금 못 마시게 하겠네."

외할머니는 처음 들어보는 속담까지 섞어 쓰며 입에 거품을 물었다. 아버지가 달려들어 나를 말리고 외할머니를 진정시키지 않았다면 진짜로 무슨 일이 일어났을 것이다. 그 무슨 일이 결국은 닭 잡는 일이겠지만, 외할머니도 나도 그냥 폼으로만 끝낼 사람들이 아니었다.

나를 등 뒤로 숨긴 아버지가 식은땀을 흘리며 외할머니한테 애원했다.

"고정하세요. 애가 철이 없어서 그러니 장모님이 고정하세요."

"너! 애 단속 잘해. 아무리 뭘 몰라도 그렇지, 눈치라고는 씨알도 없는 년."

어른들의 말속에는 항상 가시 하나가 박혀 있었다. 공부를 못한 어른들이니 아무렇게나 하는 말이겠지 싶다가도 눈치코치를 들먹일 때는 가슴이 답답했다. 눈치 빠르기로 소문난 내가 무슨 눈치가 없다는 것인지 알 수 없었다.

펄펄 끓는 물 속으로 들어간 닭을 급하게 꺼내지 않아도 된다면 외할머니는 아마 아버지의 사과를 그리 쉽게 받아들이지 않았을 것이다. 암탉이 할머니의 성질을 수그러들게 만든 셈이다. 그러나 외할머니는 닭털을 뽑으면서도 입을 다물지 않았다. 닭털하나 뽑을 적마다 나와 아버지를 향해 욕을 퍼부었다. 아버지와 나는 멀찌감치 서서 외할머니의 다물어지지 않는 입술과 기계같이 움직이는 손을 쳐다보았다. 후끈하고도 비릿한 냄새가 집 안을 둥둥 떠다녔다. 죽임을 당한 암탉의 냄새였다. 쌀겨와 조와 수수를 섞은 냄새 같기도 했다.

털이 뽑힌 암탉은 보기보다 훨씬 마르고 작았다. 외할머니는 그제야 닭을 잘못 골랐다는 사실을 알고는 도마 위에 암탉을 힘껏 내리쳤다. 그러고는 아버지를 향해 삿대질을 해댔다.

"비린내 나서 어디 먹겠어?"

민망해진 아버지는 다시 한 번 고개를 떨어뜨렸다. 죽은 할머니의 말이 생각났다. 재주는 원숭이가 부리고 돈은 사람이 챙긴다는. 배춧잎 하나 닭장 속에 던져준 일 없는 외할머니는 닭이 부실하다고 아버지를 원망했다.

"병아리 품느라고 말랐지, 밥 안 줘서 그런 게 아니에요."

나는 또 한마디 거들고 말았다. 아버지가 움찔하며 다시 나를 뒤로 밀어냈다. 닭의 배를 가르려던 외할머니가 아버지 뒤로 숨은 나를 향해 칼을 번쩍 들었다.

"저 죽일 년! 한마디도 안 지고 덤비네. 이년아! 또 한 번 주둥이 놀려봐라."

치켜든 칼에서 빛이 났다. 아침 햇살과 부딪친 빛은 읍내 전파사에서 본 전깃불처럼 밝았다. 눈이 시려 똑바로 볼 수가 없었다. 나는 아버지 등에 얼굴을 묻고 눈을 감았다. 아버지의 짧은 비명이 들렸고 종두와 엄마, 그리고 언니의 목소리가 들렸다.

"아이고! 왜 이러신대요. 제발 고정하세요."

"왜 그래, 엄마!"

"와! 닭고기다."

"외할머니, 빨리 달걀 꺼내 먹자."

외할머니로부터 나를 구하려는 아버지의 비명과 외할머니만 챙기는 엄마, 털이 뽑힌 암탉을 보며 좋아하는 종두, 달걀을 꺼내 먹게 빨리 암탉의 배를 가르라고 조르는 언니, 네 사람의 목소리가 한꺼번에 들려왔다. 각자 다른 걸 원하는 소리였다. 마치 닭의 모래주머니 속같이 지저분하고 정신없는 풍경이 눈에 보이는 듯했다.

누구 말을 듣고 외할머니의 분이 누그러들었는지 어느 순간 집 안이 조용했다. 너무 조용해서 더 이상했다. 얼마 동안 아버지 등 뒤에 숨어 있었는지 고개를 들자 눈앞이 뿌옇고 다리가 저렸다. 아버지의 등은 젖어 있었다. 바싹 마른 등허리가 비를 맞은 듯 흠뻑 젖어 있다는 걸 느낀 순간 나는 아버지를 꼭 끌어안았다. 무서움에 떨었을 아버지가 가여웠다. 아버지는 내 품 안에 쏙 들어올 정도로 작았다. 헐렁한 작업복을 입고 있어 몰랐었다. 아버지의 뱃가죽이 종두처럼 그렇게 얇다는 것도 처음 알았다. 칼자루를 쥔 사람과 맨손인 사람이 싸우면 누가 이길지 뻔했다.

외할머니의 칼 다루는 솜씨는 정육점 주인 못지않았다. 칼자루가 위로 향하도록 반듯하게 세워 쥔 외할머니는 칼끝을 날렵하면서도 단조롭게 움직였다. 살점이 묻어나거나 실수로 다른 부위를 베는 일은 결코 없었다. 매끄럽고 깔끔한 솜씨였다. 하긴 그동안 엄청난 닭들이 희생된 걸 생각하면 그 정도 경지는 크게 대단한 일도 아니었다. 식구들은 매번 그 광경을 신기한 듯 지켜보았다. 식구들의 진짜 관심사는 외할머니의 칼 다루는 솜씨가 아니고 외할머니의 칼에 의해서 열릴 암탉의 배 속이었다.

"열렸다!"

종두가 손뼉을 치며 좋아했다.

"제일 큰 거 내가 먹을 거야."

언니의 손이 벌써 달걀을 받아먹기 위한 준비를 끝냈다. 언니는 파리를 잡으려는 두꺼비처럼 앉아 눈동자를 뱅글뱅글 돌리고 있었다. 드디어 암탉의 배가 갈라지고 외할머니는 차례로 배 속의 창자들을 끄집어냈다. 암탉의 배 속은 광 속과 비슷했다. 씨앗 항아리 안에 크고 작은 봉지들을 틈 없이 찔러넣은 듯 뭔가 빼곡히 차 있었다.

외할머니는 칼 다루는 기술과 계획적인 의도로 알집을 맨 나중에 꺼냈다. 눈앞에 알집이 보이는데도 요리조리 제쳐놓았다가 언니가 손을 흔들며 지랄을 떨자 그제야 알집을 꺼냈다. 외할머니가 왜 그렇게 언니를 먼저 생각하는지 알다가도 모를 일이었다. 반면, 죽은 할머니는 왜 또 그렇게 언니를 미워했던 것인지 그도 아직 이해할 수 없었다.

덩달아 소리치던 종두의 막대기가 또 말썽을 부렸다.

"이 배라먹을 놈, 이거 못 치워!"

종두의 막대기가 알집을 꺼내던 외할머니의 어깨를 찔렀다.

"저리 못 가! 누가 보면 밥 굶긴 줄 알겠네."

"그건 그래, 엄마. 애새끼들이 어찌나 처먹는지 감당을 못하겠어."

엄마가 종두와 나를 두고 하는 말이었다. 종두가 밥을 많이 먹는 것은 사실이지만 나는 아니었다. 나는 언니보다 조금 먹었다. 배가 자주 아파서 많이 먹지 못했다. 엄마나 외할머니의 말은 한마디로 억지였다.

엄마의 말에 나는 자존심이 상했다. 꼭 계모 같다는 생각이 들었다. 팥쥐 엄마도 그처럼 고약스럽게 말하지는 않았을 것이다. 새삼스러운 일도 아닌데, 요즘은 엄마의 말투가 전처럼 금방 잊히지 않고 자주 목구멍에 걸렸다. 소화불량에 걸렸을 때처럼 가슴 한쪽이 답답한 게 통증까지 느껴졌다. 정확하진 않지만 내 복통의 시초는 엄마의 말귀를 알아듣기 시작하면서부터였던 것 같았다. 엄마의 말을 들으면 내 안의 뭔가가 자꾸만 꿈틀거렸고 아무리 참으려고 해도 참아지지 않았다.

"광에 쌀가마가 잔뜩 있던데, 엄마가 쌀 팔아서 옷만 사 입지 않으면 우리 식구 배 터지도록 먹고도 남아."

나는 제법 조리 있게 따졌다. 사실이 그랬다. 다른 집에 비해 우리 논과 밭은 적은 편이 아니었다. 추수가 끝나면 곳간이 거의 꽉 차도록 곡식이 풍성했다. 그런데도 엄마는 항상 끼니 타령을 했다. 외할머니가 밖으로 퍼 나르지 않고 엄마가 장날마다 몰래 팔아서 쓸데없는 물건만 사지 않는다면 보릿고개가 서너 번 지나가도 끄떡없을 정도로 양식은 충분했다.

"뭣이 어째! 이년이 이젠 날 가르치려 드네. 엄마! 이년 말하는 것 들었지. 이게 다 엄마 때문이야. 이런 데로 시집 안 왔으면 이런 꼴 안 당하고 살잖아. 까짓 농사채가 아무리 많으면 뭘 해, 내 명의로 된 건 하나도 없는데. 그 홀아비 소장수한테 갔으면 이보다 잘살았을 거야. 이건 서방이 서방 노릇을 하나, 딸린 혹들은 어떻고. 내가 무슨 재미로 살아."

사실을 사실대로 이야기한 것뿐인데, 엄마는 예상보다 더 난리를 쳤다. 각오 이상의 상황이 벌어질 것 같아 뒷목이 뻣뻣해지기 시작했다. 엄마의 저토록 긴 푸념이 고스란히 외할머니한테 전달됐으니 무사히 넘어갈 리 없었다. 조심조심 마음을 다잡은 나는 기왕에 벌어진 일, 엄마가 말하는 그 푸념의 진실이 무엇인지 밝혀야겠다고 생각했다.

"엄마가 이 집에서 맘대로 못한 게 뭐 있어? 하고 싶은 거 다했잖아. 우리 동네서 엄마처럼 옷 많은 사람 있어? 있으면 대봐. 언제 종두랑 나한테 제대로 된 옷 한 벌 사준 적 있어? 없잖아. 아버지도 그렇고, 맨날 엄마랑 언니는 양품점에서 옷 사 입고 우리는 벌전에서 싸구려만 샀잖아. 그리고 뭐가 혹이야? 종두는 그렇다 치지만 나는 엄마 딸이야. 왜 언니하고 차별하는데. 나는 어디서 데려왔어?"

"아니, 이년이 어디서 째진 입이라고 바락바락 덤벼! 이날 입때껏 어미 노릇 해준 것도 모르고. 어디, 네놈이 말 좀 해봐라."

눈앞에서 불이 번쩍 났다. 칼자루가 눈앞에서 오락가락하는 것을 보니 그걸로 머리통을 얻어맞은 듯했다. 어찌나 아픈지 눈물이 쏙 빠졌다. 고모가 집을 나갈 때도 눈물을 흘리지 않았는데, 눈물은 이런저런 생각할 틈도 없이 비어져 나왔다. 그나저나 내가 칼자루로 한 대 얻어맞은 것은 이미 지난 일이고, 외할머니는 이제 아버지를 향해 화살을 당기기 시작했다. 외할머니의 말속에서 뭔가 아득한 기운이 느껴졌다. 그 느낌은 엄마로부터 시작되어 서서히 윤곽을 드러냈다.

"알아요…… 제가 어떻게 그걸 모른데요. 그걸 모르면 사람이 아니죠. 다른 말씀은 마세요. 제가 알아듣게 타이를게요."

아버지는 외할머니 입을 틀어막으려 전전긍긍하며 손바닥까지 문질렀다. 무얼 잘못했기에 저토록 빌기까지 하는 것인지 도무지 이해가 안 갔다.

"아버지가 무얼 잘못했는데 빌어. 빌 거 없어. 외할머니 말해요. 나도 다 커서 알아듣으니까, 빨리 말해요."

외할머니는 잠깐 아버지의 눈치를 살폈다. 방금 전까지 잡아

먹을 듯 아버지를 노려보더니 뭔가 주저하는 기색이었다. 반대
로 아버지의 표정은 약간 굳어 있었다. 눈가 주위로 살짝 냉기가
서려 있는 것도 같았다. 아버지의 그런 표정은 이제껏 한 번도 본
적이 없었다. 아주 짧은 순간 아버지와 외할머니가 어떤 교감을
주고받는 것 같았다. 어떤 비밀이 팽팽한 줄다리기를 하는 것처
럼 보였다. 나는 외할머니와 아버지를 번갈아 쳐다보았다. 그리
고 직감했다. 아버지한테도 외할머니를 누를 수 있는 비장의 무
기가 있을지도 모른다는 사실과 칼자루를 쥔 외할머니에게도 아
버지 눈치를 챙길 어떤 비밀이 있다는 사실을. 그런 추측이 들자
나는 날이 잘 선 칼날을 대한 듯 가슴 한쪽이 서늘해졌다. 예리한
무엇이 누군가를 베려고 내 속에서 번뜩이고 있는 것만 같았다.
분노와는 다른 기분 좋은 느낌이었다.

　그런 느낌 때문이었을까, 더 이상 외할머니의 힘이 무섭지 않
았다. 나는 아버지의 등 뒤에서 벗어나 당당히 외할머니 앞에 나
섰다. 전과 달리 아버지가 옆에 있다는 사실이 든든했다. 아버지
의 숨겨진 힘이 느껴졌다.

　"너 때문에 달걀 못 먹잖아, 이년아! 가만히 안 있어!"

　언니가 또 지랄을 떨었다. 백치 같은 년, 처먹는 것과 우체부와
옷만 좋아하는 년. 오늘따라 종두의 막대기가 왜 그쪽으로 뻗치
지 않는 것인지 안타까웠다.

　"그래그래, 여기 있다. 어서 먹어."

　아버지와의 눈싸움에서 진 외할머니가 슬그머니 꽁지를 내리

고 앉더니 드디어 암탉 배 속에 있던 알집을 열었다. 알집 속에는 겉껍질이 거의 굳어가고 있는 커다란 달걀 한 개와 밤톨만 한 달 걀 세 개가 들어 있었다. 모두 시간이 지나면 세상 밖으로 나올 것들이었다. 피 묻은 외할머니의 손이 알집을 헤집더니 세 개의 달걀 중 두 개를 꺼내 언니한테 건네주었다. 나머지 작은 한 개는 눈알이 빠질 듯 쳐다보며 침을 삼키고 있는 종두를 제쳐두고 엄 마한테 건너갔다. 지켜보던 종두가 벌떡 일어섰다. 아직 제일 큰 달걀이 남아 있었다. 이윽고 마지막 달걀이 외할머니 손에 묵직 하게 올라왔다. 종두가 입을 딱 벌리고 기다렸다. 당연히 제 차례 인 줄 알았을 것이다. 그러나 마지막 달걀은 외할머니 입속으로 들어가고 말았다. 종두와 나, 아버지는 침만 꿀꺽 삼켰다. 그건 대단히 불공평한 처사였다. 노심초사, 달걀 하나 얻어먹으려고 다리가 저리도록 앉았다 일어나기를 열두 번도 더한 종두를 외할 머니는 철저하게 무시해버렸다. 종두의 막대기가 가만있지 않는 게 당연했다.

"씨발년아! 넌 왜 두 개나 처먹어!"

충분히 그럴 만도 했다. 아니, 그 순간 종두가 외할머니와 엄마 까지 때려주었으면 싶었다. 작당을 한 듯 저희들끼리만 우물거 리는 꼴을 보자니 나도 화가 치밀었다. 달걀을 두 개나 입에 넣고 황홀한 듯 우물거리던 언니는 종두의 급작스러운 공습에 놀란 나 머지 입을 딱 벌리고 말았다. 그 바람에 언니의 입에서 굴러떨어 진 달걀 두 개가 수챗구멍으로 떨어졌다. 눈이 뒤집힌 언니가 길길이 뛰기 시작했다.

"엄마! 저 개새끼 패 죽여! 당장 내쫓으란 말이야."

"언니가 나가. 왜 종두보고 나가래."

종두는 언니의 난리보다 달걀을 먹지 못했다는 사실이 못내 서운한 듯 수챗구멍만 쳐다보았다. 수채에 떨어진 달걀은 물살에 동동거리다 호르르 떠내려갔다. 나는 언니보다 종두가 더 필요했다. 종두는 내 편이고 언니는 엄마 편이다. 그러니 종두보고 나가라고 하는 것은 내 편을 없애라고 하는 것과 같았다.

"씨발년아! 넌 내 동생 아냐. 네 엄마는 종두 엄마야. 이젠 비밀 안 지킬 거야……"

화들짝 놀란 외할머니는 이미 쏟아진 물이라는 듯 이내 체념하는 표정이었다. 그건 아버지도 엄마도 마찬가지였다.

"그게 정말이야?"

"그래 이년아, 엄마랑 외할머니가 비밀로 해주면 별거 다 사준다고 해서 말 안 했는데, 이젠 비밀 안 해. 종두랑 너랑 너희 엄마 찾아가."

언니의 말은 사실인 듯했다. 말을 만들어서 할 위인은 못 되었다. 그놈의 비밀 때문에 지금껏 외할머니와 엄마의 말속에 그토록 뼈가 있었고 가시가 있었던 것이다. 나는 머리통을 얻어맞았을 때처럼 멍해졌지만 하늘이 노랄 정도의 충격은 아니었다. 오래전부터 가져온 어떤 느낌이 이제야 확실해진 것 같아 한편으로는 속이 시원했다.

난감해하는 사람들은 오히려 아버지와 외할머니, 엄마였다. 아버지는 충혈된 눈으로 엄마와 외할머니를 노려봤고, 입안에 있던 달걀을 꿀꺽 삼킨 엄마는 외할머니의 표정을 살폈다. 금방 발설할 것처럼 내게 위악을 떨더니, 막상 일이 터지니까 그게 아닌 모양이었다. 나에 관한 사실들을 좀 더 알아야 될 듯싶었다. 이제 겨우 내 진짜 엄마가 종두 엄마라는 사실을 알았을 뿐이었다. 종두 엄마는 아버지의 동생이고 내게는 고모였다. 내가 아버지의 딸이고, 고모의 딸이라면 고모의 남편은 의당 아버지라야 당연한데, 그건 아닌 것 같았다. 또 다른 비밀이 있는 게 분명했다. 비밀을 알고 있는 사람은 세 사람, 아버지와 엄마, 외할머니일 것이다. 그러나 지금 상황에서 그 비밀을 스스로 밝히려 나설 사람은 없었다. 언니처럼 단순한 충격으로 모든 약속을 깰 만큼 앞뒤 가리지 않고 덤빌 사람들이 아니었다. 그간의 정황으로 보아 그랬다. 그만한 비밀을 지키려고 이제껏 노력한 것을 보면 나름대로 사연이 있을 터였다.

"사실이야? 하긴 나도 고모를 엄마처럼 생각하긴 했어. 잘됐네 뭐. 엄마가 엄마 같았어야지. 어쩐지 팥쥐 엄마보다 더 하더라니……"

"세상에! 내 저렇게 독한 년은 첨 봐. 그 말을 듣고도 눈 하나 깜짝 안 하네."

"그럼, 좋다고 춤이라도 출까! 언제 한번 엄마 노릇 한 적 있어?"

그래도 엄마라는 명분은 벗기 싫은지 엄마는 내 태도에 놀라는 눈치였다. 아버지는 어찌할 바를 모르고 연신 안타까운 눈으로 나를 바라볼 뿐이었다. 갑자기 찬밥 신세에서 집안의 중심이 된 듯 식구들의 온 관심이 내게 쏠렸다. 거추장스러웠다.

"아버지, 말해봐요! 나 아버지 호적에 올렸어요, 안 올렸어요?"

죽은 할머니가 늘 말했었다. 너는 이 집안의 장녀이니 공부 잘해서 훌륭한 사람이 되라고. 아버지가 기를 펴고 살려면 내가 잘되는 길밖에 없다고. 그래서 할머니는 집안의 모든 서류를 나한테 맡기는 거라고 분명히 말했다. 이제야 할머니가 왜 그랬는지 알 것 같았다.

"넌 내 딸이야. 당연히 호적에 올렸지."

아버지는 당당했다. 그 말을 듣는 순간, 내 안에 커다란 말뚝이 쿵 하고 박히는 것만 같았다. 강하고 튼튼한 말뚝이 내 중심에 자리를 잡았다.

"그럼, 엄마랑 언니는요? 두 사람도 호적에 올렸어요?"

아버지의 얼굴이 다시 굳어졌다. 이상한 것은 당장 나보다 더 따지고 들어야 할 엄마와 외할머니의 태도였다. 내가 너무 당연한 질문을 한 것은 아닌가 하는 생각이 들었다. 내가 그들을 너무 쉽게 생각했나 하는 우려도 따랐다.

"아이고! 아주 놀고들 있네…… 까짓 호적이 뭐 그리 대수야! 피 한 방울 섞이지 않은 년이."

외할머니의 말은 자신의 딸과 손녀가 아버지의 호적에 올라 있지 않다는 걸 증명했다.

"따질 것 없어. 약속했던 땅이나 내놔! 땅 준다고 했으니까 너 같은 놈한테 양귀비 같은 내 딸을 줬지, 그냥 준 줄 알아!"

"맞아 엄마, 나도 더 이상은 못 살아. 우리 땅 팔아다가 나 양품점 내고 엄마는 술집 넓히자."

모든 게 외할머니의 계획이었다. 나는 가슴이 쿵쿵 뛰었다. 내가 고모의 딸이라는 사실을 알게 됐을 때보다 더 충격적인 소리였다. 그들이 노리는 것은 땅이었다. 땅은 아버지 재산이고 일터였다. 아버지가 할 줄 아는 거라고는 그 일터에서 종일 엎드려 일하는 것이다. 그런데 그런 아버지의 일터를 내놓으라니…… 그걸 당초 약속이라고 해놓았다니…… 아버지도 죽은 할머니도 바보 천지가 아닌 다음에야 그럴 수는 없었다. 아버지의 일터를 팔아 엄마의 몸뚱이를 치장하는 옷가게를 차려도 안 되고, 외할머니 술집의 아가씨를 늘리는 일에 써도 안 되었다. 내가 아무리 어려도 그건 안 될 말이었다. 선생님도 실과 시간마다 칠판에 농사는 천하지대본이라고 썼다. 나는 그게 무슨 뜻인지 잘 알고 있었다.

"어림없는 소리 말아요. 그 약속 누구하고 했어요? 죽은 할머니요? 증거 있어요?"

나는 지난번 이장과의 문제를 떠올렸다. 그때도 이장은 증거를 대라는 소리에 꼼짝을 못했다. 모든 증거 서류에는 도장이 찍혀야 된다는 사실을 알게 된 이상 어물쩍 넘어갈 수는 없었다. 외할머니와 엄마는 실수를 하고 있었다. 아니, 예전에 실수를 한 것이었다.

"아니 저년이, 지가 뭘 안다고 지랄이야!"

구석에 몰린 듯 외할머니의 손이 다시 내게로 뻗쳐왔다. 나는 도끼눈을 하고 외할머니를 째려보았다. 무서울 게 없었다. 이제 칼자루는 내가 쥐고 있었다.

"달라질 거 없을 테니, 닭이나 마저 잡아요."

어디서 그런 여유와 배짱이 생겼는지 나 스스로도 놀랐다. 늘 그랬지만 전보다 훨씬 어른이 된 것만 같았다. 아버지와 종두를 내가 책임져야 한다는 막중한 생각까지 들었다. 그러나 아직 풀어야 될 문제들이 많았다. 앞으로 어떻게 달라질지 모를 외할머니와 엄마의 문제, 집 나간 고모를 찾아서 내 아버지가 누군지 알아내야 하는 일 등, 어른이 되려면 그 문제들을 다 풀어야만 할 것 같았다. 내가 고모 딸이라는 사실만으로 상황이 크게 변할 것은 없었다. 외할머니와 엄마가 호적에 올라 있지 않다는 이유로 그들을 달리 생각할 힘이 아직은 내게 없었다. 하지만 두 사람이 전처럼 나를 만만하게 보지 못할 것이라는 확신은 있었다.

"네까짓 년이 아무리 그래봐야 소용없어! 그리고 너! 네 어미가 약속한 땅 다섯 마지기 안 주면 이 집 기둥뿌리 다 뽑힐 때까지 못 나가니까 알아서 해."

외할머니가 이를 갈며 말했다. 그냥 해보는 소리 같지 않았다. 손에 돈만 쥐면 읍내로 달려가는 엄마와 수시로 광 속의 곡식을 퍼 가는 외할머니의 소행을 막지 못한다면 우리 집 기둥뿌리 뽑

히는 일은 시간문제였다. 더구나 오늘 일로 미루어 그런 일을 작
정하고 하려 들 것이다. 그러면 우리 집도 진짜 보릿고개를 맞을
수밖에 없었다.

얼굴을 다른 곳으로 향하고 있던 아버지가 천천히 고개를 돌
렸다.

"어머니가 그런 약속을 했다면 지켜야죠. 하지만 지금은 안 돼
요. 우리 중미가 중학교 갈 때 해줄게요."

아버지는 나하고 달리 감정을 개입시켜 말하지 않았다. 천천히
또박또박 끊어서 명료하게 말했다. 그것은 앞과 뒤를 생각해서
내린 매우 신중한 판단인 듯했다. 내가 모르고 두 사람이 모르는,
아버지만 알고 있는 다른 계획이 있다는 소리처럼도 들렸다. 말
을 마친 아버지는 할 말을 다한 듯, 아니면 더 이상 다른 소리는
듣지 않겠다는 듯 밖으로 나가버렸다.

나는 외할머니와 엄마한테 땅은커녕 보리쌀 한 주먹도 주기 싫
었다. 그동안 먹고 쓴 돈만으로도 그들은 충분히 호강을 누렸다.
종두와 나, 아버지한테 부린 행패를 생각하면 속이 뒤집힐 지경
이었다. 아버지하고 함께 산 정치고는 당치도 않은 엄청난 보상
을 약속한 것이다. 내가 보고 느끼기에 엄마와 아버지는 부부가
아닌 마님과 머슴의 관계였다. 머슴의 땅을 노리는 것은 마님의
횡포지 더러운 정이 아니다. 엄마가 아버지와 더럽고 치사한 정
이라도 있었다면 저리 포악스럽게 팔까지 걷어붙이고 나서지는
않았을 것이다.

"정말이지, 땅 줄 거지? 엄마 준대, 조금만 참고 살자."

"이것아, 그때까지 어떻게 기다려. 그 안에 끝장을 내야지······"

엄마는 밖으로 나가는 아버지 등에다 다시 한 번 물었다. 아버지는 대답하지 않았다. 대신 외할머니가 엄마의 귀를 잡아당기며 소곤거렸다.

8

외할머니 생일 이후에 달라진 것은 없었다. 여느 때와 똑같았다. 아버지는 늘 밖에 나가 일을 했고 엄마는 일없이 장에 가거나 아직 시들지 않은 아카시아를 보기 위해 가끔 뒷산에 올랐다. 언니도 마찬가지였다. 눈동자가 풀린 채로 앉아서 뜨개질을 하거나 뽕잎을 따러 뽕밭으로 달려갔다. 또 며칠 걸러 찾아오는 우체부를 따라 나갔다가 한참 후에야 돌아왔다. 종두와 나 역시 아침에는 달걀을 가져다가 지우개와 바꿨고, 한나절에는 빈둥거리며 놀다 선생님이 내준 숙제를 했다. 보이지 않게 달라진 것도 있긴 했다. 엄마와 나의 기 싸움이었다. 우리는 표 나지 않는 전쟁을 하고 있었다. 아버지를 대하는 엄마의 태도가 조금 달라진 것 같아 아무 일 없는 듯 보였지만, 속으로는 금이 간 달걀을 들고 있는 듯 불안했다. 그렇다고 엄마가 아버지와 같이 잠을 잔다거나 정성 들인 밥상을 차리는 것은 아니었다. 아버지를 대하는 말투만 조금 부드러워졌을 뿐이다. 전에는 '밥 먹어!' 하고 강아지 부르듯 하더니 요즘은 '밥 먹어요.' 하고 불렀다. 엄마의 진의가 무엇이든 나는 그 소리가 듣기 좋았다. 아버지가 엄마한테 받아보는 가장 인격적인 대우였다. 아버지도 나하고 같은 느낌인 듯 전처럼 쭈뼛거리며 밥상머리에 앉지 않았다. 마땅한 밥상을 받는 듯 표정이 한결 여유로웠다.

나른한 오후를 보내려면 뭔가 일을 만들어야 했다. 점점 길어지고 있는 해를 마냥 놀릴 수는 없었다. 오늘은 학교에서 일찍 돌아와 하루가 더 길게 느껴졌다. 교육청 회의 때문에 공부를 일찍 끝낸 선생님은 나한테 교실 열쇠를 맡긴 뒤 서둘러 퇴근했다. 애들이 청소를 끝내면 나더러 대신 검사해주라는 뜻이었다. 선생님의 그런 부탁은 얼마든지 기분 좋게 들어줄 수 있었다. 나는 선생님의 회초리까지 들고 다니며 애들한테 꼼꼼하게 청소를 시켰다. 괜히 기분이 좋아진 종두는 자기가 더 큰소리를 치며 돌아다녔다. 종두 뒤에 항상 내가 있다는 것을 아는 애들은 그런 종두에게 뭐라 하지 못했다. 물론 약간 모자란 애라서 그러려니 하는 까닭도 있었다. 엄마가 아버지를 대하는 태도가 좀 달라졌듯이 나 역시 종두를 대하는 태도가 전 같지 않았다. 고모가 내 엄마라는 사실이 밝혀진 이상 종두는 바보든 똑똑하든 내 동생이었다.

몸이 허약한 것인지 종두는 늘 숙제를 하다 말고 잠이 들었다. 팔베개를 한 채 잠이 든 종두의 손목은 부러질 듯 가늘었다. 목과 팔꿈치에는 여전히 시커멓게 때가 끼었고 콧물을 달고 살아 코끝이 항상 헐어 있었다. 벌어진 입안으로 빠진 지 한참 된 송곳니 구멍도 보였다. 나는 종두의 입술을 가만히 눌러주었다. 윗도리를 내려 배를 덮어주고 긴 손톱은 잠이 깨면 깎아줄 참이었다.

아랫목을 차지하고 앉아 뜨개질을 하고 있던 언니도 언제부턴가 까닥까닥 졸았다. 한차례 신경전을 벌이던 종두의 막대기와 언니의 실타래도 조용히 주인 옆에서 잠들어 있었다. 두 사람은 부딪치기만 하면 싸움을 벌이다가도 금세 잊어버리고 딴소리를 하며 놀았다. 예민한 맞수이면서 가장 별일 없이 지내는 사이였다. 다른 식구들도 종두와 언니 같다면 그런대로 한집에서 아웅다웅 살 수도 있을 것이다. 할머니 말대로 족보와 촌수는 그리 중요한 게 아니었다. 지금까지 한 번도 그런 거 신경 안 쓰고 살았는데, 그따위 거 따지지 않고 살아도 별문제 없을 것 같은데, 왜 다른 욕심을 부리는 것인지 종두와 언니를 보고 있으면 어떤 게 옳은지 판단이 서지 않았다.

자전거 벨소리를 먼저 들은 것은 언니였다. 언니는 유난히 그 소리에 귀가 밝았다. 다른 소리에는 귀가 어두운 듯 둔하게 굴면서 따르릉 소리에는 벌에 쏘인 것마냥 정신을 못 차렸다. 언니가 실타래를 내려놓더니 머리를 쓸어 올리고 입술에 침을 바르며 밖으로 나갔다. 요사이 우체부의 발길이 더 잦아졌다. 그는 거의 이틀에 한 번꼴로 집에 왔다. 《농민신문》은 일주일에 한 번 나오는데, 무슨 일로 그리 우리 집을 자주 찾아와 언니를 불러내는 것인지 궁금했다. 언젠가처럼 뽕밭에서 언니를 끌어안고 싶어 오는 것이라면 우체부도 내가 생각한 것보다 그리 똑똑한 사람은 아니었다. 단지 언니 때문에 그 멀고 험한 길을 털털거리며 이곳까지

온다는 것은 그다지 상식적인 일이라고는 할 수 없었다. 우체부
는 한문으로 된 신문도 읽을 줄 알고 외모도 못생긴 편이 아니었
다. 편지를 배달하느라 얼굴이 타서 그렇지 웃는 모습도 착해 보
였다. 그 정도 수준이라면 읍에 사는 예쁜 아가씨들을 얼마든지
만날 수 있었다. 외할머니 집만 해도 언니보다 예쁜 여자들이 우
글우글했다. 생김새가 아닌 다른 일로 언니를 찾아오면 모를까,
언니가 읍내 여자들보다 특별히 예뻐서 찾아온다는 생각은 들지
않았다.

어느새 종두가 슬그머니 일어나 앉았다.

"정신 차려, 새끼야!"

"아, 씨발……"

머리통을 쥐어박히고 나서야 종두가 눈을 떴다.

"나, 꿈꿨어."

"무슨 꿈?"

들어보나 마나 종두의 꿈은 뻔했다. 연을 날리거나 강아지를
쫓아다니거나, 아니면 고기를 실컷 먹었다거나 하는 꿈이었다.
그래도 오랜만에 꿈 이야기를 하겠다는 종두의 입을 막고 싶은
생각은 없었다.

"엄마를 봤어. 엄마가 막 울었어……"

나는 정신이 번쩍 나서 종두 곁으로 다가갔다.

"뭐야! 고모가…… 그래서?"

"몰라. 잊어버렸어."

"이 바보 같은 새끼! 잊어버릴 게 따로 있지, 엄마 꿈을 잊어
버려!"

고모였을 때는 아련한 그리움만 있었지 보고 싶다는 생각은 들
지 않았다. 고모가 엄마라고 생각되자 인절미를 통째로 먹었을
때처럼 목구멍이 아팠다. 고모의 얼굴도 잘 떠오르지 않았고, 목
소리도 어떤 느낌이었는지 생각나지 않았다. 나는 종두의 얼굴을
찬찬히 뜯어보았다. 입술과 볼이 고모를 닮았다고 생각했었는데,
지금은 아닌 것 같았다. 좁은 이마와 작은 귀도 고모와 달랐다.
고모의 얼굴과 비슷한 구석을 찾을 수가 없었다. 종두는 내 동생
인데 나하고도 닮은 것 같지 않았다. 손가락도 발가락도 나하고
달랐다. 나는 왼손잡이고 종두는 오른손잡이였다. 먹는 것도 종
두는 고기라면 환장을 하고 나는 나물 반찬을 좋아했다. 고모가
보고 싶은 이유에는 그런 것들에 대한 궁금증이 있었다.

"종두야! 엄마가 네 아버지 찾았나 보다. 그래서 너 데리러 오
려고 꿈에 나타났나 보다."

종두 아버지는 이제 내 아버지도 되었다. 고모가 종두 아버지
를 찾았다면 내 아버지도 찾은 것이다. 그러나 본 적도, 생각한
적도 없는 사람이었다. 고모가 엄마라는 사실은 인정하겠지만 다
른 사람이 아버지란 사실은 인정하고 싶지 않았다. 내 아버지는
고모와 상관없이 지금의 아버지였다. 어떤 일이 있어도 그 마음
만은 변하지 않을 것이라고 나는 다짐했다.

이런저런 말을 듣고도 이해 못하는 종두는 꿈에 본 엄마가 아

련한지 잠시 아무 말이 없었다. 조는 듯 눈을 감았다 떴다 하는
게 기억나지 않는 꿈을 더듬는 것처럼도 보였다. 종두는 내가 자
신의 누나라는 사실조차 모르고 있었다. 외할머니 생일 때 그 난
리를 쳤는데도 내게 질문 한마디 하지 않았다. 그날 종두는 닭고
기에만 정신이 팔려 있었다.

　나는 종두를 데리고 밖으로 나왔다. 사방치기라도 해볼까 해서
였다. 마당에는 뜻하지 않은 식구들이 나와 있었다. 죽은 암탉의
병아리들이었다. 아버지가 닭장 문을 열어놓고 나간 것이 틀림없
었다. 품어줄 어미 닭이 없으니 햇볕이라도 쏘이라는 생각이었을
것이다. 마당 귀퉁이에 몰려 있는 병아리들은 쏟아지는 햇살을
감당할 수 없는지 서로의 날개 속에 주둥이를 파묻고 있었다. 큰
닭들의 횡포가 두려운 듯 감자밭이나 강낭콩밭 근처에는 얼씬도
하지 않았다. 그곳에는 병아리들이 별미로 먹을 수 있는 개미와
굼벵이, 잎사귀에서 떨어진 작은 애벌레들이 많았다. 나는 웅크
리고 있는 병아리들이 안타까워 몇 마리 집어다 강낭콩밭에 옮겨
놓았다. 그러나 병아리들은 바르르 떨기만 할 뿐 어찌할 바를 몰
랐다. 다른 닭들의 훼방 또한 만만치 않았다. 자신들의 달걀에서
깨어났을지도 모르는데 놈들은 병아리들을 달가워하지 않았다.
마치 박씨들이 아버지를 괴롭히듯 따돌렸다. 병아리가 커서 닭이
되고 닭이 달걀을 낳아 다시 병아리가 된다는 사실을 생각하면
박씨고 김씨고 따질 이유가 없었다. 그냥 똑같은 사람이고 병아
리라는 생각이었다.

우체부의 신호를 듣고 달려 나갔던 언니는 뽕나무밭 언저리에 있었다. 우체부도 보였다. 우체부의 팔 하나가 언니의 어깨를 잡고 있었고, 언니는 우체부의 모자를 들썩거렸다. 오늘은 뽕나무밭 속으로 들어가지 않으려는 듯 이야기에만 열중했다.

지렁이를 빼앗긴 수탉이 벼슬을 세우고 종두를 쫓아다녔다. 수탉은 방금 전 콩밭에서 제법 큼직한 지렁이를 잡아 막 입으로 쪼려던 참이었다. 그걸 종두가 막대기 끝으로 낚아채 마당에 굴렸다. 지렁이의 처절한 몸부림을 보면서 종두는 재밌어 죽겠다고 웃었다. 화가 잔뜩 나 종두를 쫓아다니는 수탉이 종두의 재미를 더 부채질하고 있었다.

"야! 이거 봐. 되게 웃기지."

급기야 벌어진 막대기 끝에 지렁이를 끼우는 데 성공한 종두는 막대기를 공중으로 높이 쳐들었다. 그러고는 '태극기가 바람에 펄럭입니다.' 하고 노래를 불렀다. 종두는 뭐든지 높이 쳐들기만 하면 그 노래를 불렀다. 아마 높이 달려 있는 것은 태극기밖에 없다고 생각하는 모양이었다. 땅바닥에 주둥이를 박고 맴돌던 수탉이 막대기가 공중으로 올라가자 고추장을 먹은 듯 자리에서 펄쩍펄쩍 뛰었다.

"그만둬!"

종두도 그렇지만 수탉도 지렁이를 포기하지 않고 죽을힘을 다해 쫓아다녔다. 날개를 푸덕이는 꼴이 잘하면 날 수도 있을 거라고 생각하는 것 같았다. 수탉의 날개는 하늘로 뛰어오르기에 너무 작고 볼품이 없었다. 수탉이 하늘로 뛰어올라 지렁이를 빼앗는 일은 종두가 순순히 지렁이를 수탉에게 내주는 것만큼이나 어려운 일이었다.

수탉과 종두의 실랑이는 한참 동안 계속되었다. 나는 어린 병아리들한테서 눈을 떼지 못하고 있었다. 놈들은 마치 솜뭉치를 뭉쳐놓은 듯 가벼워서 언제 무엇에 쓸려버릴지 위태로웠다. 보고 있자니 안쓰러워 외할머니 손에 죽은 암탉이 원망스러웠다.

길길이 뛰는 수탉을 피해 종두가 드디어 도망치기 시작했다. 언니와 우체부가 서 있던 뽕나무밭 근처였다. 수탉도 죽어라 종두의 뒤를 쫓았다. 나도 슬슬 그들을 따라갔다. 방금 전까지 보였던 우체부와 언니는 어디로 숨었는지 보이지 않았다. 자전거만 길가에 비스듬히 세워져 있었다.

종두가 쏜살같이 뽕나무밭 속으로 들어갔다. 뽕잎이 듬성듬성해진 뽕밭은 전보다 밭고랑 사이가 넓어졌다. 하지만 잡풀이 무성하게 깔려 있어 몸을 낮추고 숨으려 들면 얼마든지 숨바꼭질을 할 수가 있었다. 종두도 수탉을 피해 뽕밭 속으로 숨어든 듯 보이지 않았다. 종두가 갑자기 사라지자 수탉은 어리둥절해서 뽕밭 초입에 서 있었다. 세 사람 모두 뽕밭 속으로 사라진 셈이었다. 뽕잎 냄새와 오디 냄새, 흙냄새와 풀 냄새가 후끈하게 달려들었다. 뒤섞인 냄새들 속에서 달콤한 오디 냄새가 맡아졌다. 언니와 우체부, 종두도 어쩌면 오디를 따 먹고 있는지도 몰랐다. 나는 뽕밭 속으로 들어가며 종두를 불렀다. 수탉은 여전히 그 자리를 지키고 있었다.

"종두야!"

분명 부스럭 소리가 들렸는데 아무도 보이지 않았다. 한 번 더 크게 부르자, 종두 대신 신경질적으로 소리를 지르며 모습을 드러낸 것은 언니였다.

"개새끼, 저리 안 가! 지렁이 빨리 치워!"

하필 언니가 있는 곳에 숨어들었는지, 종두가 벼락을 맞은 듯 튀어나왔다.

"네 엄마한테 가버려, 새끼야! 아주 죽어버리란 말이야!"

지렁이에 놀란 언니가 당장이라도 종두를 잡아먹을 듯 악을 썼다. 먼발치에서 그 소리를 듣고 있던 나는 흙을 한 주먹 집어 들었다. 작정을 한 것은 아니지만 언니의 욕설을 그냥 듣고 있을 수가 없었다. 흙을 쥔 나는 언니를 향해 똑바로 걸어갔다. 서러움이 목구멍으로 넘어올 듯 출렁거렸다. 별일 아니니 걱정 말라던 아버지의 말이 틀린 것 같았다. 달라질 게 없으니 전처럼 살면 된다고 스스로 다짐을 했는데, 언니가 종두더러 죽으라고 하는 소리를 들으니 그런 생각조차 기억나지 않았다.

우체부가 보이지 않았던 것은 그가 언니 가랑이 밑에 깔려 있었기 때문이다. 그는 자신의 웃옷을 벗어 풀숲에 깔고 누워 있었다. 바지가 엉덩이에 걸려 있어 불편한 듯 내가 다가가자 우체부가 언니의 치마를 끌어다 드러난 속살을 덮으려고 애를 썼다. 품이 넓은 치마를 입은 언니는 아랫도리는 드러나지 않았지만 블라우스 단추는 풀려 있었다. 속옷도 누구랑 심하게 몸싸움을 한 듯 여기저기 늘어져 허연 젖통이 다 보였다.

언니가 뒤란에서 목욕할 때 젖가슴을 몇 번 훔쳐보긴 했지만 이렇게 가까이서 보기는 처음이었다. 젖가슴은 국사발을 엎어놓은 듯 엄청나게 컸다. 쪼글쪼글했던 할머니의 젖가슴하고는 비교도 안 됐다. 언니의 탐스러운 젖가슴을 만져보고 싶었다. 만지면 보드랍고 좋은 냄새가 날 것만 같았다. 언니가 옷 속에 그런 보물을 감추고 다니는 줄 진작 알았더라면 아마 한 번만 만져보거나 빨아보자고 졸랐을 것이다. 바보 같은 언니가 처음으로 대단해 보였다. 아니, 부러웠다.

나는 잠깐 언니의 뽀얀 젖가슴에 정신이 팔려 뽕밭의 상황을 잊어버리고 있었다.

"이 쌍년아, 너도 종두랑 없어져!"

언니가 나를 보더니 더 크게 소리쳤다. 뜨개실을 잡아당겨 코를 풀어놨을 때도 저토록 지랄을 떨지 않았는데, 유독 우체부랑 뽕밭에 있을 때만 저리 지랄 발광을 해댔다.

나는 쥐고 있던 흙을 뒤엉켜 있는 언니와 우체부를 향해 확 뿌렸다. 젖가슴에 홀려 잠시 언니의 싸가지를 잊고 있었다. 다음 일은 생각하지 않았다. 도망을 치든 그 자리에서 언니한테 머리채를 잡혀 휘둘리든 상관없었다. 아무리 영리하지 못해도 우리 가족 관계가 어떻게 돌아가고 있는지, 앞으로 자신이 어떻게 처신

해야 할지는 눈치로 때려잡아서라도 알아야 하는데, 언니는 순간의 감정을 표출하는 것 외에는 아무 생각이 없었다. 언니를 이해시키고 설득하려 노력하는 것은 언니처럼 바보가 되자는 것이나 마찬가지였다.

"저 쌍년! 죽을 줄 알아. 엄마한테 이를 거야!"

나라면 벌떡 일어났을 텐데, 언니는 흙을 뒤집어쓰고도 일어나지 않았다. 씩씩거리며 욕지거리만 해댈 뿐 밑에서 깔린 채 꿈틀거리는 우체부 생각은 하지 않았다. 지난번에도 그랬다. 우체부가 아무리 그만, 그만이란 소리를 해도 언니는 말을 듣지 않았다. 언니는 몸과 입이 따로 놀았다. 아니면 나를 잡는 일보다 우체부 배 위에 올라타 있는 게 더 중요한 모양이었다.

"빨리 나와. 잡히면 뒈져!"

뽕밭을 빠져나간 종두는 어느새 집 쪽으로 도망치고 있었다. 그런 눈치는 쥐새끼보다 빨랐다. 언니는 종두를 잡으러 쫓아가지 않았다. 나는 도망가지 않고 고스란히 언니의 욕설을 들었다. 그냥 발길을 돌리자니 분했다. 무슨 심사로 걸핏하면 우체부와 그런 짓을 벌이고 있는 것인지 모를 일이었다. 종두와 나를 모욕한 것도 용서할 수 없지만, 두 사람의 묘한 자세를 보니 공연히 나까지 부끄러워졌다. 엉덩이를 내놓고 길에서 오줌을 누다 누군가에게 들킨 기분이었다. 정작 그런 기분이 들어야 할 사람은 언니인데 내가 왜 그런 기분이 드는지 모를 일이다.

"너, 빨리 안 일어나!"

언니는 흙을 뒤집어쓰고도 풀어진 옷조차 여밀 생각을 하지 않았다.

"쌍년아, 빨리 꺼져! 너희 엄마한테 가란 말이야!"

언니는 행여 내가 잡아당기기라도 할까 봐 우체부한테 몸을 더 바짝 붙였다.

"창피한 것도 모르는 쪼다, 등신 같은 년아!"

할머니가 죽기 전에 그랬다. 여자는 시집가기 전에는 절대로 다른 사람 앞에서 옷을 벗으면 안 된다고, 그러면 인생 끝장난다고. 이제 언니 인생은 끝장이었다. 어떤 식으로 끝장날지는 모르지만 평생 부끄러움에서 벗어나기는 어려울 것이다.

집에 돌아와서도 나는 내내 기분이 좋지 않았다. 사방치기도 땅따먹기도 재미없어 그만두었다. 억지로 삭힌 분이 자꾸만 비 그친 뒤 솟는 콩 싹처럼 삐죽삐죽 고개를 쳐들었다. 딱히 말할 수 없는 여러 가지 감정들이 머릿속을 들쑤셨다.

종두가 곱돌로 공들여 그린 사방은 지워지지 않은 채 그대로 있었다. 납작한 돌멩이 두 개도 시작 지점에서 누군가의 발길을 기다리고 있었지만 나는 흥이 나지 않았다. 종두도 그려만 놓고 딴짓을 하고 있었다.

"중미야! 우리 누에 보러 가자. 누에가 이만해."

종두가 집게손가락을 펴 보였다. 누에가 엄청 크다는 말이었다. 뽕잎이 줄어든 것을 보니 그럴 만도 했다. 언니는 요즘 아침

저녁으로 뽕잎을 따러 다녔다. 누에가 마지막 잠을 준비하고 있다는 뜻이었다. 누에는 네 번의 잠을 자고 고치를 지었다. 뽕잎을 먹는 대로 크기 때문에 부지런하지 않으면 고치 출하가 그만큼 늦어졌다. 이장은 누에 치는 일이 현금을 만질 수 있는 가장 쉬운 방법이라고 했다. 엄마와 언니가 열심히 누에를 치는 것도 그 때문이었다.

종두는 가끔 언니를 따라 누에 치는 방에 들락거렸다. 나는 알이 부화된 이후 한 번도 누에를 보지 않았다. 다른 벌레들과 똑같다는 생각에 별로 흥미가 생기지 않았다.

누에를 구경하자는 말에도 내켜 하지 않자 종두가 실망해서 돌아섰다. 종두는 한번 토라지면 쉽게 돌아서지 않았다. 대문 앞에 쪼그리고 앉아 일부러 더 씩씩거렸다. 종두를 위해서 마음을 바꿔야 했다. 뽕밭의 일은 잊어버리는 게 나을 듯했다.

"알았어. 가보자."

"정말?"

종두는 금방 기분이 달라졌다. 따지고 보면 종두한테 심한 욕을 한 언니가 미워서 화를 냈던 것이지 종두하고는 상관없는 일이었다. 그 일 때문에 종두의 기분까지 상하게 할 필요가 없었다. 종두는 사실 아무것도 몰랐다. 나는 종두가 이끄는 대로 누에가 있는 방으로 갔다. 괜찮다고 종두가 눈을 껌벅거렸다. 종두는 곤충과 동물 역시 사람과 큰 차이를 두지 않았다. 크기와 반응만 다를 뿐 그것들한테도 자신이 느끼고 생각하는 감정이 있다고 믿는 듯했다. 손으로 만지고 굴리면서 중얼거리는 것을 보면 정말로 그들과 이야기를 하는 것도 같았다.

"괜찮아, 누에들은 내 말 잘 들어. 너는 물지 말라고 할게."

어처구니없기는 하지만 꽤 진지하게 말하는 종두의 눈빛을 보면 정말 그럴까 하는 생각이 들었다. 그런 종두더러 죽으라고 소리치던 언니를 생각하니 다시 부아가 치밀었다. 뽕밭으로 돌아가 이번엔 삽으로 흙을 퍼부어주고 싶은 생각이 들었다.

방문을 열자 후끈한 열기가 와락 달려들었다. 한나절 뽕밭 속에서 맡던 냄새보다 더 짙고 고약했다. 나는 손을 입으로 가져갔다. 불쾌한 열기가 순식간에 위장을 자극하며 속을 울렁거리게 만들었다. 내가 가슴을 만지며 엎드려 있자 문지방을 넘어가던 종두가 뒤돌아서서 괜찮다며 눈을 찡긋거렸다. 종두가 처음으로 대견해 보였다. 내가 늘 종두를 챙기고 감싸는 입장이었는데 지금은 반대였다. 나는 안심하고 종두를 따라 조심스럽게 문지방을 넘어갔다.

세차게 퍼붓는 소나기 소리가 들렸다. 누에들이 맹렬하게 뽕잎을 갉아 먹고 있었다. 나뭇잎을 갉아 먹는 벌레들의 소리였다. 위에서 아래로 놈들은 일정한 규칙을 따라 입을 움직였다. 뽕잎 한장이 눈 깜짝할 사이에 사라졌다.

누에는 종두의 집게손가락보다 길고 통통했다. 내장이 파랗게 보일 정도로 희고 투명한 껍질을 갖고 있었고 마디마디 시커먼 점이 찍어놓은 듯 박혀 있었다. 마디 양쪽으로 달려 있는 수십 개의 발들은 이동할 때마다 한꺼번에 움직였다.

종두는 손바닥에 누에를 올려놓고 요리조리 살폈다. 보기에도 섬뜩한 벌레를 손으로 만지고 관찰했다. 종두는 살에 닿는 벌레의 징그러움을 느끼지 못하는 것 같았다. 종두가 손가락 끝으로 누에를 살살 문지를 때마다 나는 진저리가 쳐졌다. 몸에 닿을까 봐 꼼짝할 수도 없었다. 누에는 종두의 손끝이 닿으면 몸을 웅크리거나 머리를 쳐들었다. 보이지 않는 세상을 열심히 두리번거렸다. 두 개의 눈을 가진 사람보다 냄새만으로 사는 누에가 더 평화로워 보였다. 사람은 복잡하게 생겨서 생각도 복잡한 모양이었다.

나는 언니를 떠올렸다. 저 많은 누에를 치는 사람은 언니였다. 언니는 특별히 누에가 좋아서 치는 게 아니라 엄마가 시켜서 할 뿐이었다. 그 대가로 언니는 원색의 옷가지와 주전부리할 몇 푼의 돈을 받았다. 나머지는 모두 엄마 몫이었다. 내가 관심을 갖지 않는 이유이기도 했다.

누에는 엄마와 언니의 노리개에 지나지 않았다. 쉴 새 없이 뽕잎을 먹고 자야 하는 이유도 마찬가지였다. 누에는 죄가 없었다. 엄마와 언니의 누에라는 사실에 문제가 있었다. 누에 소리가 어느 순간부터 벽을 갉아 먹는 쥐새끼들의 소리로 들렸다. 우리 집 곡식을 훔쳐 먹는 쥐새끼들이란 생각이 들자 더 이상 참기 어려웠다. 누에 방에서 나온 나는 헛간으로 달려가 쌀겨 가마니 위에 있던 분무기통을 들어 어깨에 둘러맸다. 분무기통 속에는 어제 아버지가 고추밭에 뿌리고 남은 농약이 들어 있었다. 아버지는 요사이 고추밭에 벌레가 부쩍 늘었다고 일찌감치 일어나서 농약을 뿌렸다. 고추밭 근처 다른 채소밭에도 벌레가 생겼을까 걱정했다. 추수가 끝날 때까지 아버지는 벌레들과 전쟁을 해야 했다. 계속해서 생기는 벌레들 때문에 논으로 밭으로 분무기통을 지고 살아야 했다.

벌레도 지상의 생물이고 모든 생물은 존재할 가치가 있다고, 그래야만 자연의 법칙인 생성과 소멸의 반복이 제대로 이루어진다고 자연 시간에 배웠다. 그러나 벌레는 다른 생물과 달리 식물이나 사람한테 이롭다는 생각이 들지 않았다. 이롭기는커녕 아주 없어져버렸으면 싶었다. 그러면 아버지가 그토록 힘들게 농약통을 메고 다니지 않아도 될 테니.

누에도 벌레였다. 물론 누에는 야성이 아니라서 식물을 마구 해롭게 하거나 사람한테 독이 되어 공격하지는 않는다. 하지만 벌레인 것은 확실했다. 엄마와 언니는 그 벌레들을 이용해서 자신들만 호강했다. 그 징그러운 벌레들이 만든 고치로 자신들의 옷과 화장품과 사탕을 사 먹으면서 나와 종두에게는 아무것도 주지 않았다.

"뭐 할 거야?"

분무기통을 보고 종두가 물었다.

"이거 뿌려주면 누에가 더 잘 큰대."

"정말?"

"그래……"

종두는 손바닥 위에 있던 누에를 뽕잎에 내려놓았다.

"그거, 외삼촌이 하는 건데…… 너 할 줄 알아?"

"알아. 하는 거 봤어."

나는 잠깐 분무기통을 방바닥에 내려놓고 옆에 있던 자루를 열어 뽕잎을 꺼냈다. 허연 몸뚱이를 드러내고 있는 누에들을 뽕잎으로 덮은 뒤 약을 뿌릴 생각이었다. 종두도 부지런히 거들었다. 종두는 누에가 빨리 큰다는 기대로 내가 뭔가 보여주기를 기다리고 있었다.

"얼른 해봐."

"그래."

나는 분무기통을 다시 어깨에 둘러멨다. 왼손으로는 분사기를 오른손으로는 페달을 잡았다. 페달을 움직일 때마다 분사기에서 희뿌연 물이 쏴 하고 뿜어져 나왔다. 매운 농약 냄새가 코를 찔렀다. 종두도 코를 막았다. 눈물이 쏟아질 만큼 독한 약이었다. 약통은 금세 가벼워졌고 페달이 헛돌기 시작했다. 나는 빠르게 분사기를 휘둘렀다. 적당히 골고루 뿌려야만 했다.

"됐으니까 그만 나가자."

머뭇거리기 싫었다. 질식할 것 같은 방 안의 냄새도 그랬고, 눈앞에서 어떤 상황이 벌어질지도 두려웠다.

"얼마만큼 있어야 크는데?"

방을 나가기 아쉬운 듯 종두는 뽕잎에서 눈을 떼지 못했다. 약

을 주자마자 누에가 뻥튀기처럼 뻥 하고 커지기를 기대하는 모양
이었다.

"내일 아침쯤이면 커질 거야."

"그런데 이거 비밀로 해야 돼. 안 그러면 큰일 나."

"왜?"

"비밀로 해야 누에가 커져."

"안 그러면?"

"안 그러면 누에 죽어."

누에가 죽는다는 소리에 종두는 기겁을 했다. 더 이상 말하지
않아도 약속을 지키겠다는 굳은 의지인 듯 두 눈까지 끔벅거렸다.
그러나 종두가 한 약속을 믿는다는 것은 큰 모험이었다. 종두의
약속을 믿기보다는 형편없는 녀석의 기억력에 기대를 해보는 게
승산이 컸다. 벌어질 일에 대한 두려움은 없었다. 최근에 일어난
일들보다 더한 일이 생길까 싶었다. 뭔지 모르지만 약간의 보상을
받은 듯 불뚝불뚝 치솟던 화가 조금은 누그러들었다.

총총히 사랑채를 빠져나온 우리는 분무기를 제자리에 갖다 놓
고 마당으로 나갔다. 어느새 해가 마당을 비켜서 산으로 올라가
고 있었다. 재무덤의 어린 감나무 정수리에 걸린 한 주먹의 해가
그나마 우울한 외딴집에 색깔을 넣어 풍경을 만들었다. 나는 일
없이 집 주변을 둘러보았다. 보이는 것이라고는 아카시아가 시들
어가고 있는 산과 뽕나무밭, 작은 텃밭들뿐이었다. 산을 넘고 고
개를 넘지 않으면 사람 구경을 할 수 없는 유배지 같은 곳에 우리

집이 외롭게 앉아 있었다. 동네 끄트머리에 사는 어설픈 반쪽짜리 박씨네였다.

이튿날 아침, 나는 언니의 비명 소리를 듣고 눈을 떴다. 예상한 일이었다. 나는 다시 눈을 감았다. 언니의 비명 소리에 달려 나갈 필요는 없었다. 그 일은 이제 나하고 상관없는 일이었다. 그렇게 생각하고 싶었다. 나는 종두가 깨지 않도록 조심스럽게 몸을 돌렸다. 종두가 깨어나서 좋을 게 없었다. 나는 가만히 바깥 상황을 주시했다.

"이게 웬일이야! 어떻게 된 거야?"

"엄마 난 몰라! 창자가 다 터져 죽었잖아……"

언니가 발을 동동거리며 난리를 쳤다.

"너, 뽕 잘못 먹인 거 아냐?"

"아니야! 맨날 주던 그 뽕이야."

한참 동안 소란을 떨던 엄마와 언니가 진정을 하더니 누에가 죽은 원인을 따지기 시작했다.

"이상하다, 왜 죽었지? 뽕을 잘못 먹었다면 설사를 했을 텐데…… 뭐가 잘못돼서 창자가 터져 죽었지?"

엄마는 누에에 대해서 누구보다 잘 알았다. 누에가 까닭 없이 배가 터져 죽을 리 없다는 의문이 꼬리를 물었다. 뽕잎에는 아무 이상이 없었다고 언니는 몇 번이나 되풀이했다. 아직 나를 의심하는 것 같지는 않았다. 엄마는 내가 누에를 무서워하는 걸 알고

있었고, 그 방에는 얼씬하지 않는다는 것도 알았다. 잠시 잠잠한

가 싶다가 엄마의 째지는 소리가 다시 귀청을 때렸다.

"이봐요! 어딨어요?"

엄마가 아버지를 불렀다. 엄마가 아버지를 부를 때는 뭔가 짚

이는 구석이 있음이었다. 뜻밖이었다. 설마, 아버지 때문에 그런

일이 벌어졌다고 생각하는 것은 아니겠지? 다른 일이 있어서 아

버지를 찾겠지? 숨이 넘어갈 듯한 엄마의 목소리는 한꺼번에 여

러 가지 궁금증을 불러일으켰다.

"무슨 일이야?"

밖에서 뛰어들어온 듯 아버지의 목소리가 숨찼다.

"어저께 고추밭에 농약 뿌렸지?"

"그래…… 근데 왜?"

엄마의 난데없는 추궁에 아버지가 당황해 말을 더듬었다.

"눈 있으면 이것 좀 봐! 다 뒈졌잖아. 고추밭에 준 농약이 뽕밭

으로 날아간 게 틀림없어. 아니면 일부러 그쪽으로 약을 뿌렸던

지. 멀거니 섰지 말고 어서 말해봐!"

"……"

아버지가 놀라는 게 보였다.

"아니, 그럴 리 없어……"

"그럴 리 없으면, 멀쩡하던 누에가 왜 갑자기 창자가 터져 죽느

냔 말이야!"

화가 아버지한테 미칠 거라고는 미처 생각지 못했다. 엄마의

추리는 예리했다. 누에가 농약 때문에 그리됐을 거라는 추측을 했다면 그다음에 아버지를 떠올리는 것은 당연했다. 아버지가 누에하고는 상관없지만 농약하고는 상관있으니 의심해 마땅했다. 아버지는 어떻게 진실을 밝혀야 할지 난감해했다. 엄마의 억지가 아버지를 점점 구석으로 몰고 있었다. 아버지가 무슨 말을 해도 믿지 않을 상황이었다.

나는 조바심이 났다. 그대로 두고 볼 수도, 뛰어나가 내가 그랬다고 할 수도 없었다. 엄마와 언니가 겪는 낭패는 속이 시원하지만 아버지가 당하고 있는 수모는 가슴이 아팠다. 하지만 나는 끝내 자리에서 일어나지 않았다. 숨소리조차 크게 내지 않으려고 머리까지 이불을 뒤집어썼다. 소란은 잠시 후면 그칠 것이었다.

한동안 소란은 계속되었다. 어느 순간 나는 잠이 들었고, 일어났을 때는 집 안이 적막강산이었다. 언니의 비명도 엄마의 아귀 같은 욕설도 들리지 않았다. 종두 역시 죽은 듯 옆에서 자고 있었다. 폭풍이 지나간 듯 세상은 고요하고 맑았다. 말간 햇살이 창호지 문을 꿰뚫고 들어와 자고 있는 종두의 콧등을 달구고 있었다. 솜털이 보송보송한 얼굴이었다.

나는 가만히 종두의 얼굴을 더듬었다. 엄마의 얼굴을 만지는 느낌이었다. 한 번도 맡아보지 않은 좋은 냄새가 종두의 얼굴과 가슴팍에서 솔솔 풍겼다. 그런 냄새는 처음이었다. 그렇게 기분 좋은 냄새는 엄마 냄새밖에 없을 것이다. 죽은 할머니와 아버지 품에서도 그토록 좋은 향기는 맡아보지 못했다. 나는 개처럼 킁

쿵거리며 종두 곁으로 다가갔다.

"씨이! 뭐 하는 거야?"

나는 멋쩍어 얼른 몸을 일으켰다.

"그만 자!"

"오늘 학교 가냐, 안 가냐?"

종두는 잠에서 깨면 그것부터 물었다.

"오늘은 일요일이야."

그 소리에 종두의 눈이 심봉사 눈 뜨듯 번쩍 떠졌다. 딱히 할 일도 없는 일요일을 왜 그토록 기다리는지 알 수가 없었다. 전처럼 교회에 가는 것도 아니고 창배랑 놀지도 않았다. 그러고 보면 학교에 가기 싫어서 그런지도 몰랐다.

그보다 종두는 어제 일을 기억 못하는 것 같았다. 기억했다면 일어나자마자 총알처럼 사랑채로 달려가 누에를 확인하려 했을 것이다. 다행이었다.

집 안이 조용한 것을 보니 엄마와 언니는 외할머니 집에 간 것이 틀림없었다. 그랬다면 아버지는 아침을 굶고 일터로 나갔을 게 뻔했다. 작은 소란만 있어도 엄마는 그 일을 핑계 삼아 언니를 데리고 읍으로 나갔다. 나가서는 하루 종일 장터를 기웃거리거나 서울옥 아가씨들의 옷을 입어보며 놀다가는 해가 떨어져서야 돌아왔다. 남아 있는 식구들은 안중에도 없었다. 오늘도 아마 그럴 심산으로 집을 나갔을 것이다.

나는 일어나 밖으로 나왔다. 삐쭉 쪽문을 밀치자 텃밭 짚더미 속에 누워 있는 아버지가 보였다. 아버지는 일을 나간 게 아니었다. 그 속에서 잠이 들었는지 옷자락 한 겹이 바람에 살랑일 뿐 뒤척임이 느껴지지 않았다. 내가 잠이 든 사이 더 큰 전쟁을 치른 게 분명했다. 그렇지 않다면 아버지가 저렇게 짚더미 속에 파묻혀 있을 리가 없었다. 어찌할까 망설이던 나는 아버지를 모른 체하고 부엌으로 향했다. 배가 너무 고팠다. 아궁이에는 불기운이 없었다. 커다란 무쇠솥도 차가웠다. 식탁보가 덮여 있는 밥상 따위는 처음부터 기대하지도 않았다. 부엌에선 밥 냄새도 엄마 냄새도 나지 않았다. 어수선한 삭정이 다발만 발길에 차였다. 살강을 뒤지니 그나마 엊저녁에 먹다 남은 찬밥 한 그릇이 눈에 들어왔다. 나는 밥그릇을 움켜쥐고 차가운 아궁이 앞에 쪼그리고 앉았다. 깔깔한 보리밥이었다. 입안으로 꾸역꾸역 보리밥을 한 숟가락씩 떠 넣을 때마다 할머니가 생각났다. 지붕 위 낮게 내려앉은 하늘을 보니 눈물이 쏟아졌다. '먹어야 산다.'고 소리치는 할머니 목소리가 들려 숟가락질을 멈출 수가 없었다. 나는 눈물을 찔끔거리며 터질 듯 아픈 목구멍 속으로 계속해서 밥을 퍼 넣었다.

9

언니가 집을 나가버렸다. 종두와 나는 오전반을 끝내고 집으로 돌아와 아버지의 은신처인 짚더미 속으로 들어가 급식으로 나눠준 강냉이 빵을 먹고 있었다. 오늘은 운 좋게 빵을 두 개 더 받아왔다. 두 명이 결석한 덕분이었다. 한 명은 할머니가 죽었기 때문이고, 또 한 명은 홍역을 앓아서 학교에 나오지 않았다. 홍역을 앓고 있는 애는 완전히 나을 때까지 당분간 학교에 나오지 못할 것이라고 했다. 그것은 그 애의 의사가 아니라 학교의 방침이었다. 선생님은 급식소에 빵을 신청하면서 결석한 애들 것을 빼놓지 않았다. 다른 애들에게 빵을 더 주기 위한 선생님의 배려였다. 나는 그 사실을 마지막 분단을 돌면서 알았다. 혹시라도 잘못 나눠준 것이 아닌가 해서 다시 점검했지만 빵을 받지 못한 애는 없었다. 남은 빵은 선생님이 나를 위해 더 받은 것이었다. 애들은 받은 빵을 덥석 먹지 않았다. 눈으로 먼저 배를 채운 다음에 조금씩 뜯어 먹었다. 냄새를 맡고 모양을 살피면서 아껴 먹어 빵을 받지 않은 애들은 금방 표시가 났다.

남은 두 개의 빵을 선생님이 어떻게 처리할지 가슴이 두근거렸다. 전에도 한번 이런 일이 있었다. 그때 선생님은 급식소에 다시 가져다주라고 지시했다. 마지막 빵을 건네준 나는 슬쩍 선생님의 눈치를 살폈다. 한 개도 아니고 두 개의 빵이 남았으니 쏟아지는 애들의 눈빛을 감당하기 힘들었다. 보이지 않는 입들이 남은 두 개의 빵에 달라붙기 시작했다. 쥐 같은 입들이었다. 그 순간 나는 내 책상 위에 놓여 있는 빵을 보았다. 남은 두 개의 빵보다 훨씬 작아 보였다. 바꾸고 싶었다. 아니, 빵 봉지가 검은색이어서 속이 보이지 않는다면 봉지를 슬쩍 구겨놓았다가 내가 가지고 싶었다. 그러나 선생님은 누구에게도 기회를 주지 않으려는 듯 남은 빵을 자신의 교탁 밑에다 가져다 놓으라고 했다. 서운했지만 선생님의 뜻이었다.

선생님이 내게 시험지 채점을 도와달라고 했다. 흔한 일이었고 크게 기뻐할 일도 아닌데 공연히 흥분되었다. 아니나 다를까, 선생님은 내 기대를 저버리지 않았다. 선생님은 두 개의 빵을 주저 없이 내게 주었다. 그리고 말했다. '이건 비밀이다.' 하고.

두 개의 빵을 받아보기는 처음이라고 종두는 뛸 듯이 좋아했다. 물론 한 개는 내가 준 것이었다. 빵 두 개면 점심은 너끈했다. 우리는 아버지가 만들어놓은 아늑한 짚더미 속에 들어가 빵을 먹었다. 적당히 구워진 노란 강냉이 빵은 고소하면서도 부드러웠다. 종두도 나도 아무 말 하지 않았다. 한동안 빵을 뜯어 먹는 일에만 열중하던 우리는 어느 순간 시끄럽게 울리는 자전거 벨소리를 들었다. 마당이었다. 벨소리에 놀란 종두와 나는 동시에 눈을 맞췄고, 이내 마당에 서 있는 우체부를 보았다. 우체부가 마당에 자전거를 대놓고 급하게 벨을 울리고 있었다. 멀리서 보아도 우체부의 몸짓에서 초조함이 묻어났다. 연신 대문 쪽으로 길게 목을 빼고서 언니가 밖으로 나오길 기다리고 있었다. 이상한 것은 전보다 좀 빠른 시간에 우체부가 나타났다는 것이다. 뭔가 느낌이 달랐다. 빵만 아니었다면 우체부를 본 종두가 가만히 있지 않았을 것인데, 녀석은 아무 생각이 없는 듯 빵 먹는 데만 열중했다. 이윽고 커다란 가방을 들고 언니가 나타났다. 언니가 나오기 무섭게 우체부가 가방을 낚아채서 앞쪽 핸들에 걸었다. 언니가 자전거 뒤에 올라타자 우체부는 쏜살같이 마당을 벗어났다.

안동네 미숙이 언니도 가방을 들고 집을 나간 뒤 돌아오지 않았다. 언니가 들고 나간 그런 가방이었다. 그때, 미숙이 언니는 길에서 마주친 나를 아는 척하지 않았다. 어찌나 걸음이 빠르던지 땅바닥의 자갈이 튀어나갈 정도였다. 까닭은 모르지만 주로 가을걷이가 끝나면 동네 처녀들 한두 명이 집을 나갔다. 동네 사람들은 맨 처음 가출해서 구로공단에 취직한 이발소집 영희가 모두 꾀어내는 것이라고 했다.

나는 언니가 집을 나갔다고 확신했다. 다른 여자들처럼 혼자서 집을 나간 게 아니라 우체부와 작당을 해서 도망친 것이었다. 우체부와 언니가 가끔 뽕밭에서 쏙닥거리며 이상야릇한 짓을 하고 놀았다는 것은 알고 있었지만 둘이서 계획적으로 도망까지 칠 줄은 몰랐다. 계획적인 게 아니라면 언니가 그리 순순히 우체부를 따라나서지 않았을 것이다. 자전거 뒷자리에 폴짝 올라타는 언니는 집 떠나는 사람답지 않게 잔뜩 부푼 표정이었다.

그 사실을 식구들한테는 말하지 않았다. 엄마는 언니가 저녁 늦게까지 돌아오지 않자 안절부절못하며 안동네를 수소문하고 다녔다. 당연히 헛수고였다. 빵에 정신이 팔려 있던 종두도 언니의 가출을 꿈인 양 잊어버렸다. 하루가 지난 뒤 나는 지나가는 말로 언니가 우체부를 따라 어디 가더라고만 했다. 움찔 놀란 엄마가 그제야 나를 다그치기 시작했다.

"무슨 옷을 입었데? 혹시 그놈이 억지로 끌고 가지는 않더냐?"

어른들의 예감은 달랐다. 엄마는 언니가 집을 나갔다는 사실보다 그 당시 무엇을 입고 있었고, 어떤 방법으로 나갔는지가 더 궁금한 모양이었다.

"몰라, 생각 안 나."

사실대로 말하기 싫었다. 언니가 노란색 치마에 하얀 블라우스를 입었고, 커다란 가방을 들고 나갔다고 말하면 엄마는 금방 언니의 가출을 인정할 것이기 때문이다. 인정과 단념은 일직선상에 놓여 있는 점선처럼 가까웠다. 엄마가 언니의 가출을 인정하고 빨리 단념하는 것이 싫었다. 엄마도 사람으로 인해 느끼는 고통이 얼마나 큰지 알아야 했다.

"이 쌍년아! 눈으로 보고도 몰라!"

"몰라! 내가 감시원이야!"

"이 쌍놈의 새끼를 찾아서 목을 비틀어버릴 거야."

눈앞에 우체부가 있으면 엄마도 분명 외할머니가 닭 모가지를 비틀 듯 그렇게 우체부의 목을 비틀었을 것이다. 엄마는 발을 동동 구르며 언니를 걱정했다. 밥을 굶었으면 큰일이라고 손까지 부들부들 떨었다. 나는 웃자란 샘가의 비름나물만 쳐다보았다. 언니가 제 발로 우체부를 따라 나갔다고 끝까지 말하지 않을 결심이었다. 별별 추측을 하며 호들갑을 떨던 엄마가 어느 순간 슬그머니 방으로 들어갔다. 이제 끝났구나 싶었다. 한편으로는 언니의 가출을 벌써 인정한 것은 아닌가 하는 아쉬움으로 약이 올랐다. 하루 동안 간직한 비밀치고는 너무 싱겁게 끝날 것 같았다. 끝까지 입 다물고 있을걸, 하는 후회도 들었다.

아버지와 나는 마루 끝에 서서 방으로 들어간 엄마의 다음 행동을 주시했다.

엄마가 방에서 나왔다. 나가려는 듯 입술을 빨갛게 칠하고 양산과 손가방까지 들고 있었다.

"어디 가?"

아버지도 묻지 않는 걸 내가 물었다. 엄마는 빡빡하게 들어가는 밤색 구두를 신으면서 눈동자를 하얗게 치켜떴다.

"네가 알아서 뭐하게 이년아!"

이젠 드러내놓고 구박했다. 물론 나도 전과 다르게 엄마를 대하지만, 엄마는 더 심하게 내게 면박을 주거나 욕지거리를 했다. 한집에 살다 뿐이지 우리는 가족이 아니었다. 내가 고모의 딸이라는 사실이 밝혀지기 이전부터. 욕심으로 만들어진 울타리가 튼튼할 리 없었다. 죽은 할머니는 할머니대로 박씨 동네에 정착하기 위해서 엄마가 필요했고, 외할머니는 돈이 필요해서 자신의 딸을 이용했으니 온전한 가족이 될 수 없는 게 당연했다.

"같이 가."

아버지는 진정으로 언니를 걱정했다. 엊저녁에도 새벽녘까지 마당을 서성이며 언니를 기다렸다. 자신의 딸은 아니지만 친딸 이상으로 언니한테 잘해줬다. 뜨개바늘이 부러지기 무섭게 다시 만들어줬고, 실을 사라고 가끔씩 품값으로 받은 돈도 주었다. 종두와 나하고는 비교할 수 없는 대접을 받은 셈이었다.

"당신도 간다고? 놀고 있네…… 어제 받은 품값이나 내놔!"

엄마는 아버지를 비웃었다. 아무짝에도 쓸모없다는 듯 콧방귀를 뀌며 돈만 요구했다. 아버지는 그런 엄마에게 화내지 않았다. 기꺼운 얼굴로 창배네 논일 해주고 받은 돈을 꺼내 엄마한테 주었다. 진작 건넸어야 할 돈인 것처럼 미안한 기색까지 보였다. 낚아채듯 돈을 챙긴 엄마는 뒤도 돌아보지 않고 밖으로 나갔다.

언니보다 우체부를 찾는 일이 더 급한 듯 엄마는 대문 밖을 나가면서도 연신 우체부 욕만 해댔다. 싫다는 언니를 우체부가 납치한 줄 알고 있었다. 우체부가 아니라 언니가 졸라서 집을 나갔을지도 모른다는 생각은 전혀 하지 못했다. 뽕밭 속에서도 언니가 우체부한테서 떨어지지 않으려고 떼를 썼지, 우체부가 언니를 붙잡지는 않았다. 우체부는 그래도 눈치가 있는 사람이었다. 우체부를 잡으러 읍으로 나간 엄마가 돌아와보면 알겠지만, 언니가 끌려간 게 아니라는 것만은 확실했다.

　엄마도 읍에 나갔고 종두도 놀러 나갔는지 보이지 않았다. 집 안에는 아버지와 나 둘만 있었다. 객식구가 다 나간 셈이었다. 집 안이 텅 빈 느낌이 드는 게 아니라, 쌀에 섞여 있던 이를 골라낸 기분이었다. 오늘은 품앗이가 없다고, 이따가 우리 논 피사리나 하면 된다고 아버지가 말했다. 모처럼의 여유를 어떻게 보내야 할지 아버지는 잠시 망설였다. 소매 끝에 말라붙은 흙을 털어내던 아버지가 불현듯 나를 불렀다.
　"중미야! 이리 와봐."
　흙먼지가 햇살을 타고 풀풀거렸다.
　"어디 가?"
　아버지가 나를 데려간 곳은 마당 뒤꼍에 있는 헛간이었다. 호미와 곡괭이, 갈퀴 등 농기구를 보관하는 곳이었다. 헛간 옆에는 외양간이 있었고, 그 옆으로는 나뭇간이 있었다. 거름 냄새와 나무 썩는 냄새가 진동을 했다. 아버지 말고 이곳을 출입하는 사람은 없었다. 엄마는 당장 불 피울 나무가 떨어져도 꼭 아버지에게 나무를 가져오라고 시켰다. 헛간은 아버지처럼 더럽고 지저분하고 습한 곳이라 엄마는 갈 수 없다고 했다. 쥐들이 들끓고 날짐승들도 가끔 산에서 내려와 쉬어 가는 곳이었다. 겁 없는 종두조차도 이곳은 들락거리지 않았다. 궁금하면 멀찍이 서서 헛간을 향해 돌을 던지고는 재빨리 도망쳤다. 튀어나올지도 모르는 생쥐나 날짐승이 두려웠던 것이다.

안방은 헛기침을 하면서 들어가는 아버지가 마당의 헛간은 아무 거리낌 없이 들어갔다. 엄마가 있는 안방에 들어갈 때는 주인방을 기웃거리는 머슴 같더니 헛간으로 들어서는 아버지는 당당한 주인 같았다.

"거긴 왜 들어가……"

영문을 알 수 없는 나는 어둑한 헛간으로 들어가는 아버지가 걱정스러웠다.

"널랑 거기 있어."

혼자 남겨지자 후끈한 생각이 들었다. 그사이 발밑으로 뭔가 획 하고 지나갈 것만 같았다. 나는 발가락에 잔뜩 힘을 주고 서서 아버지를 기다렸다.

"무서우냐?"

내가 무서워한다는 걸 아버지는 알았다. 아버지가 내게 손을 내밀었다. 나는 아버지의 손을 덥석 잡았다.

"무섭게 거긴 왜 들어가?"

"아버지가 있는데 뭐가 무서워……"

컴컴한 헛간 속에서 아버지가 말했다. 부드럽고도 따뜻한 소리였다.

"근데, 그게 뭐야?"

아버지 손에 하얀 보자기로 싼 상자 비슷한 물건이 들려 있었다. 네 귀퉁이가 반듯한 것을 보니 커다란 책 같기도 하고 나무 상자 같기도 했다. 아버지는 매우 귀중한 물건인 듯 그것을 가슴에 꼭 껴안고는 뿌듯하게 웃었다. 종두가 강냉이 빵 두 개를 받아 들고 웃던 그 웃음하고 닮았다. 나는 그게 보물이라는 생각이 들었다. 아버지가 아무도 모르게 숨겨놓았던 보물인 게 확실했다.

"보물이야?"

"그래, 보물이야."

아버지는 진짜 보물이라고 말했다. 나는 가슴이 덜컹 내려앉았다. 이제껏 아버지만 알고 있는 보물이 헛간에 숨겨져 있었다니 놀라운 일이었다. 그러면 그렇지 하는 생각도 들었다. 그 보물이 있었기에 아버지가 그처럼 남들의 무시와 학대를 견뎌낼 수 있었구나 싶었다. 도대체 무슨 보물이기에? 입안에 침이 마르고 가슴이 벌렁거렸다.

"뭔데, 얼른 풀어봐."

아버지는 한 손에 보물 보따리를 들고 또 한 손으로는 내 손을 꼭 잡았다. 아버지와 나는 마당을 가로질러 짚더미 속으로 들어 갔다. 그곳은 아버지의 피난처로 아버지와 함께 들어와보기는 처음이었다. 보물을 보기에도 좋은 장소였다. 아버지는 자리를 잡고도 쉽게 보따리를 풀지 않았다. 얼마나 귀중한 물건이면, 나는 그것이 금덩어리일 거라고 생각했다. 보물이라면 당연히 금이었다. 보따리가 펼쳐지고 커다란 금덩어리가 햇빛을 받으며 불쑥 나타난다면, 아! 생각만 해도 아찔했다. 주먹만 한 금덩어리 하나만 있으면 명달리 박씨들 땅을 몽땅 살 수 있다고, 할머니도 한을 삼았다.

아버지가 조심스럽게 보자기 매듭을 풀어나갔다. 매듭은 정교하고 단단하게 묶여 있었다. 그러나 아버지는 별 어려움 없이 차근차근 잘 풀었다. 빛이 아버지 손등을 정통으로 비추고 있어 눈이 시렸다. 매듭이 하나씩 풀어질 때마다 더 조바심이 생겼다. 이윽고 마지막 매듭이 풀어지면서 보자기가 열렸다. 아버지의 짧은 날숨소리가 들렸다.

보자기 속에서 나온 것은 정사각형의 큰 나무 상자였다. 글자는 써 있지 않고 나이테만 선명하게 박혀 있는 나무 상자의 뚜껑을 아버지가 가만가만 쓸었다. 아버지의 깔깔한 손이 나뭇결에 닿을 때마다 대빗자루로 마당 쓰는 소리가 났다. 나는 상자 뚜껑이 열리길 숨죽이며 지켜보았다. 한참 동안 나무 상자를 쓰다듬던 아버지가 마침내 손길을 멈추고 뚜껑을 열었다.

"……"

뚜껑이 열렸다. 햇볕이 상자를 밝혔다. 커다란 황금을 기대했던 나는 상자 안에 있던 물건을 보고는 실망하고 말았다. 상자 속에서 나온 것은 누렇게 바랜 종이 묶음들이었다. 책이라고는 종두와 내 교과서들뿐인 우리 집에 책 비슷한 두툼한 종이 다발이 있다는 게 조금은 신기했지만, 그래도 기대했던 금덩어리가 아니라서 힘이 쭉 빠졌다. 나는 잔뜩 찡그린 얼굴로 물었다.

"이게 뭐야?"

"이건 족보고 이건 땅문서란다."

"이게 무슨 보물이야? 금덩어리도 아닌데."

"그런 소리 하면 못써. 이건 금덩어리보다 좋은 것이야."

"아버진 글씨도 모르잖아. 좋은지 어떻게 알아."

"이거 봐라, 여기 다 표시해놨다. 네 증조할아버지, 할아버지, 그리고 여기 아버지도 있잖니."

아버지가 손으로 가리키는 곳마다 붓 뚜껑으로 찍은 것 같은 빨간 동그라미가 있었다. 하지만 내 눈에는 여전히 생소한 글자들이었다. 책을 읽는 아버지의 모습은 낯설었다. 아니, 읽는 게 아니라 표시된 곳의 이름만 겨우 알고 있는 것 같은데도 훌륭해 보였다. 아무것도 모른다고 무시당하던 아버지가 아닌 다른 사람 같았다. 어쩌면 아버지가 박씨들 속에 끼여 살기 위해서 일부러 바보처럼 굴고 있는 것은 아닌가 하는 생각도 들었다. 정말 그렇게 믿고 싶었다.

아버지가 내게 설명하려는 우리 가문의 내력은 대충 이랬다. 아버지의 조상이 터를 잡고 산 곳은 원래 한양으로 알아주는 양반 가문이었다. 그런 가문이 몰락하기 시작한 것은 할아버지 때인 일제강점기였다. 강제 탄압으로 할아버지는 재산을 몰수당하고 일제의 앞잡이 노릇까지 할 수밖에 없었다. 순전히 살기 위해서 그랬다고 했다. 그러다 해방이 되었고 사람들의 비난을 견딜 수가 없었던 할아버지는 그곳을 떠나게 되었다. 야반도주해 정착한 곳이 바로 지금의 명달리라고 했다.

할아버지가 이곳에 정착하기 위해서 가장 먼저 생각한 것은 철저하게 자신을 숨기고 농사일에만 전념하는 것이었다. 그래야만 명달리에서 뿌리를 내릴 수 있다고 생각했다. 자신의 과거 때문에 자식들도 어차피 세상으로 나갈 수 없으니 배울 필요도 없다고 여겼다. 첫 번째 희생양이 아버지였다. 할아버지는 아버지한테 글 대신 농사짓는 법을 가르쳤다. 농사 말고 다른 생각은 할 수 없도록 읍에조차 나가지 못하게 했다.

이젠 그 할아버지와 할머니도 죽었고 아버지만 남았다. 더 이상 족보에 올려질 사람은 없었다. 내가 있다고 해도 나는 친자식이 아니고 아들도 아니었다. 아버지는 자신의 대에서 끝날지도 모를 그 사실을 내게 밝혀야 한다는 의무감을 가졌던 것이다.

아버지의 이야기는 길지만 자세하지는 않았다. 이야기의 모양새를 만든 것은 내 상상력과 추측이었다. 추측은 구체적이지만 감정이 실리지는 않는다. 나는 아버지의 이야기를 토대로 재구성한 이야기에 별 느낌도 감정도 없었다. 할머니의 죽음과 아버지의 삶은 안타깝지만 그 이전 사람들에 관한 것은 먼 나라 이야기를 들은 듯 울림이 와 닿지 않았다. 아마 황금을 기대했기 때문이었는지도 모른다.

"그럼, 이건 뭐야?"

나는 족보 밑에 들어 있던 몇 장의 종이를 손가락으로 가리켰다. 아버지는 족보에만 신경 쓰느라 다른 것은 생각지 못했다.

"그거? 그건 땅문서라는 거야. 우리 집 재산이 거기 다 적혀 있어. 할머니가 족보 이상으로 중요하니까 절대로 누구 보여주면 안 된다고 했어. 넌 내 딸이니까 보여주는 거야. 다른 사람한테 절대로 말하면 안 돼, 알았지? 큰일 나!"

할머니는 내게 도장을 맡기면서도 똑같은 말을 했다. 아무도 모르는 곳에 잘 간직해두라고. 그러고 보니 아버지와 나는 집안의 중요한 물건 하나씩을 감춰두고 살고 있었다. 도장과 족보, 땅문서 중 어느 것이 더 중요한 물건인지는 모르지만 모두 할머니가 부탁한 것이다. 아버지가 보물처럼 생각하는 것이라면 내게도 소중했다. 그것이 금덩어리가 아닌 한낱 종이쪽지에 불과하다고 해도 아버지의 뜻을 거스를 수는 없었다.

아버지는 거듭거듭 내게 입단속을 시켰다.

"걱정하지 마, 아버지나 조심해."

아버지와 나만 알고 있는 엄청난 비밀이 생겼다. 나와 아버지는 다짐에 다짐을 했다. 그것도 부족해서 몇 번이나 서로 눈을 깜박거렸다. 마침내 아버지는 입가에 만족스러운 미소를 지었다. 나를 믿으니 이제는 외롭지도 겁날 것도 없다는 웃음이었다. 나역시 아버지가 있고 보물이 있는 이상 두려울 것이 없었다. 아버지와 나는 오랫동안 짚더미 속에서 이야기를 나눴다.

10

읍에 나갔던 엄마는 언니를 데려오지 못했다. 언니 대신 외할머니를 데리고 돌아왔다. 대문간을 들어서는 두 사람의 표정이 심상치 않았다. 누구라도 걸리기만 하면 달려들 것처럼 잔뜩 날을 세우고 있었다. 우체부와 언니를 찾지 못한 것이 분명했다.

종두와 나, 아버지 셋이서 오붓하게 저녁밥을 먹고 있었다. 한복 치맛자락을 정강이까지 올려붙이고 들어오던 외할머니가 샘가에 놓여 있던 숫돌을 발로 걷어찼다. 세워져 있던 숫돌이 외할머니 발길에 툭 하고 쓰러졌다. 아버지는 물끄러미 바라만 보았다.

숫돌은 아버지가 수족같이 아끼는 연장이었다. 하루라도 낫을 갈지 않는 날이 없었다. 내가 연필과 지우개를 소중히 생각하듯 아버지도 그랬다. 쓰러진 숫돌을 일으켜놓아야 했다. 아버지가 슬그머니 나를 잡았다. 엄마의 성질을 건드리지 말라는 뜻이었다. 토방으로 올라선 엄마는 나란히 벗어놓은 아버지의 검정 고무신과 내 신발을 집어 마당으로 내던졌다. 그러면서 말했다.

"다 너 때문이야…… 너 때문에 내 딸이 집을 나갔단 말이야!

어떡할 거야!"

토방에 주저앉은 엄마가 악을 써가며 울었다. 엄마가 울다니, 눈으로 보고 있으면서도 믿기지 않았다. 할머니가 죽었을 때도 안 울고 소가 죽었을 때도 안 울던 엄마가 언니의 가출에는 눈물을 펑펑 쏟았다.

"이놈아! 네놈이 누에만 죽이지 않았어도 이런 일은 벌어지지 않았어. 그 애가 얼마나 실망을 했으면 그랬을까. 죽일 놈! 제 자식 아니라고 그러면 못쓰지…… 내가 절대로 그냥은 못 물러나. 땅 줄 테니 살아달라고 애원할 때는 언제고. 저승 가서 네놈 어미 만나면 그냥 안 둘 거야."

엄마와 외할머니는 언니의 가출이 아버지가 누에를 죽게 했기 때문이라고 믿고 있었다. 터무니없는 억측이었다. 외할머니는 주먹으로 땅바닥을 쳐가며 죽은 할머니까지 욕을 했다. 오늘은 언니를 핑계 삼아 작정을 하고 온 듯했다. 그다음에 무슨 말이 나올지는 뻔했다. 아버지는 조용히 듣고만 있었다. 어쩌면 아버지의 태도가 현명한지도 몰랐다. 그 상황을 수습하는 방법은 어느 한쪽이 일방적으로 당하는 길밖에 없었으니까. 그래야만 끝이 났다. 그런 일이라면 아버지는 곰처럼 잘 견뎠다. 그걸 이겨내는 아버지의 힘이 숨겨놓은 보물에서 나온다는 것을 알았다. 모든 싸움이 그 보물 때문에 일어나고 있었다.

외할머니는 아버지가 농약을 뿌려서 누에가 죽었다고 소리쳤다. 가만히 듣고 있던 종두의 눈이 빛나기 시작했다. 잊고 있던 기억이 되살아나는 듯 머리를 갸웃거렸다. 금방이라도 종두의 입에서 '중미가 농약 뿌렸어.' 하는 소리가 튀어나올 것만 같았다. 나는 조심조심 종두 곁으로 다가갔다.

"야! 우리 마당에 나가서 놀자."

들릴락 말락 작은 소리로 종두를 불렀다. 종두는 움직이지 않았다. 놀자는 소리에 눈이 번쩍할 줄 알았던 나는 애가 탔다. 아무리 옆구리를 쿡쿡 찌르고 나직한 소리로 유혹을 해도 종두는 돌아볼 생각을 하지 않았다. 연신 외할머니의 입술에서 눈을 떼지 않았다. 급기야, 입을 틀어막을 새도 없이 종두의 입이 열리고 말았다.

"내가 다 봤어! 뽕밭에서 누나랑 우체부 아저씨랑 발가벗고 노는 거. 그때도 봤고, 그때그때도 봤어."

순간 외할머니와 엄마의 눈이 마주쳤다. 아버지는 나를 쳐다봤다. 그리고 잠깐 동안 집 안이 조용했다. 시끄럽던 외할머니도 멍한 모습으로 엄마와 땅바닥만 번갈아 쳐다보았다. 종두가 말한 그 일이 누에를 죽인 일보다 몇 배는 더 심각한 일인 듯했다. 놀라긴 나도 마찬가지였지만 내가 놀란 이유는 달랐다. 열심히 귀동냥해서 내뱉은 종두의 말이 내 예상과 빗나갔기 때문이다. 떨고 있던 나는 뜻밖의 사태에 기분이 얼떨떨했다.

"죽일 놈, 그 얘길 왜 이제야 해!"

외할머니가 종두의 등짝을 후려쳤다.

대단한 비밀을 알려주고 뿌듯하게 서 있던 종두는 급작스러운 외할머니의 공격에 그만 앞으로 고꾸라졌다. 뼈와 가죽밖에 없는 종두의 몸이 외할머니의 무지막지한 손에 넘어간 것이다. 종두는 고꾸라지면서 외할머니를 향해 눈을 하얗게 치켜떴다. 비밀을 제 공한 대가치고는 너무 가혹한 처사였다.

언니의 가출이 문제가 아니라 언니가 우체부와 옷을 벗고 놀았 다는 게 문제였다. 그 일이 얼마만큼 큰 문제인지는 모르지만 누 에가 몽땅 죽은 것보다 큰일인 것은 분명했다.

집 안으로 어둠이 들어차고 있었다. 어둠은 열려 있는 대문과 하늘이 보이는 안마당으로 축축하게 내렸다. 여기저기 이 구석 저 구석에서 어둠을 빨아들이는 기이한 소리가 들렸다. 노래기가 득시글거리는 낡은 초가지붕과 개미와 거미가 들끓는 흙담이 내 는 소리였다. 퍼런 이끼를 비듬처럼 덮고 있는 샘가에서도 들렸 고, 마루 밑의 버려진 고무신과 쥐구멍 속에서도 들렸다.

어느 순간 집 안은 물속처럼 낮게 가라앉았다. 아무도 보이지 않았다. 마당에 널브러져 있던 외할머니와 엄마도 보이지 않았고 장승처럼 서 있던 아버지도 보이지 않았다. 시커먼 밤이었다. 초 저녁 일들이 꿈을 꾼 듯 실감이 나지 않았다. 바닥의 냉기 때문인 지 몸이 무거웠다. 나는 방바닥을 더듬었다. 느낌처럼 바닥은 냉 골이었다. 옆에는 종두가 누워 있었다. 종두의 가는 발목이 힘없 이 늘어져 있었다. 할머니가 죽은 뒤로 놈은 늘 내 옆에서 잠을 잤다. 종두의 몸에 가만히 손을 대보았다. 종두는 외할머니한테 맞은 등이 아픈지 웅크린 채 자고 있었다. 밤이라서 그런 생각이 들었을까? 또 고모가 보고 싶어졌다. 고모를 사이에 두고 종두와 나란히 누워서 자고 싶었다. 그러면 아무리 깜깜한 밤이라도 무섭지 않을 것 같았다.

요강은 쪽마루에 있었다. 일어나 밖으로 나가야 하는데 선뜻 문이 열리지 않았다. 파랗게 날이 선 낫과 녹슨 펌프가 다른 모습을 하고 있을 것만 같았다. 나는 문고리만 잡고 서 있었다. 아랫배가 점점 부풀어 올랐다. 쪽마루까지의 거리를 가늠해보았다. 방문을 열고 요강이 있는 곳까지 다섯 걸음 정도만 걸으면 되었다. 마음을 다잡고 방문을 열려고 할 때였다. 얼핏 외할머니의 말소리가 들려왔다. 종두와 내가 윗목에 누워 있었으니 외할머니는 아랫목에 누워 있을 터였다. 외할머니 옆에는 엄마가 있을 테고. 두 사람이 속삭이는 소리가 들렸다. 오줌을 누러 가기가 더 어려워졌다. 두 사람이 소곤거리는데 드르륵 문을 열었다가는 또 시끄러워질 게 뻔했다. 외할머니가 엄마한테 하는 귓속말은 가까이에서 라디오를 듣는 듯 또렷하게 들렸다.

"내 말대로 해. 너는 도장하고 땅문서만 찾아. 나머진 내가 다 알아서 할 테니까. 그 이무기 같은 놈을 어떻게 믿고 그때까지 기다려."

"그게 어딨는지 알아야 찾지……"

"아이고, 이년아! 집 안을 뒤져보면 알지. 설마 땅속에 묻어놨겠냐."

"하긴 제까짓 게 숨겨봤자지."

"그것만 찾으면 우리는 팔자 피는 거야. 땅 팔아서 너는 양품점 내고, 나는 읍내서 제일가는 큰 술집을 새로 차리자."

"정말이지?"

"내가 언제 거짓말 했냐. 우선 그 일부터 해놓고 명순이년 찾으러 다니자."

"걱정 마. 내가 집을 불태워서라도 땅문서 찾을 테니까."

"어이구, 이년아! 빈대 잡냐, 집을 태우게. 그랬다가 땅문서까지 타면 어쩔라고."

"참 그렇지……"

"눈치껏 잘해야 돼. 괜히 들켰다가 그 곰 같은 놈이 너 치받기라도 하면 어쩔 거야."

"엄마는 내가 등신인 줄 알아? 그런 일은 문제없어. 그 등신은 내일 품앗이 가서 늦게 올 거야."

"그래! 그거 잘됐다. 아무튼 나는 내일 아침 일찍 돌아갈 테니까 땅문서 찾으면 싸게 읍내로 와라."

"알았다니까……"

말끝이 흐려지는가 싶더니 이내 외할머니의 코 고는 소리가 들렸다. 나는 오줌을 눠야 한다는 걸 잊어버렸다. 잠이 확 달아나면서 정신이 말짱해졌다. 밤이 무섭다는 생각도 들지 않았다. 외할머니 입에서 땅문서 소리가 튀어나오는 순간 불이 난 듯 머릿속이 홧홧했다. 땅문서는 아버지의 보물이었다. 외할머니는 그걸 훔쳐서 양품점을 차리고 술집을 늘리자고 엄마와 계획하고 있었다. 아버지가 목숨처럼 여기는 보물을 훔쳐가겠다니 그건 도둑질이었다.

나는 더듬더듬 책상 속을 뒤졌다. 그 안에서 아버지 도장을 찾아냈다. 벼락 맞아 죽은 대추나무로 만든 도장이었다. 반질반질 닳은 나무의 촉감이 손바닥에 와 닿았다. 내일 엄마가 집 안을 뒤질 것이니 서랍 속에 그대로 둘 수 없었다. 이제 엄마는 도장을 찾지 못할 것이다. 도장은 내 손안에 있고, 나는 절대로 엄마한테 도장을 넘겨주지 않을 테니. 문제는 땅문서였다. 땅문서는 헛간에 있었다. 지금까지는 그곳이 안전했지만 엄마를 만만하게 봐서는 안 되었다. 책상 서랍을 뒤지고 벽장을 뒤지고 광을 뒤져도 땅문서가 나오지 않으면 다른 곳도 뒤질 게 뻔했다. 쥐 오줌이 코를 찌르고 쥐벼룩이 새까맣게 달려들어도 땅문서를 지키기 위해서라면 모든 걸 참고 헛간으로 가야 했다. 땅문서를 숨겨둘 다른 장소가 필요했다. 나는 곰곰이 장소를 물색하기 시작했다. 엄마의 손이 미치지 않는 곳이어야 했다. 궁리 끝에 나는 한 곳을 떠올렸다. 엄마가 도저히 생각할 수 없는 곳이었다. 외할머니도 그곳을 찾기는 어려웠다.

동이 트려면 아직 멀었다. 밖의 어둠은 안의 어둠보다 가볍고 신선했다. 나는 차가운 요강 위에 엉덩이를 걸치고 쏟아지는 별무리를 올려다보았다. 별들의 움직임이 느껴졌다. 별들은 구름과 달 사이로 유유히 흐르고 있었다. 샘가의 낫과 녹슨 펌프도 낮에 본 모양과 다르지 않았다. 무서움은 어느새 사라졌다. 외할머니의 무시무시한 귓속말이 갑자기 나를 어른으로 만든 것 같았다. 강하고 똑똑해지지 않으면 아버지와 종두를, 그리고 우리 땅을 지키지 못한다고 제대로 일러준 셈이었다. 오줌이 시원하게 쏟아졌다.

11

나는 배가 아프다는 핑계로 학교에 가지 않았다. 아침도 먹는 둥
마는 둥 수저를 놓고는 다시 방바닥에 엎드려 있었다. 엄마는 공
연한 꾀병이라고 콕 집어서 말했다. 하지만 내가 학교에 안 가고
무엇을 할 것인지는 아무도 몰랐다. 자신도 학교에 가지 않겠다
고 떼를 쓰다가 겨우 발길을 돌린 종두도 몰랐고, 일찌감치 일 나
간 아버지도 몰랐다. 방바닥에 철퍼덕 앉아 갈치 대가리를 발라
먹고 있는 외할머니도 내 깊은 속을 알 까닭이 없었다. 나는 배가
아픈 척 윗목에 엎드려 눈치껏 두 사람을 살폈다. 외할머니와 엄
마는 한 시간째 밥상을 붙들고 앉아 그들만의 대화를 나눴다. 나
를 의식하는 것인지 외할머니는 짧고 쉬운 단어만 골라서 말했
고, 엄마는 고개를 끄덕이거나 눈을 찡긋거렸다.
　밥숟가락을 내려놓은 외할머니가 양손 엄지와 검지를 쪽쪽 빨
더니 끙 소리를 내며 일어섰다. 읍내로 돌아가려는 모양이었다.
엄마가 외할머니 뒤통수에 대고 거듭거듭 걱정 말라고 말했다.
　이제 집 안에는 엄마와 나 둘뿐이었다. 도장을 쥔 손에 땀이 고

였다. 잠시 후 엄마는 행동을 개시할 테고, 나도 이쯤에서 그만 연극을 끝내고 계획했던 일을 시작해야 했다.

좀 이른 감도 있었다. 갑자기 배가 다 나았다고 하면 엄마가 의심할지도 몰랐다. 하지만 엄마보다 한발 먼저 땅문서를 찾아내 다른 곳으로 옮겨야 된다고 생각하니 초조해서 누워 있을 수가 없었다. 엄마는 아직 부엌에 있는 듯했다. 문을 열고 슬쩍 밖을 내다보았다. 지붕 위로 파란 하늘이 보였다. 햇살도 눈이 부셨다. 그 일만 아니라면 학교에 가고 싶었다. 혼자 학교에 갔을 종두가 마음에 걸렸다. 종두는 아마 문방구를 지나면서 군침을 흘렸을 것이다. 달걀을 들려 보낼걸, 하는 후회도 들었다. 선생님도 내 빈 책상을 바라보며 서운해했을 것이다. 자잘한 심부름을 도맡아 해주는 내가 없으니 아쉬울 것이다.

방 문틈으로 보니 누군가 대문 안으로 뚜벅뚜벅 걸어들어왔다. 시커먼 장화와 플라스틱 물통도 눈에 들어왔다. 벌 치는 양 씨였다. 나는 종두가 뚫어놓은 창호지 구멍에 눈을 맞췄다. 하늘은 보이지 않지만 샘가는 훤히 보였다. 안마당으로 들어선 양 씨가 가볍게 헛기침을 했다. 얼굴은 시커먼 수염으로 덮여 있고 팔뚝에는 퍼런 힘줄이 툭툭 튀어나와 있었다. 한 번도 본 적은 없지만 양 씨가 왠지 라디오 연속극 〈삼국지〉에 나오는 장비의 모습과 비슷할 거라는 생각이 들었다. 힘이 세고 성질이 조급한 나머지 언제나 막무가내로 행동하는 장비와 양 씨는 분명 닮았을 것이다. 아무 기척이 없자 양 씨가 다시 한 번 돼지 소리로 헛기침을 했다.

부엌에서 엄마가 쏜살같이 달려 나왔다. 발목까지 닿는 주름치
마가 물결치도록 달려 나온 엄마가 반갑게 양 씨를 맞았다.

"왔어요!"

두 사람은 잠시 묘한 표정으로 바라보기만 했다.

"조용하네. 아무도 없어?"

양 씨가 집 안을 둘러보며 조심스럽게 물었다.

"다 나갔고, 애 하나는 아파서 자."

"진작 말하지……"

양 씨의 손이 슬그머니 엄마 엉덩이로 갔다.

"왜 안 왔어…… 누구 죽는 꼴 보고 싶은감."

"일이 좀 있어서."

엄마도 싫지 않은 듯 양 씨의 손을 뿌리치지 않았다. 기다리고
있었다는 듯 양 씨의 다른 한 손을 끌어다 자신의 엉덩이에 갖다
댔다.

"죽긴 왜 죽어요. 여기 있잖아요."

"그래, 내가 아주 미치는 줄 알았다니까."

양 씨는 갈수록 씩씩거렸다. 죽통을 찾는 돼지보다 더 심한 소
리를 냈다. 엄마도 마찬가지였다. 죽은 고양이 소리를 내며 손으
로 양 씨의 그 시커먼 목을 휘감았다. 빨간 매니큐어를 칠한 손으
로 양 씨의 콧구멍과 귓구멍, 입술을 차례로 만지작거리다 세차
게 껴안았다. 엄마의 엉덩이를 만지고 가슴을 만지며 쿵쿵거리

던 양 씨는 성이 차지 않는 듯 엄마를 번쩍 들어다 쪽마루에 앉혔다. 양 씨의 손이 엄마의 치마 속으로 들어갔다. 양 씨의 커다란 손에 엄마의 빨간 팬티가 딸려 나왔다. 양 씨와 엄마도 언니와 우체부가 하던 짓을 하려는 것 같았다. 양 씨의 손이 엄마의 블라우스 단추를 풀기 시작했다. 보지도 않고 잘도 풀었다. 마지막 단추가 풀리자 엄마의 하얀 어깨가 드러났다. 양 씨의 숨소리는 갈수록 거칠어졌다. 오래달리기를 한 사람처럼 헐떡거렸다. 나는 계속 지켜봐야 할지 말아야 할지 망설였다. 언니가 했던 놀이라면 재미없을 거라는 생각도 들었다. 하지만 그 순간 두 사람을 지켜보는 일 말고는 달리 할 일이 없었다. 편하게 볼 수 있는 풍경은 아니지만 선택의 여지가 없었다. 양 씨가 아랫도리를 벗었다. 그의 천막에서 엿보았던 물건이 양 씨의 바지 속에서 툭 하고 튀어나왔다. 엄마가 달려들어 양 씨를 껴안았다.

확실하게 안 것은 양 씨의 바지 속에서 나온 물건의 용도였다. 나는 그것이 오줌을 쌀 때 말고도 어른들의 놀이에 필요한 물건이라는 것을 알았다. 두 사람은 쉽게 떨어질 것 같지 않았다. 낡은 쪽마루가 연신 삐걱삐걱 소리를 냈다. 종두의 숙제를 지켜보는 것만큼이나 지루하고 따분했다. 엄마는 이제 땅문서를 찾아야 한다는 사실도 잊어버린 듯했다.

엄마가 아주 잊어버리면 좋겠지만 놀이가 끝나면 다시 기억해낼지도 몰랐다. 나는 땀으로 번들번들해진 양 씨의 얼굴을 보았다. 뭐가 잘못됐는지 열을 내던 양 씨가 벌떡 일어나며 바지를 추켜올렸다. 당황한 엄마가 양 씨의 바짓가랑이를 붙들고 말했다.

"아이, 왜 그래?"

"누가 올까 봐 불안해서 못하겠어."

양 씨가 대문 쪽을 쳐다보았다. 내가 있는 방 쪽도 보았다. 나는 얼른 문구멍에서 눈을 뗐다.

"그렇다고 하다 말아……"

엄마가 뾰로통한 소리로 말했다.

"우리 산으로 가자. 거기 가서 죽여줄 테니까."

엄마는 잠시 망설이는 눈치였다. 어쩌면 땅문서를 찾아야 한다는 생각을 하는지도 몰랐다. 양 씨와 땅문서 어느 쪽이 먼저일지 나는 엄마의 선택을 기다렸다.

"뭐 해! 얼른 가자니까."

양 씨가 엄마를 재촉했다. 망설이는가 싶었는데, 엄마는 곧바로 양 씨를 따라나섰다. 마무리 얘기를 하는 걸 보니 아직 일이 끝나지 않은 모양이었다.

"할 일이 있는데…… 얼른 가요."

엄마가 양 씨를 따라가면서 중얼거렸다. 엄마의 할 일은 땅문서를 찾는 것이었다. 엄마는 양 씨와 산으로 놀이를 가면서도 외할머니가 맡긴 일을 잊지 않은 것 같았다.

엄마가 양 씨 천막에서 돌아오기 전에 땅문서를 다른 곳으로 옮겨야 했다. 시간은 그리 촉박하지 않았다. 두 사람이 집에서 양 씨의 천막까지 가는 시간과 천막 안에서 노는 시간, 엄마가 집으로 돌아오는 시간까지 생각하면 넉넉했다. 그러나 뜻밖의 상황이 생길 수도 있었다. 나는 바깥마당에 있는 헛간으로 달려갔다. 얼마 전 아버지와 왔던 기억이 새로웠다. 헛간은 여전히 어둡고 침침하고 냄새가 났다. 안은 가늠할 수 없을 정도로 깊어서 어디쯤에 땅문서를 싼 보따리가 있는지 짐작하기 어려웠다. 나는 선뜻 헛간으로 들어가지 못하고 서 있었다. 시간은 자꾸만 흘렀다. 가까이 엄마의 발소리가 들려오는 것도 같았다. 마음이 자꾸만 급해졌다. 나는 손에 쥐고 있던 도장을 주머니 깊숙이 집어넣었다. 헛간으로 천천히 발을 들여놓았다. 게처럼 더듬더듬 사물을 분별하기 시작했다. 차갑고 딱딱한 농기구들과 축축하고 냄새나는 가마니들이 발길에 걸리고 부딪쳤다. 손으로 만져보고 들춰보면서 부드러운 보자기의 느낌을 찾았다. 얼마쯤 헤맸을까? 짚으로 된 무슨 덮개를 들추자 부드러운 나일론 천이 손에 잡혔다. 땅문서를 싼 보따리였다. 헛간에 그것 말고 달리 그런 느낌을 줄 만한 물건은 없었다. 나는 보자기 자락을 잡아당겼다. 한 손으로는 버거울 정도로 무게가 느껴졌다. 어둡긴 해도 그것이 아버지가 보여줬던 그 보따리라는 것이 확실했다.

　땅문서를 찾은 나는 엊저녁에 생각해둔 장소로 뛰다시피 걸었다. 죽은 고양이를 묻어둔 곳이었다. 아카시아 숲이라는 것이 마음에 걸리긴 하지만, 양 씨의 천막하고는 거리가 있어 걱정하지 않아도 되었다. 술에 취해 있거나 낮잠을 자지 않으면 엄마와 이상한 놀이를 즐기는 양 씨가 일없이 고양이 무덤가를 찾아오지는 않을 것이다. 집하고도 멀리 떨어져 있어 엄마의 관심에서도 벗어날 수 있었다. 한 가지 걱정이라면 일을 끝내기 전에 산을 내려오는 엄마와 마주치면 큰일이었다.

보따리 무게 때문에 빨리 걸을 수가 없었다. 고양이 무덤에 도착해서 보니 뒤꿈치에 피가 맺혀 있었다. 얼굴도 여기저기 긁혀서 쓰라렸다. 혹시 도장이 빠진 것은 아닌가 해서 주머니를 만져 보니 도장은 얌전히 있었다. 나는 곧바로 작업을 시작했다.

고양이 무덤은 바싹 말라 있었다. 종두가 꽂아놓은 솔방울 달린 나뭇가지는 무덤에서 한 발짝 떨어진 곳에 쓰러져 있었고, 큰 새들의 발자국도 어지럽게 찍혀 있었다.

고양이 무덤 옆을 파기 시작했다. 그곳에 족보와 땅문서를 감춰둘 생각이었다. 흙이 무른 탓인지 땅은 팔수록 고양이 무덤과 가까워졌다. 한참을 파 내려가자 고양이와 함께 묻었던 할머니의 흰 고무신이 나타났다. 고양이 다리가 먼저 보였더라면 놀라자빠졌을 것이다. 할머니 고무신이 먼저 나타나 다행이었다. 할머니가 말하는 것 같았다. 땅문서를 자신의 신발 옆에다 묻으라고, 그러면 할머니가 지켜주겠다고. 나는 할머니가 시키는 대로 했다. 도장은 보따리 속에 함께 넣었다. 고양이 무덤 옆에 또 하나의 무덤이 만들어졌다. 하나는 고양이 무덤이고, 다른 하나는 우리 집 보물의 무덤이었다. 나는 큰일을 해낸 듯 홀가분했다.

발길을 돌리자니 문득 엄마가 아직도 양 씨의 천막에 있는지 궁금해졌다. 일을 끝냈으니 엄마와 맞닥뜨린다고 해도 걱정할 것이 없었다. 운이 좋다면 꿀을 훔쳐 먹을 수도 있었다. 이제는 양 씨가 무섭지 않았다. 나는 슬슬 양 씨의 천막이 있는 곳을 향해 걸었다.

아카시아 꽃은 거의 시들어가고 있었다. 비라도 내리면 금세 떨어질 듯 색깔도 누렇게 변했다. 그러나 숲은 짙은 한여름이었다. 상수리나무의 품은 더 넓어졌고 듬성듬성 서 있는 밤나무도 언제 꽃이 피었는지 손가락만 한 벌레들을 매달고 있었다. 매미 소리도 요란했다.

저만치 양 씨의 천막이 보였다. 천막 밖에는 여전히 지저분한 식기들과 물통, 성냥 등이 어지럽게 널려 있고 송판을 덧대 만든 문짝은 아카시아 나무 옆에 쓰러져 있었다.

가까이 가자 천막은 좌우로 심하게 흔들리고 있었다. 바람이 불긴 하지만 천막이 흔들릴 정도의 바람은 아니었다. 양 씨와 엄마의 숨소리가 밖으로 새나왔다. 엄마의 우는 소리 같기도 하고 양 씨의 웃는 소리 같기도 했다. 얼핏 들으면 사람이 내는 것이 아니라 천막이 몸부림을 치면서 내는 소리 같았다. 나는 살금살금 걸어서 천막 뒤쪽으로 갔다. 벌통과 아카시아 나무가 있는 곳이었다. 꿀통 주변으로 벌들이 새까맣게 몰려 있었다. 종두가 말한 대로 나는 몸을 낮추고 꿀통이 있는 곳으로 조심조심 다가갔다. 짚으로 만든 꿀통 덮개를 살며시 열어보았다. 꿀통 속에 있던 벌들이 기다렸다는 듯 한 마리씩 밖으로 빠져나왔다. 눈 깜짝할 사이였다. 셀 수 없을 정도의 수많은 벌들이 천막 주변을 날았다. 너무 쉽게 꿀을 훔쳐 먹으려 했다는 후회가 밀려오는 순간 나는 무조건 도망쳐야 했다.

얼마쯤 달렸을까? 벌 소리보다 내 숨소리가 더 크게 들렸을 때 나는 비로소 안전지대에 와 있음을 알았다. 돌아보니 숨 가쁘게 달려온 길은 가뭇없는 여름 숲일 뿐, 아무도 뒤쫓는 이가 없었다. 엄마와 양 씨도 보이지 않았고 극성스럽게 따라붙던 벌 떼도 숲의 정적에 묻힌 듯 웃자란 질경이들만 발밑에서 아우성이었다.

12

자고 있던 나를 깨운 것은 종두였다. 종두는 흥분해서 말을 더듬었다. 어디에 산불이 나고, 그 불로 누군가 죽었다고 말했다.

"불······ 불났대!"

"어디서?"

"저어기······ 저기서······"

"누가 죽었는데?"

"있잖아······ 죽은 사람이······"

"새끼야, 천천히 똑바로 얘기해!"

"양······ 양 씨가 죽었대."

"양 씨가 왜 죽어, 새끼야."

나는 죽은 사람이 양 씨라는 것이 마음에 걸렸다.

"누가 그래?"

"양 씨가."

"양 씨 죽었다며······"

"아 참, 양 씨는 죽었지."

"누가 죽었다고? 다시 말해봐."

"씨발, 양 씨가 죽었대! 저어기 사람들 다 모였어. 외삼촌도
있어."

방문을 열자 불 냄새가 와락 달려들었다. 집 안 가득 연기가 자
욱했다. 가슴이 벌렁거리기 시작했다. 우리 산이라면, 아니 우리
산 옆에 있는 다른 집 산이라도 그곳에는 양 씨의 천막이 있고,
양 씨의 천막 속에는 엄마가 있었다. 내가 산에서 내려오기 전까
지 두 사람은 함께 있었다. 산에 불이 나서 양 씨가 죽었다면 엄
마도 죽었을 것이다. 엄마는 집에 없었다.

사람들은 뒷산으로 올라가는 길 초입에 모여 있었다. 불꽃은
더 이상 타오르지 않았다. 눅진한 연기만 뿜어댔다. 사람들 손에
는 대야나 양동이가 들려 있었다. 불 꺼진 산을 올려다보며 혀를
차는 사람들이 많았다. 양 씨가 죽은 게 틀림없었다. 나는 서둘러
아버지를 찾았다. 아버지는 엄마가 아끼는 양은 세숫대야를 들고
서 있었다. 다른 사람들과 마찬가지로 안타까운 눈으로 산을 바
라보고 있었다.

박씨네 종가 일을 떠맡아 하는 홀아비 이배가 불이 난 산에 올
라갔다 와서 말했다.

"바짝 가보진 않았지만, 양 씨 그놈이 불낸 게 틀림없어. 뭘 끓
여 처먹다가 불을 냈든지, 아니면 담뱃불이 붙었든지 둘 중 하나
야. 그놈이 언젠가는 일낼 줄 알았다니까. 근본도 없는 놈이 남의
마을에 기어들어와선 불을 내고 지랄이야. 자업자득이지, 뭐."

누군가 또 말했다.

"아니, 벌을 하루 이틀 친 것도 아닌데, 설마 그런 실수를 했을라고. 뭔가 요상하단 말이야."

"그런 소리 말아. 원숭이도 나무에서 떨어진대. 누가 알아, 딴짓하다가 정신 팔려 그랬는지……"

"딴짓이라니, 그건 또 무슨 소리야?"

"그런 게 있어……"

"뭔데 그래, 죽은 마당에 못할 말이 어딨어."

그는 뭔가 할 듯 말 듯 모호한 소리로 사람들의 시선을 모았다. 양 씨 죽음의 열쇠가 그 사람한테 있는 것처럼 보였다. 아버지 곁으로 가던 나도 잠깐 그를 쳐다보았다.

"언젠가 월뱅이네 집에 가다가 갑자기 똥이 마려워서 산으로 올라갔더니 아! 글쎄, 여우 한 마리가 양 씨 천막으로 들어가더란 말이야……"

말을 끝낸 그가 슬쩍 아버지 눈치를 살폈다. 말뜻을 모르는 아버지는 그의 눈을 피하지 않았다. 나는 그가 무슨 말을 하는 것인지 대번에 알았다. 양 씨 천막으로 들어간 여우는 엄마를 말했다.

창배 아버지가 그의 곁으로 바싹 붙으며 물었다.

"공연히 죽은 사람 욕되게 하면 쓰나, 산 사람도 생각해야지."

그러면서 그는 아버지를 또 쳐다보았다. 거지한테 적선하듯 입가에 미소까지 흘렸다. 아버지는 그의 미소를 덤덤한 얼굴로 받았다. 아버지는 전혀 눈치채지 못했다. 아버지 손에 들려 있는 엄마의 세숫대야는 여전히 반짝거렸다. 나는 아버지 손에 들려 있던 세숫대야를 빼앗아 논두렁으로 집어 던졌다. 아버지한테서 엄마의 흔적을 모두 없애버려야만 아버지가 자유로워질 것 같았다. 할 수만 있다면 아버지의 기억 속에 남아 있는 가증스럽고 교활한 엄마의 이미지조차 지워주고 싶었다. 아버지는 논두렁으로 나자빠진 세숫대야를 멀거니 바라보며 나를 원망하듯 말했다.

"왜 그래, 아직 쓸 만한데."

"재수 없어. 버려!"

아버지는 내 손에 이끌려 가면서도 자꾸만 논두렁을 돌아보았다. 진짜로 세숫대야가 아까워서 그런 것인지, 아니면 엄마의 물건이라서 그런 것인지는 모르지만 나는 엄마의 부재가 더 이상 생각하기도 싫은 과거로 여겨졌다. 때문에 여전히 엄마에 대한 미련이 남은 듯 보이는 아버지가 바보 같기만 했다.

산에 연기가 사라지자 창배 아버지가 사람들을 데리고 산으로 갔다. 그는 월남전에 참가했던 얘기를 들먹거리며 까짓 불난 산에 올라가는 것은 식은 죽 먹기보다 쉽다고 했다. 전쟁터에선 죽은 사람들의 팔다리가 여기저기 굴러다니고 시체 만지는 일이 된장독에서 구더기를 골라내는 일과 같다고. 사람들은 그의 허풍을 믿고 산 밑에서 그가 내려오길 기다렸다. 그가 양 씨의 시체를 어깨에 턱 메고 내려올 줄 알았다. 얼마 후 창배 아버지는 빈손으로 내려왔다. 다른 일행도 마찬가지였다. 기다리고 있던 사람들은 어찌된 영문인지 몰라 당황했다. 멋쩍은 듯 창배 아버지가 긴 장화를 벗으며 입을 열었다.

"불구경 숱하게 해봤지만 그렇게 깡그리 탄 것은 처음 봤네. 도무지 시체를 찾을 수가 없어. 참 인간적으로 양 씨 그 사람도 안됐어. 뼈다귀라도 있어야 제사를 지내줄 거 아닌감."

양 씨의 죽음은 그렇게 끝을 맺었다. 그에 대해 자세히 아는 사람이 없으니 연고지로 연락할 방법도 없었다. 사람들은 뿔뿔이 흩어졌다. 처음부터 그는 이 마을의 이방인이었고, 이방인답게 소리 없이 사라졌다. 더 이상 그의 죽음에 관심을 갖거나 안타까워하는 사람은 없었다. 있다면 아마 마을 사람들이 아닌 아카시아 숲일 것이다. 그는 마을에 살았던 사람이 아니고 숲에 살던 사람이었다.

가장 큰 의혹은 엄마였다. 양 씨 천막에 함께 있던 엄마는 집으로 돌아오지 않았다. 엄마의 흔적을 발견했다는 사람도 나타나지 않았다. 어쩌면 내가 내려온 뒤 엄마도 곧바로 산을 내려와 다른 곳으로 떠났을지도 모른다는 생각이 들기도 했다. 설마 월남까지 갔다 온 창배 아버지가 시체가 무서워 확인도 않고 돌아오지는 않았을 것이다. 사람들은 너무 쉽게 양 씨의 죽음을 단정 지었다. 불이 났으니 불에 타 죽었겠지, 하고 묻어버렸다. 양 씨의 죽음은 그렇다 치더라도 엄마의 죽음을 사실화시킬 수는 없는 일이었다. 그러면 땅문서를 숨겨놓은 일까지 들통 나게 될지도 몰랐다. 나는 내내 머리가 어지러웠다. 차마 아버지한테도 그 말은 할 수가 없었다.

며칠이 지났지만 엄마 소식은 끝내 들려오지 않았다. 양 씨도 물을 뜨러 오지 않았다. 그날 이후 나는 밤마다 악몽에 시달렸다. 수많은 벌들이 양 씨와 엄마를 공격했다. 천막의 열린 문으로 새까맣게 몰려간 벌들이 발가벗고 있는 양 씨와 엄마의 몸에 달라붙었다. 순식간이었다. 벌들이 엄마의 커다란 젖통과 양 씨의 수세미 같은 물건을 사정없이 공격했다. 급기야 천막 속에 있던 두 사람이 불에 덴 듯 팔딱팔딱 뛰어서 밖으로 나왔다. 그러나 밖이라고 사정이 다르지는 않았다. 다급한 양 씨가 밥그릇 옆에 있던 성냥을 주워 나뭇가지에 불을 붙였다. 옆에는 석유풍로가 있었고, 불길은 풍로로 옮겨붙어 삽시간에 천막을 덮쳤다. 두 사람은 눈 깜짝할 사이 불길에 휩싸였다. 불이 눈처럼 쏟아지는 아카시아 꽃잎들을 집어삼켰다. 나는 하얗게 질려서 눈을 떴다.

아버지는 엄마가 집을 나간 게 틀림없다고 말했다. 나는 그 말을 반박하지 않았고 더 이상 엄마를 기다리지 말자고 했다. 엄마가 죽었다는 걸 믿어야만 했다. 아버지는 나의 확신을 믿었다. 그리고 엄마가 자신을 버렸다는 서운함을 버리지 못했다. 외할머니는 엄마가 언니처럼 집을 나간 것이라고 통곡했다. 역마살이 낀 자신의 영감을 닮아 언니도 엄마도 어디론가 사라진 것이라고, 한나절 동안 팔자타령을 하다 돌아갔다. 대문 밖으로 나가던 외할머니가 문득 돌아서더니 눈을 하얗게 까뒤집으며 마지막 말을 내뱉었다.

"이놈의 집구석, 내가 죽기 전에 꼭 기둥뿌리를 뽑아버릴껴!"

내 귀에 그 소리는 이빨 빠진 호랑이의 울음소리로 들렸다. 외할머니는 이제 우리 집에 올 명분이 없었다. 암탉도 무사할 것이었다. 암탉을 잡는다 해도 그건 아버지와 나, 종두의 몫이었다.

집 안에는 종두와 아버지, 나 셋만 남았다. 더 이상 집을 나갈 사람도 들어올 사람도 없었다. 우리는 마루 끝에 앉아서 쏟아지는 빗줄기를 바라보았다. 오랜만에 내리는 비였다. 장마가 시작되었다. 어디선가 아카시아 꽃잎이 떨어지는 소리가 들렸고, 개울물에 무더기로 떠내려가는 꽃잎들의 아우성이 들려왔다. 왠지 엄마의 양산도 물길에 떠내려가고 있을 것만 같았다. 나는 빗줄기 사이로 열려 있는 대문을 바라보았다. 담을 털어낸 듯 커 보이는 대문으로 누군가 들어올 것만 같았다. 반가운 얼굴이 불쑥 나타나 웅크리고 앉아 있는 세 사람의 정신을 흔들어주었으면 싶었다. 아버지와 종두도 그런 마음인 듯 뚫어져라 대문만 쳐다보았다. 폭풍이 사라졌으니 기뻐해야 할 텐데, 우리에겐 그 고요함과 평화로움이 너무 낯설었다.

종두가 나직이 말했다.

"무덤 떠내려가겠다."

종두가 혼잣말하는 소리였다.

"누구 무덤?"

"똘삐 할머니 무덤……"

무덤 옆을 지날 때는 쫓기듯 도망치면서 별일이었다.

"맞아! 안 되겠다. 가봐야지."

아버지가 더 난리였다.

"나도 갈 거야!"

종두가 막대기를 들고 따라나섰다.

"비 오는데, 너는 중미하고 집에 있어."

말렸지만 종두는 앞장섰다. 아버지는 더 이상 말리지 않았다. 종두가 나를 힐끔 돌아보았다. 집에 혼자 남는 것은 싫었다. 무서웠다.

"나도 갈래."

나까지 따라나서자 아버지가 빙긋이 웃었다.

"우산 없는데……"

빗속을 뚫고 나가려던 아버지가 짐짓 뒤돌아보며 종두와 내게 말했다. 집에는 우산이 없었다. 있던 두 개의 비닐우산은 살이 부러져 못쓰게 된 지 오래였다. 아버지는 집 안을 둘러보았다. 아버지가 궁리 끝에 찾은 것은 비료를 담았던 포대였다. 봉투에는 복합요소비료라는 글자가 커다랗게 써 있었다. 작은 글씨로 각종 채소나 곡물의 성장을 촉진시킴, 이라고 써 있는 그 비료 포대가 비를 막아줄지 의문이었다. 그러나 그런 의문은 아버지의 능숙한 가위질 몇 번으로 만들어진 비옷을 보고 나서 싹 풀렸다. 아버지는 포대의 막힌 부분과 양 옆구리 두 곳을 가위로 동그랗게 오려냈다. 목과 양팔이 들어갈 구멍이었다. 순식간에 세 개의 비옷이 만들어졌다. 키가 작은 나는 발목까지 닿는 원피스를 입은 듯했다. 시간이 지나면 나도 상추나 쑥갓처럼 쑥쑥 자랄 것만 같았다.

종두는 새 옷이라도 입은 양 푹푹 소리를 내며 뛰어다녔다. 나와 아버지 사이를 빙빙 돌며 등에 붙은 요소비료 글자를 큰 소리로 읽었다.

삽을 든 아버지가 맨 앞에 걷고 나와 종두가 그 뒤를 따랐다. 비옷을 입었지만 헐렁한 구멍으로 빗물이 사정없이 들이쳤다. 비닐 포대 속에서 젖은 옷과 몸이 부딪칠 때마다 두꺼비 울음소리가 났다. 비와 바람과 우리가 만들어내는 축축한 소리였다.

오솔길이 끝나는 지점이었다. 언덕의 시뻘건 황토 흙이 빗물에 흘러내리고 있었다. 산자락과 오솔길 사이로 난 작은 도랑이 넘치고 있었다. 아버지는 언덕 앞에서 발걸음을 멈췄다. 흙이 흘러내리고 있어 언덕을 오르기가 쉽지 않았다. 지금처럼 비가 더 내린다면 똘삐 할머니의 무덤은 무사하지 못할 것이다. 언덕은 미끄럼틀처럼 미끄러웠다. 비가 그치길 기다리거나 산으로 돌아가야 했다.

도랑을 휘저으며 놀던 종두가 막대기 끝으로 무언가 끄집어 올렸다.

"이거 할머니 신발이다!"

종두의 말은 얼핏 고양이와 함께 묻은 할머니 고무신이라는 소리로 들렸다. 다행히 그건 아니었다. 할머니 고무신은 지난번 땅문서와 도장을 묻을 때도 보았지만 아무 탈 없이 잘 있었다. 똘삐 할머니 고무신이 틀림없었다. 아버지도 종두가 내민 고무신을 자세히 들여다보았다.

"그래, 맞는 거 같다."

닳아빠진 고무신은 한눈에 봐도 키가 작은 똘삐 할머니 것이었다. 종두의 눈에 띈 것이 신기했다. 도랑물은 우리가 오기 전부터 흘렀고, 신발이 여기까지 흘러왔다면 무덤은 한참 전에 쓸렸을 것이다. 고무신은 어쩌면 종두의 막대기가 나타나기를 기다리고 있었는지도 모른다는 생각이 들었다. 앞서 걷던 아버지도 나도 보지 못한 것을 종두가 발견했으니 우연은 아닌 듯했다. 똘삐 할머니의 영혼이 종두를 기다리고 있었던 것인지도 모른다. 죽기 전 자신을 졸졸 따라다니며 막대기로 괴롭혔던 사실을 잊지 않고 기억했다가 오늘 종두에게 자신의 원혼을 부탁하려는 것인지도.

"한 짝은 또 어딨지?"

아버지는 다른 생각이 있는 듯 종두를 다그쳤다.

"하나밖에 없어……"

"정말이야?"

"공갈 아니야. 한 짝만 떠내려왔다니까."

도랑과 언덕을 둘러보았지만 나머지 한 짝은 보이지 않았다. 벌써 도랑으로 흘러서 내를 탔을지도 몰랐다. 그렇다면 고무신을 찾기는 힘들었다. 내는 넓고 깊었다. 고무신 한 짝을 찾기 위해서 뛰어들 만한 얕은 물이 아니었다.

"한 짝이라도 다른 곳에 묻어줘야겠다."

나도 막 그런 생각을 하던 참이었다.

"다른 데 어디?"

아버지와 나는 잠깐 고민에 빠졌다. 비가 내리고 있었고, 고무신 한 짝을 묻기 위해서 다시 가짜 묘를 만들기도 그랬다. 그렇다고 옥수수를 모종하듯 아무 곳에나 꾹 찔러놓을 수도 없는 일이었다. 땅문서와 고양이를 묻은 장소를 생각했지만 왠지 그곳에 똘삐 할머니 신발까지 묻어주기는 싫었다. 굵어지는 빗속에서 우리는 묵념이라도 하듯 머리를 맞대고는 똘삐 할머니의 고무신 묻을 장소를 생각했다.

"있잖아, 거기!"

종두였다.

"어디?"

"절터……"

기발한 생각이었다. 종두는 가끔 천재 같은 생각을 해냈다. 왜 진작 그 생각을 떠올리지 못했던 것인지 아버지와 나는 종두의 기발함에 엷은 미소를 교환했다. 비에 젖은 아버지의 미소는 더없이 편안해 보였다.

"그래, 거기 좋다. 똘삐 할머니도 좋아할 거야."

똘삐 할머니가 스님하고 친했던 것은 다 아는 사실이다. 잠깐 그런 소문이 돈 적도 있었다. 똘삐 할머니와 스님이 그렇고 그런 사이라고. 그러나 그건 터무니없는 소문이었다. 교회를 다니는 사람이 교회에 헌금을 하듯 똘삐 할머니도 절에 시주를 한 것이지 소문처럼 그런 이유로 스님과 친하지는 않았을 것이다. 아무튼 박씨들의 입은 앉아서 삼천리요 서서 구만리였을 정도로 싸고 가벼웠다.

우리는 왔던 길을 되돌아 절터를 향해 걸었다. 개구리를 잡으러 닳도록 다닌 길이라 종두는 돌아서기 무섭게 뛰기 시작했다. 종아리까지 닿는 비료 포대가 거추장스러운지 한 손으로 움켜잡고는 좁은 논길을 잘도 달렸다. 아버지는 내 뒤를 따라오며 이따금씩 조심해 빠질라, 하고 말했다. 그 소리는 논바닥으로 경쾌하게 떨어지는 빗소리만큼이나 듣기 좋았다. 빗물은 작은 물방울을 만들고 커다란 동그라미를 만들고, 찰랑찰랑 실로폰 소리를 냈다. 비가 오지 않았다면, 비가 왔어도 똘삐 할머니의 무덤을 걱정하지 않았다면 아버지와 나란히 걷지 못했을 것이다. 땅을 떠나서는 살 수 없는 두더지 같은 아버지가 새삼 더 가깝게 느껴지는 것은 우리가 처음으로 같은 풍경 속에 있다는 사실 때문이었다. 함께한다는 것은 같은 생각을 하고 같은 곳을 바라본다는 뜻이기도 했다.

우물 속의 차돌은 보이지 않았다. 종두의 막대기가 우물의 깊이를 가늠해보지만 어림없었다. 옹달샘은 빗물 가득한 웅덩이로 변해 있었다. 다시는 손으로 샘물을 떠먹을 수도, 샘 속에 박힌 하얀 차돌을 볼 수도 없을 것 같았다.

아버지는 절터 여기저기를 둘러보았다. 묻혀 있는 주춧돌을 밟아보거나 깨져 뒹구는 기왓장들을 들춰보았다. 예전의 절을 떠올

리는 듯 가만히 서서 절터를 바라보기도 했다. 아버지는 논일을
하러 자주 이쪽에 왔었을 테니 예전 절의 위치나 방향을 조금은
기억할 것이다. 마침내 아버지가 뭔가 찾아낸 듯 절터에서 조금
떨어진 장소로 이동했다. 그곳은 산으로 올라가는 오솔길 초입이
었다. 사람들의 발길이 닿지 않아 억새풀이 무성한 곳이었다. 그
억새 숲 옆으로 손바닥만 한 공지가 보였다. 사실 극성맞은 칡과
쑥들로 뒤덮여 있어 공지라고 보기도 어려웠다. 아버지는 돌보지
않은 어린애 무덤 같은 그곳을 삽으로 푹푹 파내기 시작했다. 비
맞은 땅은 아버지의 능숙한 삽질에 금세 시뻘건 속살을 드러냈
다. 신발 한 짝을 묻기에 지나칠 정도로 크고 깊게 파는 아버지를
종두와 나는 우두커니 지켜보았다.

"그만 파도 될 것 같은데."

아버지는 들은 척도 하지 않고 삽질을 계속했다. 땅속에서 뭐가
나오기를 기다리는 사람 같았다. 칡뿌리를 캐려는 것도 아니고,
답답한 나는 아버지의 삽질을 멈추게 하려고 또 잔소리를 했다.

"아버지는 눈대중도 못해. 사람 묻을 것도 아닌데 그만 파. 신
발 스무 켤레는 묻고도 남겠네."

내 잔소리가 빗소리에 묻혔는지 아버지의 삽질은 멈추지 않았
다. 나는 깊어지는 구덩이를 내려다보며 한참 동안 서 있었다. 쉬
지 않고 삽질을 하던 아버지가 땅바닥에 삽을 내려놓았다. 그러더
니 몸을 숙여 구덩이 속에서 뭔가를 끄집어 올렸다. 헛간에서 땅
문서를 찾아 밖으로 나올 때처럼 아버지는 몹시 상기돼 있었다.

"그게 뭐야?"

종두와 나는 신기해서 쳐다보았다. 비닐봉지에 둘둘 말려 있는 물건은 마치 돼지고기가 들어 있는 듯 보였다.

"떡인가? 얼른 풀어봐."

종두는 그 물건이 떡일 거라고 생각했다. 할머니가 살아 있을 때 절에서 떡을 얻어다 먹었던 걸 기억해낸 모양이었다. 아버지도 비닐봉지 속에 무엇이 들어 있는지 모르는 듯했다. 요리조리 살펴본 아버지가 천천히 봉지를 풀었다. 종두가 침을 삼켰다.

"뭐야! 아무것도 아니잖아."

봉지 속에서 나온 것은 비단실로 곱게 수놓아진 손수건 한 장과 아기 옷 한 벌, 결혼사진이었다. 아기 옷은 솜으로 누벼서 만든 저고리였다. 사진 속의 여자는 족두리와 치마저고리를 입었고 남자는 사모관대를 갖춰 입고 있었다. 사진을 가만히 들여다보던 아버지가 뜻밖의 사실에 놀란 듯 내게 사진을 내밀었다.

"맞다! 여기는 똘삐 할머니고, 여기는 스님이야."

빗물을 훑어가며 나는 사진 속의 두 사람을 자세히 들여다보았다. 희미하긴 하지만 아버지의 말이 맞았다. 생전의 두 사람 모습이 사진에 겹쳐지면서 그 느낌은 더욱 선명했다. 똘삐 할머니의 조그만 입과 스님의 잘생겼던 코가 사진과 똑같았다.

"아버지, 어떻게 알고 찾았어?"

"언젠가 스님이 이 무덤 만드는 걸 봤다. 그때는 쓰레기를 땅에 묻는 줄 알고 별 신경 안 썼지. 오늘 가만히 생각하니까 그게 아닌 것 같더라. 그래서 십중팔구 삽질해본 거야."

아버지의 의구심이 스님과 똘삐 할머니의 역사를 밝혀준 것이
나 다름없었다. 사진을 발견하지 못했다면 아마 두 사람의 관계는
영원히 땅속에 묻히고 말았을 것이다. 두 사람은 한때 부부의 연
을 맺은 사이였고, 옷으로 보아 아기도 있었던 게 분명했다. 무슨
이유로 바라만 보고 살았는지는 알 수 없지만, 손수건에 수놓아진
원앙으로 미뤄 두 사람이 사랑했던 것만은 틀림없어 보였다.

아버지는 비닐봉지 속에 똘삐 할머니 고무신을 넣었다. 봉지
는 처음보다 불룩해졌다. 비닐봉지 속에 두 사람의 인생이 들어
있는 셈이었다. 똘삐 할머니도 스님도 같이 있음을 싫어하지 않
을 것 같았다. 아버지는 구덩이를 다시 덮었다. 처음보다 근사한
무덤이 만들어졌다. 깨진 기왓장과 억새풀로 무덤을 만들어 다시
는 허물어지지 않을 것 같았다. 잠시 우리는 묵념이라도 하듯 빗
속에 서 있었다. 시키지도 않았는데 종두가 또 찬송가를 불렀다.
고양이 무덤에서 불렀던 그 노래였다. 아버지는 종두의 찬송가에
맞춰 합장을 했다. 비는 줄기차게 퍼부었고 나는 노래를 따라 불
러야 할지 합장을 해야 할지 몰라 고개만 숙이고 있었다.

13

선생님이 학교를 그만둔다는 소식은 나를 당황스럽게 만들었다. 종례를 마친 선생님은 조금 슬프고 안타까운 표정으로 마지막 인사를 내게 부탁했다. 시키는 대로 인사는 했지만 그 순간 나는 오랫동안 키워온 꿈이 사라지는 것만 같았다. 깡보라는 별명이 무색할 정도로 기운이 빠져 있었다. 경례 소리가 목구멍 속으로 기어들어갈 만큼 작았다. 아이들은 그런 내가 신기한 듯 인사가 끝나기 무섭게 목을 늘여 나를 쳐다보았다. 나는 선생님과 눈 한번 맞추지 못하고 책상 위에 엎드리고 말았다. 아이들 때문에 그런 게 아니었다. 선생님이 나를 뚫어져라 쳐다보는데, 아무렇지도 않은 듯 선생님을 바라볼 자신이 없었다. 울음이 막 쏟아졌다. 창피하고 부끄럽고 속이 상해 미칠 지경이었다.

선생님을 그렇게 보낼 수는 없었다. 나는 아이들이 돌아가길 기다렸다가 교무실로 선생님을 찾아갔다. 서랍 정리를 하고 있던 선생님은 내가 교무실로 들어서자 일어나 반갑게 맞았다. 할 얘기가 있어 찾아가긴 했는데 막막하기만 했다. 무슨 얘기를 어떻게 시작해야 좋을지 가닥이 잡히지 않았다. 아무 말도 못하고 손톱 사이에 낀 때만 파내고 서 있자니 선생님의 손이 내 어깨에 와 닿았다.

"중미야! 넌 잘할 거야. 선생님은 믿어."

내가 뭘 잘할 수 있다는 것인지 알 수 없었다. 공부나 반장 노릇, 아니면 부모님 말씀 잘 듣는 착한 어린이…… 선생님은 내 마음을 몰랐다. 안다면 그런 상투적인 인사는 하지 않았을 것이다.

"저 착한 어린이 아니에요. 선생님이 잘못 봤어요."

나는 바람처럼 휙 지나가는 소리로 말하고는 다시 고개를 떨어뜨렸다. 답답함이 원망으로 급하게 바뀌었다.

"왜 그런 소릴 하니…… 선생님이 보기에 넌 똑똑하고 착해. 중학교, 고등학교에 가서도 공부 열심히 해라."

선생님다운 소리만 했다. 나는 그 소리를 들으려고 선생님을 찾아간 게 아니었다. 좀 더 어른스러운 이야기를 듣고 싶어서였다. 일테면 선생님을 잊지 말고 기억해라, 나도 널 잊지 않으마, 뭐 그런 소리 말이다. 그러나 선생님은 끝내 그런 말은 하지 않았다. 계속해서 공부 잘하라는 소리만 반복했다. 나를 다른 애들과 달리 생각할 거라고 기대했던 마음은 허무하게 무너졌다. 선생님한테 나는 그냥 자신의 반 아이에 불과했다. 그 이상도 그 이하도 아니었다. 그간의 일들을 고백하고 이해와 위로를 받고 싶었는데, 그러기에는 선생님이 너무 멀게 느껴졌다. 준비했던 많은 말들이 밀린 숙제처럼 가슴을 꾹꾹 짓눌렀다.

"그럼, 다신 못 봐요?"

여전히 고개는 들지 못했다.

"그동안 중미가 선생님 많이 도와줘서 정말 고마웠다. 나중에 우리 꼭 한번 보자. 주소 적어줄 테니까 편지할래?"

미적거리고 있던 나는 나중에 보자는 선생님 말에 얼른 고개를 들었다.

"정말이죠?"

"그럼……"

선생님은 주소가 적힌 종이쪽지를 건네주었다. 쪽지를 받는 순간 나는 비 온 뒤 무지개를 보는 것만큼이나 가슴이 설레고 벅찼다. 서운했던 마음은 금세 사라졌다. 가슴을 억누르던 답답함도 질서를 잡으며 가라앉았다. 당장은 아니지만 언젠가는 선생님한테 고백해야 할 서러운 기억들이었다. 선생님 말고 다른 누군가에게 그 서러움의 기억들을 풀어놓을 생각은 한 번도 해본 적이 없었다. 그것들은 갈등을 거듭하며 때를 기다리느라 내 속을 어지간히도 괴롭혔다. 지금은 때가 아니었고 그렇게 급하게 털어놓기도 싫었다. 나는 선생님이 건네준 종이쪽지를 접고 또 접어서 주머니 깊숙이 넣었다. 쪽지가 펼쳐지는 날 내 서러움도 함께 꺼내져 선생님에게 전해질 것이다.

나는 선생님께 인사를 하고 총총히 교무실을 나왔다. 텅 빈 운동장을 가로질러 집으로 오는 동안 주머니 속의 종이쪽지를 몇 번이나 확인했다. 전처럼 뛰거나 돌멩이를 걸어차지도 않았다.

주머니 속 종이쪽지가 빠져버릴까 봐 걱정되었다. 방앗간 앞을 지나던 이장 마누라한테도 인사를 하지 않았다. 공연히 쓸데없는 소리를 늘어놓을까 귀찮았다.

그녀의 잔소리에 붙들리면 쉽게 빠져나오기가 어려웠다. 잔소리만 심한 게 아니라 성질까지 사나워서 간죽거리는 이장도 꼼짝 못하고 살았다. 언젠가 읍내 다방 아가씨가 이장의 외상값을 받으러 집으로 왔다가 외상값은커녕 뼈도 못 추리고 돌아간 일이 있었다. 그때 이장을 본 사람들은 혀를 내둘렀다. 얼마나 심하게 두들겨 맞았는지 눈도 뜨지 못하더라고 했다. 명달리에서 그녀보다 덩치 큰 사람은 없었고, 남자들도 그녀를 대하면 기가 죽었다.

죽은 할머니가 이장 마누라한테는 꼭 인사를 하라고 일렀는데, 집에 돌아오자 기분이 찜찜했다. 안경을 썼기 때문에 그녀의 눈을 피할 수 있을 거라 생각하고 뛰다시피 그 옆을 지나쳤는데, 얼마만큼 와서 돌아보니 그녀가 손짓까지 해가며 뭐라 얘기하고 있었다. 돌아가서 다시 아는 체를 할 수도 없고 에라 모르겠다는 심정으로 돌아보지 않았다. 그녀와 다시 마주치는 날에는 무사히 넘어가지 못할 거라는 예감이 들었다.

나는 집에 오자마자 주머니 속에 있던 종이쪽지를 꺼내 지우개로 가득 차 있는 성냥통 속에 넣었다. 지우개는 그동안의 내 생활을 대변해주는 일기 같았다. 어떤 지우개에는 날짜와 요일이 적혀 있고, 구름이나 비, 해가 그려진 것도 있었다. 지우개의 크기는 달걀의 크기를 말해주기도 했다. 지우개의 그림은 문방구 여자의 물건 고르는 안목이 수시로 변한다는 것도 증명해줬다. 네 귀퉁이의 각이 닳지 않고 그대로 있는 지우개는 그날 하루 종일 기분이 좋았다는 뜻이었다. 어떤 것은 손에 잡을 수도 없을 만큼 닳은 것도 있었다. 그런 날은 필시 엄마한테 호되게 당했거나 외할머니가 닭을 잡은 날이었다.

이젠 달걀을 몰래 가져갈 필요가 없는데, 닭들은 전보다 더 많은 달걀을 낳았다. 광 안에는 팔지 않은 달걀이 수북이 쌓여 있었지만 지우개는 더 이상 늘어나지 않았다.

덕분에 종두는 젤리를 먹지 못했다. 내가 앞으로도 지우개를 필요로 하지 않는다면 종두도 젤리를 먹을 수가 없었다. 종두는 어쩌면 학교에 가려 하지 않을지도 몰랐다. 나는 지우개를 뒤적거렸다. 새것이나 다름없는 지우개들만 골랐다. 그걸 몽땅 젤리하고 바꿀 참이었다. 모두 젤리로 바꿔 벽장 속에 감춰두고는 아침마다 종두에게 하나씩 내줄 참이었다. 나는 선생님의 주소가 적힌 종이쪽지를 남은 지우개 속에 깊숙이 찔러넣고는 성냥갑을 닫았다.

밖으로 나오자 거짓말 같은 일이 벌어졌다. 두 사람이 막 대문 안으로 들어서고 있었다. 햇빛 때문에 눈이 시려서 잘못 본 것은 아닌가 했다. 종두와 고모였다. 아니, 고모가 아니라 엄마지만 나는 아직 고모를 엄마라고 부를 자신이 없었고 그러고 싶지도 않았다. 고모는 예전의 고모 모습이 아니었다. 할머니 말대로라면 어디 가서 굶어 죽었거나 거지가 돼서 돌아와야 했다. 거지는커녕 엄마는 멋쟁이로 변해 있었다. 마루에서 토방으로 내려서려던 나는 그 자리에 멈춰 서고 말았다. 뭐라고 하긴 해야 하는데, 다물어진 입이 열리지 않았다.

"중미야! 엄마야, 엄마."

"……"

엄마가 바로 옆에 있었다. 엄마의 냄새가 코끝에 살살 와 닿았다. 하지만 그 순간 나도 모르게 서러움이 복받쳤다. 예쁘게 차려입고 나타난 엄마에게 화가 났다.

"아냐! 엄마 아니야! 무슨 엄마가 그래!"

엄마의 손이 내 어깨에서 떨어져 나갔다.

"네 맘 알아, 미안하다…… 정말 미안해……"

엄마는 그 고운 옷을 입은 채 땅바닥에 주저앉아 울었다. 까짓 옷은 빨면 감쪽같을 테지만 나는 그렇지가 못했다. 내 속은 빨아서 될 일이 아니었다. 거죽의 상처는 닦고 쓸어내고 화장하면 그만이지만, 내 속은 그게 아니었다. 나는 안경을 꺼내 썼다. 엄마, 아니 고모를 똑바로 보기가 싫었다.

"왜 비밀로 했어? 왜?"

"그럴 수밖에 없었어……"

"다 말해. 우리 아버지가 누구고 뭐 하는 사람인지, 그리고 지금 어딨는지!"

엄마는 몸을 일으켜 마루에 걸터앉았다. 내게 옆에 앉으라고 손짓을 했다. 나는 엄마 옆에 앉지 않았다. 그리 쉽게 가까워질 수는 없었다. 나는 고무줄이 아니었다. 차라리 맘대로 늘어나고 줄어드는 고무줄이라면 과자 봉지를 끌어안고 아무 생각 없이 볼이 터져라 먹고 있는 종두처럼 속이 편할 것 같았다. 나는 꼿꼿이 버티고 서서 엄마의 지난 얘기를 들었다. 엄마의 과거는 눈물과 한숨에 섞여 끊어졌다 이어졌다를 반복했다. 나는 한 토막도 놓치지 않고 붙이고 이어가며 끝까지 들었다.

엄마는 아버지와 달리 읍내 중학교까지 다녔다. 시집을 가게 되면 동네를 떠날 거라는 할머니의 판단이었다. 아버지처럼 이 땅에서 평생 살아야 한다는 책임감이 없으니 배워서 좋은 집으로 시집보내려는 생각이었다. 인물도 반반하고 학교까지 다녔으니 여기저기서 혼삿말도 들어왔다. 드디어 엄마는 좋은 혼처 자리를 구했고, 조신하게 바느질을 하면서 혼인할 날을 기다리게 되었다. 그러던 어느 날, 엄마는 한복에 달 동정을 사러 읍으로 나갔다가 여학교 동창들을 만나 밤늦도록 친구 집에서 놀았다. 불행은 거기서부터 시작됐다.

자고 가라는 친구의 만류를 뿌리치고 엄마는 걱정할 할머니를 생각해서 어두운 밤길을 자초했다. 그때는 새마을운동이 시작되기 전이었고, 마을의 길들은 어둡고 거칠었다. 길은 모두 산으로 통하지 않으면 논이나 밭으로 나 있었다. 별 하나 없는 그믐밤에다 큰 처녀의 몸으로 혼자 걷는다는 것은 위험한 일이었다. 물론 읍이 아니어서 사람의 통행은 뜸했지만, 오히려 그런 길에서 간

혹 만나는 사람이 더 무서웠다. 불빛이 없으니 산에서 내려온 짐승인지 사람인지 구분을 할 수 없었다. 엄마는 마음을 단단히 먹고 명달리로 들어섰다. 길은 한 치 앞을 분간하기 어려울 정도로 어두웠다. 발길이 나가면 길이요, 부딪히면 길이 아니었다.

등줄기에 식은땀이 흐르도록 허둥지둥 얼마쯤 왔을 때, 뒤에서 자전거 벨소리가 들려왔다. 희미하지만 어둠을 뚫는 불빛이 있었다. 엄마는 반가웠다. 자전거 벨소리는 사람이라는 뜻이었고, 이쪽으로 들어선 걸 보면 분명 명달리에 사는 동네 사람일 것이다. 엄마는 죽은 할아버지라도 만난 듯 반가웠다. 그래서 그의 호의를 거절하지 않고 기꺼이 허락했다. 낮 같으면 있을 수 없는 일을 한 셈이었다. 다 큰 처녀가 그것도 혼인 날짜를 잡아놓은 여자가 남의 남자 허리를 껴안고 자전거 뒷자리에 올라탄다는 것은 옳은 일이 아니었다. 하지만 밤이었고 엄마는 무서웠다. 게다가 남자는 엄마가 아는 사람이었다.

두 사람은 함께 자전거를 타고 명달리를 향해 달렸다. 자전거 바퀴에 돌멩이가 걸릴 적마다 남자는 요령 있게 잘도 피했고, 엄마는 그때마다 떨어질까 무서워 남자의 허리를 더 세게 껴안았다. 그렇게 한동안 달리더니 남자가 갑자기 자전거를 세웠다. 자연히 자전거는 한쪽으로 기울었고, 엄마도 내릴 수밖에 없었다. 내리다가 치마가 안장에 걸렸는지 빠지지 않았다. 남자는 친절하게도 엄마의 치맛자락을 빼내주려는 듯 가까이 다가섰다. 순간 엄마는 긴장했다. 안장에 걸린 치맛자락 때문에 허벅지가 드러나 있었기 때문이다. 엄마는 처음으로 자전거를 타지 말았어야 했다는 후회가 들었다. 하지만 때는 이미 늦고 말았다. 안장에서 엄마의 치마를 빼낸 남자는 매가 닭을 물어가듯 순식간에 엄마를 둘러메고 깜깜한 어둠 속으로 들어갔다. 엄마는 그곳이 어디였는지 아직도 모른다고 했다.

그 몸으로 혼인을 할 수는 없었다. 이미 엄마의 배 속에는 그 남자의 씨가 자라고 있었다. 엄마는 혼인할 남자를 받아들이지 않았다. 혼인할 남자가 아무리 용서한다고 애원을 해도 그럴 수가 없었다. 혼인하려 했던 남자는 엄마를 무척이나 마음에 두고 있어 잊을 수가 없다고 끝까지 버텼지만 결국 혼례를 치르지 못했다. 엄마는 어쩔 수 없이 숨어서 애를 낳았다. 애를 낳는 데는 할머니의 탄탄한 계획이 있었다. 자식을 못 낳는 아버지 호적에 입적을 시키는 것이었다. 낳기는 했지만 자식을 포기하라는 뜻이기도 했다. 엄마는 그렇게 했다. 처녀의 몸으로 애를 낳았으니 그리할 수밖에 없었다. 그때부터 나는 아버지의 딸로, 엄마의 조카로 살게 되었던 것이다. 할머니도 엄마도 나에 관한 진실을 그 남자에게 고하지 않았다. 알려봤자 아무것도 달라질 게 없다는 할머니의 현명한 판단이었다. 엄마는 지금도 그 남자가 나의 존재를 모른다고 했다. 그 얘기를 할 때 엄마의 얼굴이 심하게 일그러졌다. 가장 치욕스러운 표정이었다. 엄마가 아직도 그 남자를 용서하지 못하고 있다는 뜻이었다.

나를 낳았지만 엄마도 혼인하려 했던 남자를 잊지 못했다. 중

매였지만 두 사람은 운명처럼 이끌렸다고 말했다. 엄마는 나를 할머니와 할머니가 들인 엄마한테 맡기고는 연일 밖으로 싸돌아다녔다. 그 운명의 남자를 만나러 다녔던 것이다. 운명의 남자 역시 엄마 아닌 다른 사람하고의 혼인은 꿈에도 생각할 수 없다고, 혼인은 못했지만 엄마를 기다리겠다고 완강히 버티고 있었다. 하지만 엄마의 소문을 무시 못한 남자의 부모는 두 사람을 갈라놓기 위해서 멀리 서울로 이사를 가버렸다. 그리고 종두가 태어났다. 종두는 엄마의 완벽한 사랑으로 태어났지만, 나처럼 사랑을 받고 자라지는 못했다. 종두와 나는 엄마의 두 번의 실수로 만들어진 자식들이었다. 할머니가 엄마를 내쫓은 것도 무리가 아니라는 생각이 들었다.

그동안은 엄마가 밤에만 몰래 왔다가 돌아갔기 때문에 그러한 사정을 말할 수 없었다고, 오늘처럼 훤한 대낮에 온 것은 처음이라고 했다. 종두의 꿈이 맞은 것이다. 엄마는 다시 훌쩍거리며 마지막 이야기를 털어놓았다.

"서울로 이사 갔어도 맘을 못 잡아서 다시 집을 나왔대. 그러곤 사방팔방 나를 찾으러 다녔대. 서로가 서로를 찾으러 다닌 셈이지. 할머니한테 맞아 죽는 한이 있더라도 집에 가만히 있었으면 그 사람을 쉽게 만날 수 있었을 텐데, 세월만 낭비한 셈이지. 그런데 우습게도 그 사람을 등잔 밑에서 만날 줄 누가 알았겠니."

엄마는 매무새에 어울리지 않게 맨손으로 코를 흥 풀었다. 속내를 다 털어놓아 속이 시원한 모양이었다. 내 문제는 꺼내지도 않았는데, 벌써 시원해하는 엄마의 태도가 못마땅했다. 그보다 종두와 내 아버지가 다르다는 사실을 안 나는 정신이 번쩍 들었다. 엄마 이야기에 빠져 거기까지는 미처 정리하지 못했다. 엄마의 감정에 조금은 넋이 나가 있었는지도 모른다. 정리하자면 엄마에게 나는 어둠 속 불청객의 딸이고, 종두는 운명적인 남자의 아들이었다. 종두하고는 엄마가 같으니 당연히 아버지도 같을 줄 알았던 나는 벽에다 이마를 세게 부딪친 기분이었다. 조금씩 이야기의 핵심과 윤곽이 잡히기 시작하면서 내가 깨달아야 할 큰 문제가 무엇인지 알게 되었다. 그것은 애써 생각하지 않아도 이미 머리 밖으로 혹처럼 튀어나와 있었다.

엄마는 다시 한 번 내게 손짓을 했다. 고백했으니 조금은 자신을 이해해달라고 애원했다. 엄마의 고운 옷과 매끄러운 손길이 누에를 보는 듯 징그러웠다. 꿈속에서 그리워하던 고모의 모습이 아니었다. 차라리 거지꼴로 나타났으면 그런 마음은 들지 않았을 것이다. 나는 이번에도 엄마의 손짓을 거절했다. 그 남자의 힘이 엄마한테 불가항력으로 다가왔다는 사실도 믿기 싫었다. 엄마도 어쩌면 우체부와 언니처럼, 아니면 벌 치던 양 씨와 엄마처럼 그렇고 그런 놀이를 했을지도 모른다는 생각이 들었다. 모두 핑계 같았고, 자신을 변명하기에만 급급한 것 같았다. 내 아버지를 밝히기 위한 쇼처럼도 보였다. 엄마도 나처럼 두려웠고, 나도 엄마처럼 두려운 것인지도 몰랐다. 하지만 내 아버지가 누구인지는 알아야 했다. 언제까지 빙빙 돌려 말할 수는 없었다. 그 말을 하려고 엄마도 나도 그 긴 이야기를 하고 듣지 않았나 싶었다.

"말해! 내 진짜 아버지가 누군지……"

엄마가 움찔해서 나를 바라보더니 이내 고개를 떨어뜨렸다.

"……"

"동네 사람 누구야? 빨리 말해!"

"……이장이야."

"이장? 진짜 이장이야?"

엄마는 또 흐느끼기 시작했다. 종두 아버지 얘기를 할 때는 그리움 가득한 얼굴이더니 내 친아버지 얘기를 하고는 얼굴조차 들지 못하고 울었다. 이장이라면 그러고도 남았다. 나는 고모가 엄마라는 사실을 알았을 때보다 기분이 좋지 않았다. 똥을 밟은 심정이었다. 아무리 씻어내도 냄새가 가실 것 같지 않았다. 엄마의 입에서 나온 말이니 믿지 않을 수도 없었다. 하지만 아버지로 받아들이는 문제는 생각할 여지도 없었다. 그는 죽은 할머니가 가장 경계하던 사람이고, 지금 아버지와 나를 가장 힘들게 하는 사람이었다. 그런 그가 내 핏줄이라는 사실이 엄마 못지않게 나를 치욕스럽게 만들었다.

"중미야, 오빠는 모르는 사실이니 얘기하지 마. 너만 알고 있어…… 그러잖아도 기죽어 사는데 그 사실까지 알아 봐, 네 아버지 여기서 못 살아."

엄마가 당부하지 않아도 그럴 생각이었다. 그 정도 눈치는 나도 있었다. 아버지가 명달리에서 발을 붙이고 살기까지 얼마나 힘든 세월을 보냈는지, 아직도 아버지를 대하는 동네 사람들의 시선이 어떤지는 내가 더 잘 알았다. 동생의 딸이지만 핏덩이 적부터 자신의 딸로 키워온 아버지가 또다시 다른 사람도 아닌 이장의 씨란 사실을 안다면, 아버지는 아마 죽어버릴지도 몰랐다.

"왜, 내가 이장 딸이라고 소문낼까 봐 겁나? 그렇게 무서우면 영원히 나타나지 말지 왜 나타났어! 난 고모가 엄마라는 사실이 싫어……"

어떤 말을 해도 속이 풀리지 않았다. 할퀴고 욕을 해도 엄마에 대한 원망은 쉽게 가라앉을 것 같지 않았다. 엄마도 눈물을 멈추지 못했다. 부끄러워 죽을 것 같다고 두 손으로 얼굴을 가리고 계속 울었다. 왜 하필 이장인지, 아무리 생각해도 거짓말 같았다.

바람 빠진 풍선처럼 나는 힘없이 걸어서 마당으로 나왔다. 세상이 빙글빙글 도는 느낌이었다. 나는 아버지 둥지가 있는 짚더미 속으로 기어들어갔다. 붉은 노을을 담고 있는 둥지 속은 더없이 편안하고 평화로웠다. 아득히 하늘이 보이고 그 하늘 아래로 줄지어 날아가는 새들과 구름이 보였다. 새들과 구름은 같은 방향으로 흘러갔다. 나는 오래도록 하늘을 바라보았다.

14

고모, 아니 엄마는 아침을 먹고 나서 떠난다고 했다. 이슬을 흠뻑 맞고 짚더미 속에서 나온 나는 마루에 놓여 있는 커다란 보따리를 보았다. 예고된 이별이었으므로 슬프지는 않았다. 아니, 슬퍼해서는 안 된다고 수없이 다짐한 터였다. 내겐 엄마를 따라나설 이유가 없었다. 엄마도 같은 생각인지 내게 더 이상 묻지 않았다. 당연히 그래야 하는 듯 아버지도 아무 말이 없었다. 갈아놓은 낫을 갈고 또 갈며 동생의 눈치를 살필 뿐이었다. 엄마는 한 끼 밥으로 평생 할 어미 노릇을 다하려는 듯 신새벽부터 부엌에서 부산을 떨었다. 외할머니가 발길을 끊은 후 부엌에서 고깃국 냄새가 나기는 처음이었다. 닭을 잡은 것 같지는 않았다. 읍에서 고기근이나 사온 모양이었다. 이래저래 살판난 것은 종두였다. 과자에 사탕에 고깃국까지.

엄마는 과자 봉지를 끌어안고 아궁이 앞에 앉아 있는 종두에게 펄펄 끓는 국솥에서 연신 고깃점을 꺼내 먹였다. 나한테도 몇 번 고깃점을 들어 보이며 오라는 시늉을 했지만 나는 쌀쌀맞게 거절했다. 고기가 먹고 싶긴 했지만, 종두와 나란히 앉아서 고기를 받아먹고 싶지는 않았다.

나는 고기 냄새를 뿌리치고 문방구로 달려갔다. 골라놨던 지우개를 사탕과 젤리하고 바꿀 참이었다. 종두한테 줄 마지막 선물이었다. 하루에 하나씩 주려고 했는데 고모, 아니 엄마가 오는 바람에 몽땅 주어야만 했다. 어차피 주려고 마음먹었던 것이라 아깝지는 않았다. 문방구 여자가 의심 가득한 얼굴로 내가 내민 지우개들을 살펴보았다.

"이거 다 젤리로 바꿔줘요."

"너 이거 어디서 났니?"

여자는 지우개가 너무 새것이라 그런지 노골적으로 나를 의심했다. 달걀과 지우개를 바꾸던 내가 갑자기 지우개를 내밀며 젤리로 바꿔달라고 하니 의심할 만도 했다. 혹시라도 자신의 가게에서 지우개를 훔친 것은 아닌가 생각하는지도 몰랐다.

"어디서 나긴요, 아줌마한테 달걀하고 바꾼 거죠."

"근데 왜 새거냐? 넌 글씨도 안 쓰냐? 글씨를 썼으면 지우개도 썼을 거 아냐. 그래, 안 그래?"

"아줌마, 저는 글씨 안 틀리고 잘 쓰니까 걱정 말아요. 그리고 그동안 바꿔간 지우개가 얼마나 많은데 그걸 다 써요. 내가 아줌마 같은 줄 알아요."

여자가 군대 간 아들한테 쓴 편지를 봐준 적이 있었다. 맞게 쓴 글자가 한 자도 없었다. 편지 한 장 고치는 데 지우개 하나를 거

의 다 썼다. 셈을 하도 잘해서 공부를 많이 한 줄 알았던 나는 그
때 비로소 여자가 겨우 이름 석 자 정도 쓰는 수준이라는 걸 알았
다. 내 면박에 여자의 얼굴이 약간 붉어졌다. 하지만 금세 눈을
하얗게 흘기며 지우개를 요리조리 살펴보았다. 나는 유리병 속에
있는 젤리와 사탕을 반반씩 달라고 할 생각이었다. 종두도 그걸
더 좋아할 것 같았다. 그게 낫겠다고 생각을 굳힌 나는 여자를 재
촉하려고 유리병에서 눈을 돌렸다.

지우개를 만지작거리고 있는 여자의 손등은 전보다 더 부어 있
었다. 이스트를 잔뜩 넣어 부푼 밀가루 반죽처럼 핏기가 전혀 없
었다. 지병인 심장병인가 신장병이 더 심해진 것인지도 몰랐다.
소문대로라면 여자는 벌써 죽었어야 할 사람이었다. 아주 가끔씩
가게 문을 닫고 서울 큰 병원에 가는 이유를 들어 사람들이 지어
낸 소리였지만, 전혀 근거 없는 소리는 아닌 듯했다. 여자의 얼굴
색은 볼 적마다 변했다. 전에 아들한테 보낸 편지에서도 여자는
분명 자신의 삶이 얼마 남지 않았음을 예고했다.

"사탕 반 젤리 반 줘요."

"근데 왜 갑자기 지우개를 사탕으로 바꿔달라는 거야? 뭔 일
있냐?"

"……"

"아무리 새거라도 제값은 못 준다. 한번 판 것은 중고야……"

여자는 자신이 판 것이라는 걸 확인하고도 멀쩡한 지우개를 중
고 취급했다. 지우개값대로 사탕과 젤리를 주자니 아까운 모양이

었다. 모르긴 몰라도 유리병 속의 사탕과 젤리를 반 정도는 내게 줘야 했다. 여자도 그걸 알고는 아까워서 뜸을 들이고 있었다.

"그럼, 여기 있는 지우개 모두 중고네요. 이거나 그거나 똑같은데요."

나는 진열대 위의 종이 상자에 담겨 있는 지우개를 가리켰다. 한눈에 보아도 내가 가져온 지우개하고 다를 게 없었다. 오히려 진열대에 있는 지우개가 더 싼 것들이었다. 무늬가 없는 민자 지우개는 얇아서 두어 번 문지르면 쉽게 부스러졌다. 지우개에 관해선 도사인 나를 여자는 과소평가하고 있었다. 그보다 그동안 여자가 나한테 받은 달걀을 팔아서 이문을 남긴 걸 생각해서라도 그러면 안 되었다. 적어도 달걀 하나에 2원 이상은 남겨 먹었을 테니 사탕이 든 유리병을 내게 통째로 내줘도 여자는 결코 손해보지 않았다.

"지우개는 그렇다 쳐도…… 사탕값이 올라서 많이 못 준다."

이번에는 여자가 사탕값으로 나를 애먹이려고 했다. 내가 알기로 사탕이나 젤리는 문구 회사에서 공짜로 주었다. 손님을 끌기 위한 회사의 장삿속인데, 여자는 그마저 팔아먹고 있었다. 나는 여자의 긴 턱을 쏘아보았다. 살점을 일부러 붙여놓은 듯 아래턱이 늘어졌는데도 어른들은 그 턱에 복이 붙어 있다고 말했다. 전혀 쓸모없어 보이는 턱에 무슨 복이 붙어 있다는 것인지 나는 아무리 봐도 알 수 없었다. 벌써 사탕의 개수까지 정한 듯 유리병 속으로 들어간 여자의 손이 느리게 움직였다.

"아줌마, 그 사탕하고 젤리는 원래 공짜 아니에요? 공책 만드는 회사에서 공짜로 줬잖아요. 지우개가 열두 개니까 210원 치고, 어제까지 가져온 달걀이 삼백 개라 치고, 2원씩 더 받았으니까…… 210원 더하기 600원 하면 810원이네요. 그러니까 사탕 405원어치 하고 젤리 405원어치 주면 돼요."

내가 따지고 들자 여자의 얼굴이 허옇게 변했다. 복잡한 산수가 귀에 들어올 리 없었다. 오래전에 눈치챈 사실이지만 여자의 산수는 100원을 넘지 못했다. 그래서 실수할 것을 감안해 항상 물건값을 더 받았다. 똑떨어지는 계산을 한 탓인지 유리병 속으로 들어간 여자의 손이 어쩔 줄 몰라 했다.

"사탕 두 주먹, 젤리 두 주먹은 줘야 계산이 맞아요."

나는 여자 손을 쳐다보면서 또박또박 말했다. 여자의 눈이 갈등을 일으켰다. 이미 계산을 끝낸 입장이라 나는 조금도 양보하지 않을 작정이었다. 내 갈등은 이제 사탕과 젤리의 개수보다 혹시라도 여자가 내가 한 계산을 검산하는 게 아닌가, 내가 모르는 여자만의 비장의 무기가 있는 게 아닌가 하는 것이었다.

"그래, 계산해보니까 맞는 거 같다."

여자가 유리병 속에서 손을 빼냈다. 그러나 나는 속지 않았다. 여자가 사탕을 적게 집기 위해서 그 큰 손을 얼마나 작게 만들었는지 알고 있었다. 젤리도 마찬가지였다. 하지만 더 이상 여자와 상대할 시간이 없어 모른 체해버렸다. 나는 급하게 사탕과 젤리를 주머니 속에 집어넣었다. 사탕과 젤리는 위아래 세 개의 주머니에 가득 차고도 몇 개가 남았다. 인사도 건네지 않고 후다닥 문지방을 넘으면서 슬쩍 곁눈질로 여자를 보았다. 눈을 아래로 깔고서 나를 살피고 있었다. 약아빠진 너도 내 수완을 당해낼 수 없어, 하고 속으로 비웃는 것만 같았다. 복이 들어 있다는 여자의 아래턱이 더 늘어져 보였다. 복은 가볍고 밝은 것이지 여자의 턱처럼 칙칙하고 무거운 것이 아니라는 생각이 들었다. 언젠가는 그놈의 아래턱 무게 때문에 여자가 앞으로 고꾸라질지도 모른다. 한 평도 안 되는 여자의 세상, 그 비좁은 가게에서 말이다.

계산은 나도 여자도 틀렸다. 집으로 오면서 다시 해봤지만 틀린 게 확실했다. 여자가 맞지도 않는 계산을 맞았다고 한 것은 어물쩍 넘어가기 위해서였다. 내 짐작대로 여자의 산수 실력은 100원을 넘지 못하는 게 틀림없었다.

나는 숨이 차도록 뛰었다. 빨리 집에 가서 주머니 속에 있는 사탕과 젤리를 종두 앞에 쏟아놓고 싶었다. 쏟아놓고 맘껏 먹어라, 하며 마지막으로 누나 노릇을 하고 싶었다. 신이 나서 입이 딱 벌어지는 종두의 모습이 떠올랐다. 이젠 엄마와 함께 살 테니 입가에 핀 버짐도 벗겨질 것이고 얇은 정강이에 살도 붙을 것이다. 엄마 옆에서 잘 테니 무서운 꿈도 꾸지 않을 테고 무릎에 구멍 난 옷도 입지 않을 것이다. 엄마니까 도시락을 잊으면 가져다줄 것이고 운동회나 소풍 갈 때는 빨간 소시지 반찬도 만들어줄 것이다. 그리고 가끔은 엄마가 목욕도 시켜줄 것이다. 그러면 종두는 간지러워 죽겠다고 물장구를 치며 행복해할 것이다. 나는 죽을힘을 다해서 뛰었다. 떨어진 아카시아 꽃잎들이 무더기로 발길에 차였다. 어느새 밤꽃 냄새도 풍겼다.

나는 휘파람 소리가 나도록 뛰어서 대문으로 들어섰다. 이상하게 집 안은 조용했다. 엄마와 종두는 보이지 않았다. 아버지만 토방에 쭈그리고 앉아 물기 가득한 눈으로 나를 바라보았다.

"……?"

"……"

"어딨어?"

"엄마랑 종두 갔다…… 널 보면 맘이 더 아프다고 그냥 갔으니까 잊어버려라."

"씨! 종두 주려고 사탕 사왔는데……"

나는 엄마와 종두가 질러갔을 산길을 뒤쫓기 시작했다. 종두를 만나야 했다. 종두를 만나 주먹 속에 가득 들어 있는 사탕과 젤리를 전해줘야 했다. 아니, 거짓말이었다. 고모, 아니 엄마를 한 번 더 봐야 할 것 같았다. 엄마를 생각하면 화가 치밀어 참을 수 없는데, 무슨 일인지 쿵쾅거리는 가슴이 죽어라 뛰라고 자꾸 보챘다. 진짜 엄마랑 살고 싶은지도 모른다. 엄마 품에 안겨 응석도 부리고. 내가 아무리 고래고래 소리를 지르며 대들어도 밥숟가락에 생선을 발라주고, 아침마다 몰래 달걀을 가져다 지우개랑 바꾸지 않아도 알아서 척척 학용품값을 주는 진짜 엄마랑 살고 싶었다. 달릴 때마다 주머니 속에서 사탕이 하나씩 떨어졌다. 아버지가 나를 부르며 따라오는 소리도 들려왔다. 뒤돌아보기 싫었다. 선생님도 떠났는데, 엄마와 종두까지 보내려니 뭔가 억울했다. 억울한 것도 같고, 그리운 것도 같은 복잡한 감정들이 무조건 달리라고 등을 떠밀었다.

"나도 데리고 가! 왜 나만 떼놓고 가!"

엄마와 종두는 보이지 않았다. 아무리 불러도 메아리만 돌아올 뿐이었다. 나는 철퍼덕 주저앉아 산이 떠나가라 울었다. 나무가 흔들리고 산이 빙빙 돌았다. 그리고 울다가 깜빡 잠이 들었다. 멀리 거물거리는 아지랑이 속에 무엇이 보이는 것도 같았다. 희미하지만 종두 같기도 했고, 엄마 같기도 했다. 나는 쓰러지면 다시 일어나 걸었다. 조금만 더 힘을 내 달리면 두 사람에게 닿을 것 같아 악을 썼다. 하지만 어느 순간 나는 뒤엉킨 질경이 꽃에 걸려 넘어지고 말았다.

눈을 뜨자 아버지가 보였다. 눈곱 낀 아버지가 나를 내려다보고 있었다. 아버지는 마치 독약 묻은 사과를 먹고 잠이 든 백설공주를 바라보는 난쟁이 같았다. 작고 초라한 난쟁이는 백설공주가 죽을까 두려웠던지 내가 눈을 뜨자 깜짝 놀라서 말했다.

"살았구나! 살았어!"

달라진 것은 아무것도 없었다. 벽에서 풀풀거리는 마른 흙냄새도 그렇고, 구멍 난 창호지 문도 그대로였다. 잠깐 악몽을 꾼 것뿐이었다. 전에도 그런 악몽을 꾼 적이 있었다. 그때도 나는 쓴 약을 꿀꺽 삼켜버렸다. 목구멍 속으로 들어간 약은 위에서 녹게 마련이었다. 손가락을 넣어 억지로 토하려 하지 않는 이상 다시 입 밖으로 튀어나오지는 않을 것이다. 나는 빽빽한 목구멍 속으로 침을 삼켰다.

"먹어야 해. 먹고 정신 차려서 학교 가야지. 아버지 소원은 네가 공부 잘해서 읍장이 되는 거다. 네가 읍장만 된다면 아버지는 죽어도 좋아……"

아버지가 목이 메어 말했다.

"하필이면 왜 읍장이야?"

아버지는 나더러 읍장이 되라고 했다. 미음을 넘기던 나는 뜬금없는 읍장 소리에 귀가 솔깃해졌다. 아버지에게 농사일 말고 또 다른 관심사가 있다는 게 놀라웠다. 그것도 마을 일이 아니라 읍에서 제일 높은 읍장을 거론하다니, 나는 아버지가 왜 그러는지 궁금했다.

"읍장이 우리 동네 시찰 나왔을 때 보니까 이장도 꼼짝 못하더라."

결국 그거였다. 아버지는 내심 이장에 대한 반감을 꾹꾹 참으며 살아온 게 분명했다. 나더러 읍장이 되라는 것은 자신의 설움을 보상받고 싶어하는 아버지의 솔직한 고백이었다. 이장 얘기가 나오자 불씨를 건드린 듯 속에서 불길이 확 피어올랐다. 우리 집 문제의 본질은 이장한테 있었다. 그에게 적대감을 갖지 않는 사람은 없었고 식구 모두가 이장의 피해자였다. 그가 내 아버지라는 사실은 아무런 의미가 없었다.

내 장래 희망은 선생님인데, 아버지는 이장을 누를 수 있는 읍장이 되라고 했다. 나는 혼란스러웠다. 아버지의 소원을 이뤄주자면 희망을 읍장으로 바꾸고, 풍금을 치면서 아이들에게 노래를 가르쳐주려 했던 선생님에 대한 꿈은 포기해야만 했다. 선뜻 대답이 나오지 않았다.

"읍장보다 높은 사람은 얼마든지 있어. 읍장 별거 아니야. 서울 가면 높은 사람 천지래."

아무리 높은 사람이 많아도 이장한테 직접적인 영향을 줄 수 있는 사람은 읍장뿐이라는 걸 나도 알고 있었다.

"그래도 난 네가 읍장이 됐으면 좋겠다. 중미야! 아버지 소원 한 번만 들어주라."

아버지는 절박했다. 내가 모르는 이장의 횡포가 또 있음이었다. 나는 손톱이 빠져 새까맣게 변한 아버지의 손가락을 바라보았다. 그리고 결심했다. 아버지의 소원을 이뤄줄 것이라고. 그것은 아버지의 소원일 뿐만 아니라 이장을 향한 나의 복수이기도 했다.

"알았어, 아버지. 내가 읍장 될 테니까 조금만 기다려."

아버지는 비로소 환하게 웃었다. 내가 벌써 읍장이 된 듯 흐뭇한 표정이었다. 아주 먼 훗날의 일이긴 하지만, 나도 막연하게는 내 앞에서 고개 숙이고 있는 이장의 모습을 떠올렸다. 그러다 문득 그 일보다 더 중요한 사실이 있음을 깨달았다. 읍장이 되려면 많은 세월이 흘러야 했다. 그 전까지 아버지와 내가 이장으로부터 버틸 수 있는 비장의 무기가 필요했다. 이장과 타협할 수 있는 나만의 무기 말이다. 치사한 방법이긴 하지만 그건 이장이 기꺼이 치러야 할 대가였고 내가 풀고 넘어가야 할 커다란 숙제이기도 했다. 나는 자리를 털고 일어났다. 이장을 만나러 가야 했다.

"어디 가려고?"

"잠깐 나갔다 올 테니까, 아버지는 집에 있어."

나는 아버지의 걱정을 뒤로하고 이장의 집으로 향했다. 이젠 내가 해야 할 일이 무엇이고 목표가 무엇인지 확실해졌다. 떠난 엄마를 원망하지도 그리워하지도 않을 것이다. 모두 자신들의 길을 간 것뿐이다. 언니도 우체부를 따라갔고 전에 엄마도 양 씨를 따라갔다. 그들은 나와 아버지를 생각하지 않았다. 이제는 그들에 대한 미련을 갖지 않을 것이다. 나를 위하는 사람은 아버지뿐이고 아버지의 소원은 내가 읍장이 되는 일이었다.

15

이장의 집은 마을 안쪽 한가운데에 자리 잡고 있었다. 마을회관
바로 뒤였고 해마다 늙은 감나무 두 그루에 가지가 부러지도록 감
이 열리는 집이었다. 누가 이장의 집을 물으면 간단하게 저기 회
관 뒷집이라고 하거나 주황색 지붕이라고 하면 쉽게 알아들었다.

이장네 지붕은 새마을운동의 시작과 함께 주황색으로 바뀌었
다. 이장은 맨 먼저 자기 집의 썩은 지붕을 걷어내고 슬레이트를
덮은 뒤 주황색 페인트칠을 해 동네 사람들을 놀라게 했다. 마을
회관과 라디오에서 쉴 새 없이 '새벽종이 울렸네' 하는 노래가 울
려 퍼질 무렵이었고, 새마을지도자라는 글씨가 박힌 푸른 모자와
완장을 찬 이장이 툭하면 명달리 사람들을 회관으로 소집시키던
무렵이었다. 나는 동화책 속에서 본 이장의 주황색 집을 구경하
기 위해 가끔 그 집 앞으로 지나다니곤 했다.

초가지붕만 있던 마을에 슬레이트 지붕은 신선한 바람을 일으
켰다. 너도나도 썩은 초가지붕을 걷어내고 슬레이트 지붕을 올
렸다. 자고 일어나면 누군가 요술을 부린 듯 빨간 집과 파란 집이

생겨났고 없던 길이 나 있었다. 모두 그 노래 덕분이었다. 그 노래가 명달리 사람들의 집과 길을 새롭게 만들고 이장의 위세를 드높게 하더니 얼마 후에는 전기까지 끌어왔다. 세상이 환해졌다. 그런 빛이 어디서 어떻게 만들어져 명달리까지 왔는지는 모르지만 신기한 것은 사실이었다. 한 집 두 집 텔레비전을 들여놓더니 세탁기와 냉장고를 실은 전파사 트럭들이 심심찮게 명달리를 찾아왔다. 등잔불과 빨래터가 사라지고 자동차가 마을길을 쌩쌩 달렸다. 이장이 새마을지도자이기 때문에 가능한 일이었다. 사람들은, 아니 박씨들은 모이기만 하면 이장 칭찬을 했다.

우리 집은 예외였다. 새마을운동이 파도처럼 밀려와도 우리 집은 아무런 변화가 없었다. 파도는커녕 비릿한 바다 냄새조차 풍기지 않았다. 그것 역시 이장의 또 다른 힘 때문이었다. 우리 집은 마을에서 보이지도 않았다. 산이 가로막고 있었고, 누구 하나 따지는 사람도 없었다. 그런 집에 굳이 정부 보조금을 낭비할 필요 없다는 것이 이장의 생각이었다. 죽은 할머니를 통해서 간간이 들은 얘기였다. 전에 변소 고치는 문제로 내게 꼬투리를 잡힌 일만 해도 그랬다. 분명 우리 집 앞으로 나온 보조금이 있었는데, 이장은 고치지도 않은 변소를 고친 양 서류를 꾸며놓았다. 내가 서류를 자세히 읽지 않았다면 그런 사실을 전혀 모르고 살았을 것이다.

이장 집 담벼락은 회칠을 다시 한 듯 하얀 도화지 같았다. 검정 크레파스만 있다면 그 벽에다 낙서를 하고 싶었다. 이장의 커다

란 코를 벽 전체에다 그리고 빨간색으로 칠하면 어떨까 하는 생
각이 들었다. 건드리기만 하면 흙이 쏟아지는 우리 집 담벼락을
생각하면 무슨 짓이든 해야만 될 듯싶었다. 주위를 둘러보았지만
담벼락을 더럽힐 만한 물건은 보이지 않았다. 마당도 방금 비질
을 한 듯 깨끗했다. 이리저리 집 주위를 둘러보던 나는 진흙투성
이 신발 한 짝을 벗어 들었다.

"야! 너 왜 왔어?"

어디서 튀어나왔는지 이장 딸 순영이가 등 뒤에 서 있었다. 창
배하고는 친해도 순영이하고는 별로 친하지 않았다. 순영이는 오
후반이고 나는 오전반이라 만나기 쉽지도 않을뿐더러 어쩌다 만
나도 보는 둥 마는 둥 했다. 나와 아버지를 골려 먹는 이장에 대
한 복수를 내가 순영이한테 하기 때문이었다. 다행인 것은 순영
이가 내 말을 잘 듣는다는 것이다. 나한테 가끔 머리채를 잡히고
도 아무에게도 말하지 않았다. 그 점은 순영이가 종두보다 훨씬
똑똑했다.

순영이가 보는 앞에서 벽에 신발 자국을 낼 수는 없었다. 나는
들고 있던 신발을 내려놓았다. 순영이는 감꽃을 한 주먹 쥐고 있
었다. 이장을 닮지 않은 것인지 발도 크고 손도 컸다. 똥배가 나
오고 뚱뚱한 게 영락없이 제 엄마를 닮았다. 장날 모녀가 나란히
걸어가는 모습을 보고 창배 아버지는 길을 넓히지 않으면 안 되
겠다고 우스갯소리까지 해댔다.

"신발 더러워서 그래?"

"그래, 흙 묻어서 그런다."

"내가 털어줄까?"

나한테 밉보이고 싶지 않은 듯 순영이가 친절하게 굴었다. 말 잘 듣는 순영이를 잘만 이용하면 내 손을 대지 않고도 담벼락에 발자국을 낼 수도 있을 것 같았다.

"그래, 넌 힘이 좋으니까 잘할 거야. 한번 해봐."

그 말에 힘을 얻은 순영이가 내 손에서 빼앗듯 신발을 가져갔다.

"저기다 털면 잘 떨어질 거야."

내가 손가락으로 가리킨 곳은 하얀 담벼락이 시작되는 대문 기둥이었다. 순영이는 아무 의심 없이 내가 시키는 대로 걸어갔다. 가서는 주저 없이 기둥에다 신발을 탁탁 털었다. 신발에서 떨어져 나간 진흙들이 하얀 담벼락에 달라붙었다. 벽 한쪽이 순식간에 흙투성이가 됐다. 순영이는 자신이 무슨 짓을 하고 있는지 알지 못했다. 신발의 흙이 다 털리자 아쉬운 표정까지 지었다. 순영이는 나쁜 애는 아니지만 머리는 썩 좋지 않았다. 3학년 때 종두와 순영이의 통지표를 빼앗아 본 적이 있는데 '창의력과 사고력이 매우 부족함.'이라고 써 있었다. 물론 성적도 양 세 개에 모두 가였다. 종두보다 좋은 성적이긴 하지만 3반의 꼴찌는 항상 순영이였다.

"됐어, 그만해."

"그 짝도 해줄까?"

순영이는 재미가 붙은 듯 다른 쪽 신발도 쳐다보았다. 못할 것

도 없었지만 겨우 신발의 흙이나 털자고 이장 집에 온 것은 아니
었다.

"됐어. 너희 아버지 집에 있냐?"

신발을 건네준 순영이는 벽에 튄 흙덩이들을 하나씩 문지르며
서 있었다. 순영이는 할 줄 아는 게 없어 애들이 잘 놀아주지 않
았다. 공기놀이나 고무줄도 못했다. 힘을 쓰는 일이라면 몰라도
머리를 쓰거나 몸을 민첩하게 놀리는 일은 젬병이었다. 박씨 문
중의 장손인 순영이 오빠 또한 동네서 알아주는 개망나니로 이장
부부의 골칫덩이였다. 박씨네 사람들은 순영이 오빠가 그리된 것
이 친구를 잘못 사귀어서 그렇다고 했지만 내가 보기에 순영이
오빠 친구들이 순영이 오빠 때문에 잘못되는 일이 더 많은 듯했
다. 전도사의 권유로 이장 부부가 금식까지 하면서 순영이 오빠
를 위해 기도했지만, 순영이 오빠는 어느 해 여름 결국 집을 나가
버렸다.

"야! 너희 아버지 집에 있어?"

"있어!"

처음엔 대답하지 않더니 다시 묻자 순영이가 신경질적으로 대
답했다. 마치 내가 알아듣지 못해서 답답하다는 듯 얼굴까지 일
그러뜨리며 말했다. 순영이한테 그런 이미지를 심어준다는 것은
내가 약하다는 걸 인정하는 꼴이었다.

"너 까불래!"

내가 소리를 지르자 순영이가 깜짝 놀랐다.

"아버지한테 가서 나 왔다고 그래."

"왜?"

"넌 몰라도 돼."

순영이가 이해할 수 있는 이야기가 아니었다. 이장 말고 다른 사람이 알아서도 안 되었다. 특히 순영이 엄마가 아는 날에는 이장도 나도 이 동네서 쫓겨날 것이다. 나와 이장, 두 사람만 알고 있어야 했다.

"얼른 가서 아버지 불러와."

"안 돼."

"왜 안 돼?"

"손님하고 얘기한다고 들어오지 말라고 했어."

"손님?"

"예쁜 여자 손님."

"그럼, 너희 엄마는 어디 갔어?"

순영이도 무슨 눈치를 채고 말하는 것인지, 슬쩍슬쩍 대문을 쳐다보았다. 이장 집에 손님이 자주 드나든다는 것은 알고 있었다. 그는 이장이면서 새마을지도자였다. 아직 새마을운동이 시작되지 않은 다른 동네 지도자들이 명달리로 가끔씩 견학을 왔는데, 동네 견학을 하려면 이장의 허락과 안내가 필요했다. 주택을 개량하고 누에나 담배 농사를 짓는 사람은 이장이 아닌 마을 사람들인데, 그는 마치 자신이 모든 걸 보급하고 관리하는 양 떠들고 다녔다. 명달리에서는 대통령보다 이장의 위세가 더 커서 사람들은 이장 집을 방문할 때마다 담배나 고기를 들고 나타났다. 명절 때는 사과와 배, 건어물 등이 상자째 들어왔고 설탕 포대와 미원은 이제 물렸다는 소리까지 했다. 설탕물을 아플 때나 먹는 나로서는 부럽기만 한 소리였다. 그보다 이장의 손님이 여자라는 사실은 좀 의아스러웠다. 지금까지 여자가 이장이나 새마을지도자를 한다는 소리는 들어보지 못했다.

"우리 엄마는…… 장에 고기 사러 갔어. 내일 우리 아버지 생일이야."

"그래……"

순영이 엄마가 집에 없는 것은 잘된 일이었다. 오는 내내 순영이 엄마하고 맞닥뜨리면 어떻게 대처할 것인가 고민했는데 그 걱정은 안 해도 될 듯싶었다. 그렇다면 순영이 엄마가 장에서 돌아오기 전에 이장과 얘기를 끝내야 했다. 나는 대문 가까이 다가가 집 안을 살펴보았다. 위채와 아래채로 나누어진 집 안은 조용했다. 안뜰 구석구석 시멘트를 발라놓아 새로 지은 집 같았다. 마루 밑창에까지 풀이 자라는 우리 집하고는 비교가 되지 않았다. 위채 섬돌 위에 이장의 신발과 여자 구두가 나란히 놓여 있었다.

"혼나! 얼씬도 하지 말라고 했어."

순영이가 놀라 소리 질렀다.

"너나 조용히 해!"

그러잖아도 잔뜩 긴장해 있던 나는 순영이 소리에 가슴이 덜컹 내려앉았다. 욕을 먹은 순영이가 나를 째려보더니 후다닥 집 안으로 뛰어들어갔다. 더 이상 이장을 기다릴 필요가 없을 듯했다. 불청객이 뛰어들어갔으니 조용히 손님을 대접하기는 틀렸을 테고, 이장은 금방 나올 것이다. 나는 다시 마당으로 나갔다. 집 안을 기웃거렸다는 느낌을 주기 싫었다. 집 안에서 이장의 큰 소리가 들렸다. 나는 무성한 감나무를 쳐다보았다. 순영이가 울면서 마당으로 뛰어나왔다. 머리통을 얻어맞았는지 손으로 연신 머리를 비비며 울었다. 내가 쳐다보자 하마 같은 입을 더 크게 벌리고 울면서 알아듣지 못할 욕을 마구 해댔다. 악을 쓰며 노려보는 게 달려들어 내 머리채를 휘어잡을 것만 같았다. 그동안 봐왔던 어벙한 순영이가 아니었다. 이쯤에서 기선을 제압하지 않으면 순영이의 큰 덩치에 어떤 봉변을 당할지도 몰랐다. 고양이도 때론 쥐한테 물리는 법이었다. 나는 잽싸게 안경을 꺼내 썼다.

그런데 때맞춰 이장과 여자가 마당으로 나왔다. 여자를 뒤따르고 있는 이장의 모습은 꼭 창배네 개를 쫓아다니는 교회 개 쫑쫑이 같았다. 창배네 개는 암놈이고 쫑쫑이는 수놈이었다. 우리 동네 암캐치고 한 번쯤 쫑쫑이 새끼를 낳지 않은 개는 없었다. 자식이 없는 전도사는 쫑쫑이를 제 자식처럼 거뒀다. 쫑쫑이는 웬만한 송아지보다 크고 힘이 좋은 개였다.

여자가 마당 끝에 서서 이장에게 뭐라고 소곤거렸다. 목소리가 하도 작아서 무슨 소린지 전혀 들리지 않았다. 이장의 아쉬워하는 표정으로 보아 작별 인사를 하는 것도 같았다. 헤어지기 아쉬운 듯 이장의 손이 여자의 어깨와 엉덩이를 쓰다듬었다. 여자가 그래도 가야 한다며 이장에게 눈을 찡긋거렸다. 내가 기척을 하며 빤히 노려보지 않았다면 계속 그러고 있을 분위기였다. 여자가 사라지자 이장은 나보다 먼저 더러워진 담벼락을 아는 체했다.

"누가 저랬어?"

이장의 고함에 그쳐가던 순영이의 울음이 다시 터졌다. 나는 아무 말도 하지 않았다.

"네가 그랬어? 이 죽일 년, 이리 와!"

이장의 불같은 성질에 겁먹은 순영이는 아무 대꾸도 못하고 서 있다가 여자가 사라진 마을회관 쪽으로 도망을 쳤다.

"아저씨!"

씩씩거리며 몇 걸음 뒤쫓던 이장이 내가 큰 소리로 부르자 순영이한테는 처음부터 엄포만 주려고 그랬다는 듯 이내 포기하고 돌아섰다.

"너, 나 불렀냐?"

"네, 불렀어요."

"왜, 나한테 뭔 볼일 있어?"

"있으니까 왔죠."

"그래? 그럼 뭔지 말해봐."

기가 막힌다는 얼굴이었다. 이장이 담배에 불을 붙이는 동안 나는 감나무 밑으로 가 섰다. 지나다니는 사람들이 신경 쓰였다.

이장은 불붙은 담배를 깊게 빨았다. 여자를 보낸 서운함과 순영이 때문에 생긴 화를 담배로 달래려는 듯했다.

"내가 아저씨 딸이래요."

뜸들일 필요가 없었다. 나는 이장을 똑바로 쳐다보고 말했다.

"얘가 뭔 소리 하는 거야."

맛있게 담배를 피울 뿐 이장은 놀라지 않았다. 어이가 없다는 듯 물고 있던 담배를 들고는 피식거리며 웃었다.

"정말이에요, 우리 고모가 그랬어요. 아저씨 딸이라고……"

"뭐야! 네 고모가……"

고모 소리가 나오자 이장의 얼굴이 달라졌다.

"얘가 무슨 헛소리야. 내가 네 고모를 어떻게 알아……"

이장은 고모를 모른다고 딱 잡아뗐다.

"아저씨, 거짓말하지 말아요. 고모한테 다 들었어요. 아저씨가 고모를 자전거에 태우고 가다가 어떻게 했다면서요. 그래서 내가 생겼대요……"

꼬치꼬치 따지자 이장이 안절부절못했다. 믿어지지 않는 듯 얼굴도 잠깐 빨개졌다. 사실인 게 확실했다. 이장의 당황하는 꼴이 고소하면서도 그가 아버지라는 사실이 속상했다.

"네 고모가 잘못 말했어. 그런 일 없어……"

이번에는 단호하게 아니라고 했다.

"아저씨 혈액형이 뭐죠?"

"혈액형? 그건 왜 묻냐. 오형이다, 어쩔래."

"거봐요, 나도 오형이에요. 왜 그런지 알겠죠?"

이장은 대뜸 오형이라고 말했다. 혈액형이 친자를 가리는 중요한 단서라는 걸 잠깐 잊었던 게 분명했다. 그렇다고 순순히 꼬리를 내릴 이장이 아니었다. 아차 싶었던지 이장의 눈빛이 빠르게 바뀌었다.

"세상에 오형이 너하고 나 둘뿐인 줄 아냐? 천지가 오형이야."

"그래요. 그럼 당장 보건소 가서 피검사 해봐요. 검사하면 확실히 알 수 있대요. 선생님이 그랬어요."

"……"

"같은 거 또 있어요. 아저씨 왼손잡이죠? 저도 왼손잡이예요."

"그래서 어떻게 할 건데! 설마, 너……"

소리는 질렀지만 걱정하는 표정이 역력했다. 변명이 궁색해진 이장은 담배꽁초를 휙 집어 던지더니 내 어깨를 눌러 앉혔다. 그러고는 자신도 옆에 앉았다. 설마를 위한 협상을 하자는 뜻이었다. 내가 자신의 딸임을 인정하고도 애틋한 눈빛 하나 보내지 않았다. 터질 일만 막으려는 급급한 이장의 태도가 내 속을 뒤집었다. 애초 기대는 하지 않았지만, 혹시라도 이장이 나를 붙들고 핏줄임을 표시하면 어떡하나 걱정했는데, 그 생각이 얼마나 터무니없는 것인지 확실히 알게 되었다.

"아줌마한테 말하지 않는 대신 조건이 있어요."

이장이 가장 두려워하는 것은 순영이 엄마였다. 내가 만일 이 사실을 순영이 엄마한테 알리는 날에 이장은 끝장이다. 아마 뼈도 못 추릴 정도로 얻어맞고 쫓겨날 것이다. 이장은 철없는 내가 그럴지도 모른다고 생각할 뿐 내가 얼마나 영리한지는 모르고 있었다.

"조건이 뭔데?"

내심 불안한 듯 이장은 주위를 한번 둘러보았다. 시장에 간 순영이 엄마가 돌아올 것을 두려워하는 것이다.

"앞으로 우리 아버지한테 월뱅이나 골뱅이라고 하지 마세요. 품값도 떼먹지 말고 다 주세요. 읍에서 나온 보조금도 줘요, 변소 고치게…… 그러면 내가 아저씨 딸이라는 사실 죽을 때까지 비밀로 해줄게요."

내 스스로 이장의 딸임을 떠벌리는 일은 결코 없을 것이다. 이장이 그 약속만 지켜준다면 영원히 그 사실을 묻을 것이다. 구린 것은 이장이지 내가 아니었다. 선택의 여지가 없다는 듯 이장이 다시 담배를 꺼내 불을 붙였다.

"알았다. 그렇게 하마……"

이장이 맥 빠진 소리로 말했다. 어쩔 수 없는 결정을 내린 듯 초췌한 눈길로 무성한 감나무만 올려다보았다. 담배 연기가 이장의 벌건 코끝을 타고 올라가다 사라졌다. 나는 가만히 그를 지켜보았다. 한동안 담배만 빨던 이장이 어느 순간 나를 똑바로 쳐다보았다. 좀 전의 눈빛과 달랐다. 나하고의 협상이 억울한 것도 같고 당연한 것도 같다는 표정이었다. 암탉의 벼슬 같은 이장의 목을 쳐다보다가 나는 벌떡 일어나 엉덩이에 묻은 흙을 털었다.

"갈 거냐……"

"약속 꼭 지키세요."

나는 한 번 더 다짐을 받고 총총히 감나무 그늘을 벗어났다. 뭔가 할 말이 있는 듯 돌아서는 순간 이장이 손을 들어 보였지만 나는 돌아보지 않았다. 단내를 풍기는 이장의 입과 코, 때가 낀 왼쪽 손가락이 보기 싫었다. 짙푸른 감나무 잎사귀만 기억할 것이라고 생각하며 나는 회관 쪽으로 내달렸다. 조금 전 여자가 긴 그림자를 만들며 가던 그 길이었다. 여자는 회관을 비켜서 읍 쪽으로 갔지만 나는 반대로 가다가 언덕을 넘어 집으로 가야 했다. 여자는 이장을 향해 아쉬움의 손을 흔들었지만, 나는 그 반대였다. 곪은 뾰루지를 터뜨린 듯 속이 시원했다. 내가 이렇듯 아버지도 이젠 기를 펴고 살 것이다. 박씨들의 기세가 아무리 세도 이장의 탁월한 처세가 아버지와 나를 보호할 것이다. 나는 집에서 기다리고 있을 아버지를 떠올리며 바삐 걸었다.

"너, 우리 집 갔다 오냐?"

이런저런 생각에 빠져 있느라 갈림길에서 갑자기 나타난 순영이 엄마를 보지 못했다. 양손에 짐 꾸러미를 든 순영이 엄마가 앞을 가로막자 비켜 갈 길이 없었다. 빠져나갈 길도 없었지만 있다고 해도 자신의 집에서 나오는 나를 보았으니 그냥 보내줄 리 만무했다. 어쩌면 이장하고 감나무 밑에 앉아 얘기하던 모습까지 보았을지도 모른다는 생각이 들자 가슴이 철렁했다. 이장과 무슨 얘기를 한 것인지 꼬치꼬치 캐물을까 겁이 났다.

순영이 엄마는 커다란 리본이 달린 블라우스를 입고 있었다. 젖가슴의 크기를 견디지 못한 앞단추 두 개가 구멍을 빠져나와 속이 훤히 보였다. 단추 하나만 더 빠지면 가슴이 완전히 드러날 지경이었다. 고모 가슴하고는 비교도 안 되는 커다란 젖이었다. 검정 주름치마는 불룩 나온 배 때문에 민자 통치마를 간신히 추켜 입은 듯 불안했다. 얼굴에선 땀이 쉴 새 없이 흘러내렸다.

"어른이 물으면 대답해야지, 왜 대답 안 해!"

순영이 엄마의 매무새를 훑던 나는 대답할 기회를 놓치고 말았다.

"예, 순영이하고 놀다 가는 중이에요."

"네가 별일이다. 우리 순영이랑 다 놀고……"

보따리를 내려놓고 땀을 닦는 폼이 아예 나를 붙들고 쉬어 갈 참이었다.

"뭐 하고 놀았니? 참! 순영이 아버진 집에 있더냐?"

"……"

순영이 엄마가 조금만 일찍 왔더라면 이장과 여자가 함께 있는 걸 보았을 것이다. 이장의 거처를 묻는 순영이 엄마 말속에서 뭔가 뼈가 느껴졌다. 전에도 그랬지만 이장은 자신이 저지른 일을 수습하지 못했다. 특히 여자와 관련된 문제들은 더 그랬다. 그런 문제가 발생하면 이장은 일단 발길 닿는 대로 도망쳐 아무 집이나 숨어들었다. 발길 닿는 곳이 사촌이요, 당숙이다 보니 동네 사람들도 숨넘어가는 이장의 도움을 거절하지 못했다. 하지만 이장은 매번 반나절도 안 되어 순영이 엄마한테 붙들렸다. 그것도 이장을 숨겨준 사람의 밀고로 말이다. 숨겨준 사람이 밀고를 할 수밖에 없는 데도 이유가 있었다.

순영이 엄마는 집집마다 일일이 이장을 찾으러 다니지 않았다. 이장이 도망치게 내버려뒀다가 마을회관으로 달려가 마이크를 잡았다. 그건 이장의 특별 전용 마이크로 아무나 쓸 수 없는 것인데, 금기를 최초로 깬 사람이 순영이 엄마였다. 동네 사람들은 마이크에서 삐익 하는 소리와 함께 순영이 엄마의 기침 소리가 들리면 '아이고! 저 집 또 일 났구먼.' 하고 금방 알아챘다. 마이크를 잡은 순영이 엄마는 아무리 머리끝까지 화가 나 있어도 동네 사람들을 위한 인사말은 빼놓지 않았다. 그것은 하나의 작전이었다. 절대로 흥분하지 않고 침착하게, 그리고 차갑고 무섭게 이장을 내놓지 않고는 견딜 수 없도록 위협을 했다. 그 소리가 마이크를 타고 산과 들을 울릴 적마다 사람들은 배꼽을 잡고 웃었다. '오곡백과가 익어가는 계절에 주민 여러분 안녕하시죠. 제가 이렇게 나온 것은 우리 집 양반을 찾기 위해서예요. 그 양반하고 저하고 조용히 할 얘기가 있으니까 그 양반 본 사람은 꼭 연락해요. 공연히 남의 집 제사상에 감 놔라 배 놔라 할 필요 없잖아요. 전 그런 사람을 제일 싫어하니까 알아서들 해요……' 그놈의 오곡백과 소리를 한겨울에도 써먹었다. 마을회관에 방송 장비를 설치한 뒤 맨 처음 마이크를 잡고 이장이 한 소리였다. 그때는 가을이라 그럴듯한 인사말로 들렸지만, 추운 겨울날 마이크를 통해 들려오는 오곡백과 소리는 어딘지 맞지 않았다. 어쨌든 방송이 끝나면 누군가 이장의 거처를 알려주었다. 그러면 순영이 엄마는 볼 것도 없이 달려가 이장을 개처럼 끌고 집으로 갔다. 여우처럼 꼬여서 늑대처럼 잡아먹겠다는 순영이 엄마 나름의 작전이었다.

순영이 엄마가 이장을 쥐 잡듯 잡으면서도 마이크만 들면 이장 흉내를 내는 걸 보면 마음속으로 이장을 높이 평가하고 있는 것 같았다.

"아저씨 집에 있더냐고?"

"예, 있어요."

"뭐 하고 있더냐?"

단추가 빠진 걸 그제야 알았는지 순영이 엄마가 벌어진 블라우스 자락을 잡아당기느라 애를 썼다. 무리해서 단추를 끼우긴 했지만 이번에는 단추를 달고 있던 실이 늘어나 또 벌어졌다. 옷을 한 뼘 정도 늘려 입든지 살을 빼지 않는 한 블라우스를 폼 나게 입기는 틀려 보였다.

"그냥 있어요."

순영이 엄마가 지나가는 말처럼 묻기에 나도 그리 대답했다.

"혹시 우리 집에 어떤 여자 오지 않았더냐?"

"예?"

어떻게 알았을까? 순간 잘못 걸렸다는 생각이 들었다. 순영이 엄마한테서 벗어나기는 쉽지 않을 듯했다. 순영이 엄마 눈에 이장을 찾아온 여자들은 다 똑같았다. 공적인 관계로 왔든지 사적인 관계로 왔든지 여자는 다 적이었다.

"못 봤어요."

나는 딱 잡아뗐다. 이장을 감싸주기 위해서 그런 것도 아니고 동네가 시끄러워질 거 같아서도 아니었다. 말이 길어지다 보면 공연히 또 다른 의심을 받을지 모르기 때문이었다. 순영이 엄마하고 같이 있어본 사람이라면 누구라도 길게 얘기하고 싶은 생각이 없어졌다.

"정말이지?"

순영이 엄마의 표정이 조금씩 변하기 시작했다. 거짓말하고 있다는 사실을 아는 듯 안경에 가려진 내 눈을 정확히 쏘아보았다.

"아무도 없어요."

급하게 발길을 돌리려고 했다. 그러자 순영이 엄마가 내 팔을 우악스럽게 잡았다.

"너 거짓말하면 혼나! 오다가 그년을 봤어. 그년이 우리 집 말고는 이 동네 찾아올 일이 없단 말이야."

순영이 엄마가 나한테 여자의 방문을 묻는 것은 의심이 아닌 확인이었다. 그 여자를 보는 순간 순영이 엄마는 모든 사실을 알아버린 게 확실했다. 알면서 나를 통해 한 번 더 확인하려는 것이었다. 증인을 만들어놔야 이장을 족치기 쉬울 테니까.

"너, 똑바로 말해! 내 성질 알지?"

"……"

"네, 어떤 여자 왔었어요."

나는 할 수 없이 사실대로 말했다. 비밀로 하려던 얘기도 아닌데, 공연히 내가 숨기려 한 꼴이 돼버렸다. 차라리 처음부터 봤다고 했으면 간단했을 텐데, 그러면 팔목까지 잡히는 수난을 겪을 필요도 없었을 것이다.

"내 그럴 줄 알았다. 그년을 척 보는 순간 알았다니까…… 내 이놈의 인간을 요절내고 말 테니."

순영이 엄마의 이 가는 소리가 한겨울 얼음판 갈라지는 소리보다 더 오싹했다. 온몸의 피가 거꾸로 솟는 모양이었다. 커다란 몸이 요란하게 흔들렸다. 열이 오르는 듯 얼굴도 빨개졌다. 누구라도 걸리기만 하면 요절을 낼 것 같았다.

나는 먼 들판을 바라보았다. 세상이 온통 파란 물결이었다. 큰길에 서 있는 미루나무도 그렇고 한창 자라고 있는 모들도 그랬다. 마늘밭도 그랬고, 감자밭도 파랬다. 길가에 제멋대로 자라고 있는 잡풀들조차 징그럽게 푸르렀다. 순영이 엄마 뒤에 그토록 푸른 계절이 있다는 게 새삼스러웠다. 그 순간 왜 그런 풍경이 눈에 들어온 것인지.

잡고 있던 팔목을 휙 내던지듯 놓는 바람에 나는 중심을 잃고 쓰러질 뻔했다. 늘어난 팔목을 주무르고 정신을 수습하는 동안 순영이 엄마는 주섬주섬 보따리를 챙겨 들더니 자신의 집 쪽을 노려보았다. 마치 이장을 향해 돌격 준비를 하고 신호가 떨어지길 기다리는 황소처럼 보였다.

"안녕히 가세요."

풀려났다는 안도감이었는지 나도 모르게 준비하지도 않은 인사말이 튀어나왔다.

"너, 이리 와봐."

인사를 하고 막 돌아섰는데 순영이 엄마가 이번엔 뒷덜미를 움켜잡았다.

"또 뭐요!"

더 이상 당하고 싶지 않았다. 당할 이유가 없었다. 발끈해진 나는 몸을 휙 돌려 순영이 엄마를 째려보았다.

"너, 이거 먹어라."

순영이 엄마가 내민 것은 라면땅이었다. 들기름보다 더 고소한 과자였다. 고양이한테 몰린 쥐처럼 막판 준비를 했던 나는 뜻하지 않은 순영이 엄마의 친절을 어떻게 받아야 할지 어리둥절했다.

"이건, 왜요……?"

"왜긴, 우리 순영이랑 잘 놀라고 주는 거지."

과자를 덥석 받지 않고 머뭇거리자 순영이 엄마가 내 손을 휙 낚아채더니 손안에 꼭 쥐여주었다. 믿을 수 없는 일이었다. 동네서 손꼽히는 알부자이긴 하지만 지독하기가 소 여물통의 밥알까지 꺼내 먹는 순영이 엄마가 과자 한 봉지를 통째로 내게 주다니 믿기지 않았다. 과자를 손에 쥔 나는 어안이 벙벙해서 과자와 순영이 엄마를 번갈아 보았다.

그러다 문득 순영이 엄마가 또 다른 의혹을 확인하기 위해서 나한테 과자를 준 것은 아닌가 하는 의심이 들었다. 단순히 순영이랑 잘 놀라는 뜻이 아닌 것 같았다. 괜히 받은 것은 아닌가 후회가 드는 순간 라면땅에 그려진 손오공 얼굴이 커다랗게 보였다. 학교에서 주는 강냉이 빵하고는 비교할 수 없는 맛이었다. 잠깐 갈등에 빠져 있던 찰나 앞이 허전해서 보니 순영이 엄마가 보이지 않았다. 순영이 엄마는 저만치 무시무시한 속도로 자신의 집을 향해 질주하고 있었다. 다른 사람의 눈에는 순영이 엄마 걸음이 뒤뚱뒤뚱 느려 보이겠지만, 내 눈에는 바람처럼 빨라 보였다. 양손에 쥔 보따리가 어찌나 심하게 흔들리는지 눈이 다 어지러웠다.

지쳐 걷다가 길에서 1원을 주운 기분이었다. 그런 횡재는 처음이었다. 불안한 마음에 몇 번 돌아보았지만 쫓아오는 사람은 없었다. 나는 바스락 소리가 날 때마다 저절로 고개가 돌아갔다. 그놈의 라면땅 때문이었다. 고개를 넘어가다가 나는 할 수 없이 과자 봉지를 뜯었다.

16

빗줄기는 가늘어졌다 굵어졌다를 반복하며 쉬지 않고 내렸다. 지난밤부터 뒷산 두꺼비 소리가 요란하더니 영락없었다. 매번 그 두꺼비였다. 놈은 내가 아주 어릴 적부터 비를 알리는 전령사 역할을 해왔다. 마른번개가 번쩍거리는 날 그놈의 소리를 듣고 있으면 까닭 없는 슬픔이 밀려와 할머니 젖가슴을 파고들게 만들었다. 그때마다 할머니는 나를 꼭 안아주면서 말했다. '저놈도 우라지게 한이 많은가 보다.'

빗소리가 사방에서 들려왔다. 소리만 듣고도 어느 곳에 비가 내리는지 알 수 있었다. 골짜기를 타고 내리는 비는 작은 돌들의 부딪침으로 공기놀이할 때 나는 소리와 비슷했고, 논두렁과 밭두렁에 내리는 비는 풀들의 속살거림으로 어린애의 옹알이 소리와 비슷했다. 조용하기는 초가지붕에 내리는 빗소리로, 밤새 내린 흔적조차 없었고 이튿날 추녀 끝에 눈물 같은 물방울을 매달고 있을 뿐이었다.

나는 방문을 열어놓고 불규칙하게 쏟아지는 비를 바라보았다.

아버지와 단둘이 있는 집 안은 어둡고 칙칙하고 고요하기 이를 데 없었다. 이 동굴 같은 집이 더없이 아늑하게 느껴지는 것은 나에 대한 아버지의 사랑 때문이었다. 아버지의 사랑이 이 동굴 같은 집에서 나를 살게 하고 있었다. 아버지 또한 나 때문에 산다고 해도 틀리지 않았다. 아버지와 나는 그렇게 늙은 고목나무에 구멍을 뚫고 사는 새처럼 세상에 대한 그리움과 두려움을 동시에 가지고 살고 있었다.

오늘 해 구경하기는 틀린 듯했다. 장마는 사람을 지치게 만든다. 해를 그리워하는 사람에게는 더욱 그랬다. 나도 그런 사람 중 하나였다. 한시라도 빨리 햇살에 말갛게 드러난 노란 오이꽃이 보고 싶었다. 오이꽃이 떨어지고 나면 손가락만 한 오이가 먹기 좋게 매달려 있을 것이다. 나는 쌉쌀한 오이꼭지 맛을 되새기며 몸을 돌려 누웠다. 아랫배가 조금씩 따뜻해지고 있었다. 부엌에서 묵은 삭정이 꺾는 소리가 탁탁 들려왔다. 고소한 냄새도 맡아졌다. 아버지가 콩 볶는 소리였다. 장마 덕분에 아버지는 모처럼 휴가를 맞았다. 봄 일을 모두 끝냈으니 비를 기다릴 만도 했다. 열린 쪽문으로 내내 쏟아지는 비를 바라보던 아버지가 콩 자루를 연 것은 아버지가 나보다 콩 볶음을 더 좋아하기 때문이기도 했다. 나도 콩을 싫어하지는 않지만 자주 변소 갈 일이 걱정이라 그다지 즐기는 편은 아니었다. 즐기지는 않지만 아버지가 좋아하고 달리 먹을 게 없어 아버지가 '콩 볶아주랴?' 하고 물으면 '그래!' 하고 대답했다. 내가 콩을 먹고 설사한다는 사실을 알면 아버지는 두 번 다시 콩을 볶지 않을 것이다.

　김영민 선생님에게 편지를 쓰려던 나는 딴생각을 하느라 아직 한 자도 쓰지 못했다. 주소가 적힌 종이쪽지만 눈에 들어올 뿐, 인사말조차 어떻게 써야 할지 생각나지 않았다. 국군 아저씨한테 쓰는 편지하고는 사뭇 달랐다. 선생님이 학교를 떠나고 풍금을 잘 치는 여자 선생님이 대신 왔지만 정이 가지 않았다. 너무 예쁘고 깔끔하게 생긴 탓도 있었다. 그 선생님이 반장인 나보다 다른 아이를 더 좋아하기 때문이기도 했다. 그 아이 아버지는 우리 학교 선생님으로 키도 크고 잘생긴 편이었다. 우리 반 애들은 한동안 모이기만 하면 두 사람이 연애한다고 속닥거렸지만 나는 관심이 없었다. 김영민 선생님이 아닌 다른 선생님한테는 관심 두기 싫었다. 그렇다고 내가 공부를 게을리하는 것은 결코 아니었다. 오히려 선생님이 있을 때보다 더 열심히 했다. 그것은 선생님하고의 약속이기도 했지만 아버지의 희망이기도 했다. 모두 수가 적힌 통지표를 받아온 날 아버지는 나를 업고 마당을 한 바퀴 돌았다. '너무 좋아서 죽겠다.'고 소리까지 질렀다. 무슨 글자가 적힌지도 모르면서 통지표를 뚫어져라 쳐다보다가는 '그러니까 네가 일등이라 이거지?' 하고 몇 번이나 물었다. 나는 '맞아, 내가 일등이야.' 하고 자랑스럽게 말했다. 아버지는 그 일등이란 소리를 박하사탕처럼 입안에 넣고 오래오래 녹여 먹었다.

　나는 연필을 잡았다. 편지지를 채울 이런저런 이야기가 떠올랐다. 아버지가 볶은 콩을 가지고 방으로 들어오기 전에 편지를 다

써야 했다.

학교에서는 김영민 선생님이 결혼하기 위해서 갑자기 학교를 그만뒀다고 했다. 선생님의 여자는 부모의 반대로 어쩔 수 없이 헤어졌던 옛날 애인이라고, 그 여자는 선생님의 아이를 낳아 기르며 혼자 살고 있다고도 했다. 그러니까 선생님은 사랑하는 사람과 함께 살기 위해서 학교를 떠났다는 얘기였다. 애들이 말하는 사랑이 구체적으로 어떤 것인지 모르지만 나는 그 소리가 매우 서운하게 들렸다. 학교를 그만둘 정도로 그 여자를 사랑했다는 게 자꾸만 마음에 걸렸다. 하지만 나는 선생님하고의 약속은 꼭 지킬 생각이었다. 그 첫 번째 약속이 편지를 쓰는 일이었다.

콩 볶는 냄새가 갈수록 고소해졌다. 아궁이 불꽃이 너무 센 탓이었다. 솥 안의 콩을 뒤적거리며 아궁이 불을 조절하느라 부뚜막을 올라갔다 내려왔다 하는 아버지 모습이 보였다.

인사말을 시작한 편지는 속도가 붙었다. 연필심에 침을 묻히기 바빴다. 나는 아카시아 꽃잎은 벌써 졌고 새로이 밤꽃이 피고 있어요, 라고 썼다. 장마가 빨리 끝났으면 좋겠다고 했고 아버지와 나도 아주 잘 있다고 했다.

뜨개질을 기막히게 잘하던 언니는 우체부 아저씨를 따라서 어디론가 멀리 떠났는데, 떠난 이유가 꼭 내가 누에를 죽였기 때문인 것 같다고. 이제 와 생각하니 언니가 그다지 나쁜 사람인 것 같지는 않다고, 심성이 나빠서 그런 게 아니라 뭘 몰라서 그런 것 같다고 썼다. 그리고 집 안 곳곳에 널려 있는 언니가 만든 물건들을 볼 때마다 미안한 생각이 든다고.

　이 얘기는 정말 선생님한테만 고백하는 거예요. 사실은 이
얘기를 선생님께 가장 먼저 털어놓고 싶었어요. 그동안 너무
무섭고 두려웠거든요. 밤마다 악몽에 시달리기도 했어요. 제
가 양 씨와 엄마를 고의적으로 그랬던 것은 절대로 아니에
요. 고모가 친엄마란 사실을 알고 엄마와 외할머니를 미워했
던 것은 사실이지만, 죽이고 싶을 만큼은 아니었어요. 나는
고모가 친엄마란 사실을 알기 이전부터 그 엄마하고는 죽은
할머니만큼 정이 들지 않았어요. 어느 집이나 차별이 있기
마련이라 엄마가 언니를 특별하게 생각하는 줄만 알았죠. 대
신에 나한테는 할머니가 있었으니까요.

　고모가 친엄마란 사실에 놀라긴 했지만 그 사실 때문에 달
라질 것은 아무것도 없었어요. 고모가 없으니 당연했죠. 제
생활도 마찬가지였어요. 몰래 달걀을 가져다 지우개랑 바꾸
는 일, 종두와 티격태격 싸우는 일, 엄마의 눈치를 보는 아버
지가 측은해서 가끔 말을 붙여보는 일, 화가 나면 멍청한 언
니를 골려 먹는 일, 그게 다였죠. 그러니 제 심정에 커다란
변화가 있었겠어요? 사고 칠 생각을 하지 않았다는 뜻이에
요. 문제는 엄마와 외할머니의 욕심이었어요. 그놈의 욕심이
나와 아버지를 화나게 만들고 식구들을 뿔뿔이 흩어지게 했
어요.

아무리 그랬어도 어떤 벌을 줘야 한다는 생각은 꿈에도 하지 않았어요. 제가 할 수 있는 거라고는 겨우 땅문서를 감추는 것이었죠. 그것은 저를 위한 일이라기보다 아버지를 위한 일이었어요. 아버지는 오로지 땅밖에 모르는 무식한 사람이에요. 하지만 저를 위하는 맘은 끔찍할 정도로 커요. 제가 아버지를 위하는 것은 당연해요.

그날 산에 올라갔던 것도 다 땅문서를 감추기 위해서였어요. 물론 양 씨와 엄마가 그곳 천막에 있을 것이라는 걸 모르지는 않았어요. 사실은 알면서 올라간 거예요. 기회가 그때밖에 없었거든요. 그런데 일이 그리되려고 그랬던 것인지 그날따라 호기심이 발동해서 양 씨의 벌통 근처로 발길을 돌리고 말았어요. 천막 속에 있는 두 사람을 의식하고 그런 것은 절대 아니에요. 순전히 벌꿀에 대한 유혹 때문이었어요. 그놈의 벌들만 점잖게 있어줬다면 아무 일 없었을 텐데, 본의 아니게 벌통을 쑤셔놓은 꼴이 되고 말았어요. 저는 천막에 있던 두 사람이 발가벗은 채로 불에 타 죽는 꿈을 꾸곤 해요. 정말 끔찍하죠. 그 꿈을 꾸고 나면 심한 열병에 걸린 사람처럼 밤을 꼬박 새우게 돼요. 제가 두 사람을 죽였다는 죄책감으로 잠을 잘 수가 없어요. 그러나 산불이 났던 현장을 뒤진 사람들은 아무 흔적도 발견하지 못했다고 했어요. 뼛조각조차 없었다고 말하니 어떻게 된 사실인지 모르겠어요. 양 씨와 엄마가 불길을 피해 달아난 것인지, 아니면 사람들 말처럼 너무 타서 흙이 된 것인지, 아직도 그 일은 수수께끼예요.
아무튼 제가 말하고 싶은 것은 고의로 저지른 일이 아니라는
거예요. 선생님은 제 말을 믿으실 거라 생각해요. 이제 속이
좀 후련해요, 선생님. 지금껏 저는 그 일로 고통을 받았거든
요. 양 씨와 엄마가 산을 탈출해 아무도 모르는 곳에 가 살고
있었으면 좋겠어요. 그래야만 제 맘이 편할 것 같아요.

　한 가지 더 중요한 사실이 있어요, 선생님. 제 친아버지가
우리 동네 이장이라는 사실이에요. 집을 나갔던 고모가, 아
니 제 친엄마가 밝힌 진실이에요. 제가 가장 싫어하는 사람
이 이장인데 그가 제 아버지라니, 저는 엄마를 용서할 수 없
어요. 내색은 안 했지만 엄마에게 따지고 싶었어요. 하지만
저는 그러지 않았어요. 그 역시 그런다고 달라질 게 없었거
든요. 저는 그냥 엄마를 거부하기로 맘먹었어요. 그런데 막
상 엄마가 종두를 데리고 말없이 가버리자 분하고 원통했어
요. 당장 쫓아가 날 책임지라고 악을 쓰려고 했어요. 아버지
만 아니었다면 아마 그랬을 거예요. 엄마의 그간 사정은 너
무 복잡해서 모두 말씀드릴 수 없어요. 엄마가 날 떼어놓고
간 것이 아버지 말처럼 저와 아버지를 위해서 그랬길 바랄
뿐이에요. 만약 그게 아니라 종두와 고모 자신을 위해서 떠
났을 거라고 생각하면 제가 너무 비참해져요. 그래서 그런
생각은 하지 않기로 했어요. 저 스스로 비참해지기는 싫거든
요. 하지만 종두한테는 참 잘된 일이에요. 아버지를 찾았으

니까요. 엄마가 찾은 그 남자가 바로 종두 아버지예요. 종두
는 전보다 훨씬 똑똑해질지도 몰라요. 진짜 엄마, 아버지와
살게 됐으니까요.

제가 이장하고 담판을 지은 것은 정말 잘했다는 생각이
들어요. 고모가 떠나고 그길로 저는 이장을 찾아가 제가 그
의 딸이라는 사실을 시인받았어요. 처음엔 모른다고 잡아떼
더니 나중에는 별수 없이 인정하더군요. 아마 혈액형이 같
고 왼손잡이라는 사실이 결정적인 증거가 된 것 같아요. 선
생님, 저는 제가 이장의 딸이라는 게 자존심이 상해요. 하지
만 틀림없어요. 그날 자세히 보니 송곳니가 덧니로 난 것까
지 저랑 같더라고요. 그런 사실을 지우개로 지울 수만 있다
면 깨끗이 지우고 싶어요.

이장은 제 요구 조건을 다 들어준다고 약속했어요. 제 협
박이 먹힌 셈이죠. 그건 진실을 숨기기 위한 선의의 협박이
었어요. 저보다는 이장을 보호하기 위한 것이었으니 어찌 보
면 협박이 아니라 이장이 저한테 도움을 구했던 거라고 해도
맞을 거예요. 이장이 순영이 엄마로부터 자신을 보호하는 방
법은 그 길밖에 없으니까요. 그날 이장이 제게 보인 태도는
친딸을 대하는 아버지의 태도가 아니었어요. 뜻밖이라 황당
하기도 했을 거예요. 아무리 그래도 손이라도 한번 잡아줘야
옳은 일 아닌가요. 아니, 차라리 잘된 일인지도 몰라요. 이장
이 제게 그런 미련을 보였다면 저 역시 생각지도 못한 감정

이 생겼을지도 모르니까요. 그건 지금의 아버지에 대한 배신일 거예요. 저는 지금의 아버지가 정말 좋아요, 선생님. 그건 아버지도 마찬가진 것 같아요. 콩을 자주 볶는 걸 보면 알 수 있죠. 지금도 아버지는 부엌에서 콩을 볶고 계세요. 우리 아버지 콩 볶는 솜씨는 누구도 따라오지 못할 거예요.

선생님, 비가 그칠 모양이에요. 수채로 물 내려가는 소리가 들리지 않는 걸 보니 그럴 것 같아요. 비가 그치면 아버지하고 들에 나갈 거예요. 참깨 모종을 해야 되거든요. 올해는 참깨를 팔아서 제 가방을 사주신다고 아버지가 약속했어요. 전 같으면 엄두도 못 낼 일이죠. 아버지가 맘이 없어서가 아니라 집을 나간 외할머니와 엄마가 항상 참깨 자루를 먼저 해치우는 바람에 손댈 틈이 없었기 때문이에요. 값나가는 농작물은 모두 두 사람이 먼저 차지해버렸어요. 지금은 그럴 사람이 없어 엊그제 캔 감자도 헛간에 그냥 있어요. 아버지는 감자도 장에 내다 팔아서 제 물건을 사올 게 분명해요. 아버지는 제가 원하는 것은 무엇이든지 다 해주고 싶어하거든요. 선생님, 저는 아버지 뜻대로 읍장이 될 거예요. 읍에서 최고 높은 사람 말이에요. 선생님도 제가 읍장이 되면 좋겠죠.

드디어 아버지가 콩을 다 볶은 것 같아요. 부엌 문지방을 넘고 있는 아버지 소리가 들리거든요. 선생님, 오늘은 이만 끝내고 다음에 또 쓸게요.

"공부하는 거야? 쉬엄쉬엄 해라."

아버지가 들어왔다. 콩 바가지를 가슴에 꼭 안은 아버지는 어린아이 같았다.

"웬 콩을 이렇게 많이 볶았어?"

바가지 속에 담긴 콩은 서너 되도 넘었다. 나는 대뜸 아버지를 나무랐다. 그러나 아버지는 빙긋이 웃으며 많이 먹으라는 소리만 했다. 콩 바가지는 손댈 수 없을 정도로 뜨거웠다. 그래도 아버지는 덥석덥석 잘도 집어 먹었다.

"왜 안 먹어, 뜨거워서 그래?"

아버지가 콩을 호호 불어서 내게 내밀었다.

"아버진 콩이 맛있어?"

"그래, 맛있어."

"밥에 들어간 콩은 안 먹잖아?"

"그건 두부콩이고 이건 들콩이잖아."

두부콩은 노란 콩을 말했고, 들콩은 시커먼 콩을 말했다.

"근데 참 이상한 일이다. 이장이 돈 줄 테니까 변소 고치라고 하더라. 돈 꿔준 일도 없는데……"

"그래서 뭐라고 했어?"

"아무 소리도 안 했어."

아버지는 그냥 주는 밥그릇도 덥석 먹는 사람이 아니었다.

"아버지, 그 돈 받아서 변소 고치자. 남들도 다 그렇게 했으니까 우리도 해도 돼."

"정말이야!"

"그래, 그 돈은 이장이 주는 게 아니고, 읍에서 나오는 돈이래. 공짜로······"

며칠 사이 아버지는 밝아졌다. 전보다 말이 늘었고 말할 때도 자신감이 있었다.

"이장이 그전하고 달라졌더라. 나한테 아주 잘해. 밀린 품값도 다 준대······ 말장난도 안 쳐. 지난번엔 너, 공부 잘하느냐고 묻기까지 하더라. 사람이 확 달라졌다니까······"

이장이 나하고의 약속을 잊지 않은 듯했다. 내 안부를 물었다는 것은 좀 어색한 일이었지만, 아버지를 달리 대하기 시작했다는 소리는 반가웠다.

"순영이 엄마가 기도를 많이 해서 그럴 거야. 요샌 아주 교회에서 산대······"

소문에는 내가 이장을 만나러 갔을 때 보았던 여자 때문에 이장이 순영이 엄마한테 죽지 않을 만큼 맞았다고 했다. 과자 봉지를 내게 안기고 집으로 달려가던 순영이 엄마는 꼭 성난 황소 같았다. 이장은 그날 피신할 새도 없이 대청마루에서 붙들렸고, 신발도 벗지 않고 마루로 뛰어든 순영이 엄마한테 번쩍 들려서 마당으로 내쳐졌다고 했다. 소식을 듣고 달려온 전도사가 뜯어말려 싸움은 겨우 끝났지만, 생각지도 않게 순영이 엄마가 나자빠지며 기절했다고 했다. 전도사는 그길로 순영이 엄마를 교회로 데려가 정신 차리게 만들었고 작정 기도를 시켰다고 했다. 기도 제목은 순영이 아버지의 바람기를 잡아달라는 내용이었다고 했다.

"아버지 이젠 기죽지 마, 내가 있잖아. 이 동네에서 나처럼 공부 잘하는 딸 가진 사람 있어?"

"없지, 암."

아버지가 잇몸이 드러나도록 크게 웃었다.

17

고모가 다시 찾아왔다. 나는 일 나간 아버지를 기다리며 저녁밥을 짓고 있었다. 장마로 아궁이가 막혔는지 부엌은 연기로 가득했다. 매운 눈을 비비며 부엌을 나서는데 고모가 마당으로 들어섰다. 고모는 지난번에 왔을 때보다 더 멋지게 차려입고 나타났다.

"중미야! 엄마야……"

고모는 두 팔을 벌리고 나를 기다렸다. 나는 부엌문 앞에서 꼼짝하지 않았다. 머릿속에서 엄마라는 존재를 몰아낸 지 오래였다. 나한테는 엄마가 없었다. 고모는 우리 집을 떠난 사람들 중 한 사람에 불과했다. 사라진 엄마나 고모, 두 사람은 내게 낳은 정과 기른 정을 따질 입장이 못 되었다. 따진다고 해도 내가 받아들이지 않을 것이다. 그걸 깨닫기까지 적잖은 시간과 노력이 필요했다.

"너, 중학교 들어가지? 그래서……"

고모는 말끝을 흐렸다. 하지만 무슨 말을 하려는 것인지 대충은 짐작이 갔다. 나는 빤히 바라볼 뿐 아무 대꾸도 하지 않았다.

"이리 와서 좀 앉아봐."

고모는 국어책에 있는 표준말을 사용했다. 표준말은 서울말이었다. 고모는 서울에 사는 모양이었다. 서울은 내게 너무 먼 땅이었다. 서울이라는 말은 들었지만, 명달리에서 어느 쪽으로 얼마큼 가야 서울이라는 곳이 나오는지는 전혀 알지 못했다. 아폴로 11호가 달나라에 가는 것만큼이나 아득하고 멀게 느껴지는 곳이었다. 엄마가 그런 곳에 살고 있다니, 그것은 달나라에 직접 가봤다는 소리나 마찬가지였다. 엄마는 그 미지의 세계에 벌써 안착해 살고 있는 듯 자연스러워 보였다. 엄마가 바로 옆에 있는데 달나라에 있는 것처럼 느껴졌다. 아니, 고모가 말이다.

"말해……"

부엌문에 등을 붙인 나는 타다 만 삭정이 가지를 분지르며 퉁명스럽게 말했다. 엄마가 일 년에 한 번 들르는 마늘장수 같다는 생각도 들었다. 그 마늘장수는 손가락에 커다란 알반지를 끼고 나타나서는 헛간에 주렁주렁 매단 마늘을 모조리 걷어갔는데, 그때마다 매번 자신이 선심을 쓰고 가져가는 것처럼 굴었다. 제값보다 한참 밑지고 팔 때도 그랬다. 엄마가 그 마늘장수처럼 느껴지는 것은 나하고 뭔가 흥정하러 왔다는 기분이 들기 때문이었다.

"너 데리러 왔어. 중학교는 서울 가서 다니자."

"싫어! 내가 왜 고모를 따라가…… 난 아버지랑 살래."

나는 부러 고모라고 크게 말했다. 고모가 일어나서 내게로 다가왔다. 나는 행여 고모의 손이 몸에 닿을까 봐 분지르던 삭정이

가지를 토방으로 휙 집어 던지고는 부엌으로 다시 들어갔다. 아궁이 연기는 아까보다 더 뿌옇게 뿜어져 나오고 있었다. 장마에 굴뚝이 막힌 게 분명했다. 나는 옆에 있던 장작 하나를 집어 아궁이를 쑤셔대기 시작했다.

"엄마 없이도 살 수 있니?"

"……"

"넌 내 딸이야. 엄마랑 같이 살자."

"난 아버지만 있으면 돼."

부엌은 매운 연기로 가득했다. 눈물이 쏟아졌다. 나는 부엌 밖으로 나가지 않았다.

"빨리 나와!"

"죽든 말든 무슨 상관이야. 고모 안 가면 여기서 죽어버릴 테니까, 빨리 서울 가버려!"

"아이고! 독한 년……"

독한 것은 내가 아니라 고모였다. 내가 고모 입장이었다면 종두를 데리고 아버지와 이 집에서 살았을 것이다. 지금 와서 나를 데려간다는 것은 순전히 고모의 이기심이었다. 아버지를 조금이라도 생각한다면 그럴 수 없었다. 고모도 이장과 다르지 않았다.

아버지라고 고모가 온 이유를 모를 리 없었다. 아마 고모를 보자마자 왜 왔는지 눈치챘을 것이다. 한동안 연락을 뚝 끊었다가 갑자기 나타났으니 아버지가 나보다 더 당황했을 것이다. 게다가 고모는 아버지가 자신의 등 뒤에 서 있는 것도 모르고 나를 데려가야 한다고 부득불 우기고 있었다. 연기가 눈을 가리고 있었지만 나는 아버지가 대문 안으로 들어서는 걸 보았다.

"안 간다니까 왜 그래!"

고모가 아니라 아버지한테 한 소리였다. 아버지가 내 소리에 힘을 얻어 자신의 권리를 주장해주길 바랐다. 아버지는 충분히 나를 붙잡을 권리가 있었다. 권리가 있음에도 주저하고 있는 것은 순전히 나를 위하기 때문이기도 했다. 고모도 어쩌면 아버지의 그런 약점을 잡아 나를 데려가려는 속셈인지도 몰랐다.

"네 아버지도 서울 가서 공부 잘하길 바랄 거야. 여기서 백날 살아봐야 소용없어. 그놈의 박씨들 등쌀에 기 펴고 살 줄 아니. 서울 가 공부해서 출세하고 내려오자."

고모 말이 틀리진 않았다. 구구절절 맞는 소리였다. 이때껏 그렇게 살아왔는데 왜 모르겠는가. 고모의 유혹은 내 의지를 흔들 만큼 타당한 근거와 애정까지 갖추고 있었다. 그동안 삭히고 다져온 엄마에 대한 미움과 아버지하고의 약속이 서로 뒤엉키며 혼란을 일으켰다. 고모가 다가와 나를 안았다면 아마도 서울로 가겠다고 했을지도 모른다. 그리던 엄마 냄새를 맡았다면 분명히 그랬을 것이다. 그러나 고모는 문지방을 넘어 내게로 오지 않았다. 굴 구멍 같은 부엌으로 뛰어들어와 나를 덥석 안아줘야 하는데, 말로만 최선을 다하고 있었다.

"중미야, 서울 가고 싶으면 가거라."

아버지의 힘없는 목소리가 들려왔다. 아궁이 앞에서 눈물을 쏟

고 있던 나는 아버지의 그 말이 더없이 서운하게 들렸다. 붙잡아
도 시원찮은 마당에 나더러 고모를 따라 서울로 가라니, 이해할
수 없는 소리였다. 혹시 피 한 방울 섞이지 않은 내가 갑자기 귀
찮게 느껴진 것은 아닐까? 그래서 나를 떠나보내고 호젓하게 살
고 싶은 것일까 하는 생각이 들었다.

"내가 정말 서울로 가버렸으면 좋겠어?"

부엌에서 뛰쳐나온 나는 아버지를 향해 울부짖었다. 움켜쥔 옷
자락을 얼마나 세게 흔들었던지 아버지가 휘청거렸다. 당장이라
도 그 자리에 풀썩 주저앉을 듯 기력이 느껴지지 않았다.

"거봐라, 아버지도 네가 서울 가기 바라잖아. 다 널 위해서야."

아버지는 내게 휘둘리기만 할 뿐 아무 말이 없었다. 고모가 대
신 아버지의 의중을 멋대로 읽었다.

"내가 서울 갔으면 좋겠어?"

나는 다시 한 번 물었다.

"난…… 네가……"

아버지가 날 떼어내더니 천천히 밖으로 나갔다. 쪽문을 통해
동그랗게 말린 아버지의 몸이 짚더미 속으로 들어가는 게 보였
다. 나는 그제야 아버지의 진심을 읽었다. 나하고 둘이 사는 동안
아버지는 한 번도 짚더미 속으로 들어가지 않았다.

고모의 설득은 밤늦게까지 계속되었다. 나는 자는 척 귀를 막
았다. 낮에 잠깐 유혹을 느끼긴 했지만, 아버지의 생각을 안 이
상 고모가 원하는 대답을 해줄 수 없었다. 고모는 달래기도 하고

억박지르기도 했다. 어떡해서든 내게 진 빚을 갚고 싶은 모양이었다. 나는 고모의 무거운 짐이요 부채인 것이다. 고모는 그 짐을 덜고 부채를 갚는 방법이 나를 서울로 데려가는 것이라고 믿고 있었다. 나는 아직 고모의 부채를 말끔히 털어내주고 싶은 생각이 없었다. 고모가 엄마라는 사실만으로 부채는 탕감되지 않는다. 그 긴 세월 엄마의 부재로 인해 생긴 상처가 아물려면 부재 이상의 시간이 걸릴 것이다. 내가 아버지와 살겠다는 진짜 이유가 어쩌면 고모에 대한 그런 감정 때문일 수도 있었다.

눈꺼풀이 저절로 풀릴 때까지 나는 고모를 향해 돌아눕지 않았다. 내 등을 바라보고 앉은 고모가 눈물을 찍어가며 뭐라 말을 걸어왔지만 나는 끝까지 입을 열지 않았다. 입만큼 눈도 무거웠다. 잠결에 고모의 손길이 내 얼굴에 와 닿는 걸 느꼈다.

이튿날 아침밥은 아버지와 둘이 먹었다. 고모는 보이지 않았다. 엊저녁 날 한번 끌어안고 잔 것으로 고모는 나와 작별을 한 셈이었다.

나는 선생님한테 쓴 편지를 꺼내 몇 줄 더 적었다. 얼마 안 있으면 졸업이고 중학교는 읍으로 다닐 것이라고. 아버지가 고등학교, 대학교까지 보내준다고 약속했지만 그건 아직 대답하지 않았다고 썼다. 아버지를 혼자 두고 도회지로 나간다는 게 마음에 걸리고, 만만찮은 학비를 감당할 아버지한테 미안해서 도저히 대답할 수가 없다고 썼다. 하지만 아버지가 그렇게 바라는 읍장이 되려면 아버지의 뜻을 따를 수밖에 없을 것 같다고……

편지 봉투는 밥풀로 꼼꼼하게 붙였다. 네 장의 편지가 든 봉투는 배가 불룩했다. 편지 봉투를 들어 햇빛에 비춰보았다. 깨알 같은 글자들이 봉투 가득 들어 있었다. 그것들은 봉투가 열리기만 하면 우르르 쏟아져 나올 듯 부풀어 있었다. 나는 편지 봉투를 흔들어가며 우체국으로 향했다.

그러니까, 선생님께 마지막 편지를 보낸 뒤 아버지와 내가 오붓
하게 살게 되기까지는 아주 많은 일들이 있었다.

우선 언니 이야기부터 해야겠다. 우체부를 따라 가출했던 언
니는 오 년쯤 지나서 소식을 접하게 되었다. 집으로 편지를 보
내왔거나 찾아온 것이 아니라 이장 마누라에게서 전해 들은 거
였다. 어느 날 저녁 무렵 아버지와 고추를 따고 있었다. 이장 마
누라가 헐레벌떡 우리 집을 찾아왔다. 예전 같았으면 황소 같은
그녀의 방문에 잔뜩 긴장했을 텐데, 아버지와 나는 고추밭에 멀
뚱히 서서 그녀의 거친 숨소리가 진정되기만을 기다렸다. 그녀
는 전처럼 험상궂지 않았다. 그녀가 변한 것은 두터워진 신앙심
과 고분고분해진 이장 때문이라고 했다. 그녀가 언니를 본 곳은
우습게도 외할머니가 운영하는 서울옥이라고 했다. 하도 믿기지
않아서 서울옥 유리창에 바짝 다가가서 봤는데, 분가루를 하얗
게 처발랐어도 언니가 틀림없었다고 흥분했다. 언니 소식을 들
은 아버지는 그길로 언니를 데려오겠다며 집을 나섰다. 나는 쓸

테없는 짓이라고 아버지를 말렸다. 서울옥에 가봤자 외할머니한 테 봉변이나 당할 것이 뻔했다. 아버지는 외할머니의 온갖 협박 과 행패에 시달리다 결국 뒷산 목화밭을 팔아주었다. 언니 때문 에 또다시 그런 외할머니와 얽히고 싶지 않아서 나는 끝까지 아 버지를 붙들었다.

아버지가 가장 오래도록 그리워한 사람은 엄마였다. 산에 불 이 나면서 사라져버린 양 씨와 엄마는 지금까지도 소식이 없었 다. 어디선가 두 사람을 보았다는 사람도 나타나지 않았다. 두 사 람이 정말로 불에 타 죽은 것이라면 흔적이라도 남아 있어야 하 는데, 형사들까지 나와서 조사를 했지만 뼛조각 하나 찾지 못했 다. 똘삐 할머니처럼 신발 한 짝만이라도 눈에 띄었으면 두 사람 의 죽음을 사실로 받아들일 텐데, 추측만 무성할 뿐이었다. 가장 신빙성 있는 추측을 내놓은 사람은 역시 베트남전쟁에 참가했던 창배 아버지였다. 불이 났을 당시에는 미처 생각하지 못했는데 두 사람은 산에 있던 땅굴을 통해서 빠져나갔고, 사람들 보기 민 망하니까 그길로 도망친 게 틀림없다고. 그 땅굴은 6·25 때 명달 리 사람들이 잠시 피신하려고 팠던 것인데 세월과 함께 숲이 우 거져 까맣게 잊고 있었다는 것이다. 양 씨와 엄마가 살아 있다면 완전히 무너지지 않은 그 땅굴을 통해서 산을 빠져나갔을 것이라 고 했다. 그럴듯하기도 하고 말이 안 되는 것 같기도 했다. 하지 만 아버지는 사람들의 추측 따위에는 신경 쓰지 않았다. 언제 주 워다 놓은 것인지 뒤란 장독대 위에는 엄마가 쓰던 양은 세숫대야가 여전히 반짝거리고 있었다.

그리고 엄마, 아니 고모는 내 중학교를 핑계로 그해 겨울방학 때 또 찾아왔다. 종두를 무척 기다렸는데, 혼자 나타난 고모는 전보다 더 뻔뻔하게 굴었다. 종두가 떠난 뒤 두 계절을 힘들게 보낸 나는 더 이상 흔들리고 싶지 않아 고모를 아는 체하지 않았다. 아버지도 그런 내 마음을 아는지 처음으로 고모를 냉정하게 대했다. 눈물 한 방울 흘리지 않고 떠난 고모는 그 후 소식을 끊었다. 고모가 전혀 생각나지 않는 것은 아니지만 삐뚤빼뚤 써 보내는 종두의 편지가 큰 위로와 즐거움을 주었고 이따금씩 느껴지는 가슴의 통증까지 무뎌지게 만들었다.

아, 가장 중요한 사실을 빠뜨릴 뻔했다. 나는 어느덧 대학생이 되었다. 그것도 우리나라 최고의 대학이라고 말하는 서울대학교에 다니고 있다. 명달리 사람들은 내가 공부를 잘한다는 사실은 알고 있었지만 서울대학교에 떡하니 붙을 줄은 몰랐다며 부러워했다. 내 이름이 적힌 현수막이 군청 앞에 걸리고 난 뒤부터는 가는 곳마다 유명 인사 대접을 받았다. 합격 통지서를 받았을 때까지도 그게 그렇게 큰일인 줄 몰랐는데, 군수가 직접 축하를 해주고 교장 선생님과 담임선생님이 중국요리까지 사주며 야단법석을 떨자 실감이 나긴 했다. 그런데 솔직히 하루아침에 달라진 사람들의 태도가 썩 달갑게 느껴지지는 않았다.

꿈인지 생시인지 모르겠다며 좋아서 날뛴 사람은 당연히 아버지였다. 발신인이 서울대학교로 되어 있는 편지를 건네주며 덩달아 흥분한 우체부에게 아버지는 '우리 딸이야!' 하고 몇 번이나 소리쳤다. 그러고는 합격 통지서가 들어 있는 편지 봉투를 금덩어리라도 되는 양 가슴에 꼭 끌어안더니 새삼스레 짚더미 속으로 들어가 엉엉 소리 내어 울었다. 아버지가 큰 소리로 우는 모습은 할머니가 죽었을 때 말고 처음이었다. 무슨 글자가 쓰여 있는지도 모르면서 종이가 닳도록 어루만지는 아버지를 보면서 나는 고모에 대한 원망과 미련을 버렸다.

이장도 내 대학 합격을 은근히 좋아하는 눈치였다. 서울로 떠나기 이틀 전 명달리 부녀회장으로부터 나를 위한 식사 자리를 마련했으니 마을회관으로 오라는 전갈이 왔다. 쑥스러웠지만 작별 인사도 할 겸 회관으로 갔더니 동네 사람들이 모두 모여 있었다. 아무래도 이장이 선동을 해서 만든 자리 같았다. 이장하고는 그동안 적당히 데면데면한 관계를 유지하며 살았다. 어쩌다 길에서 마주쳐도 고개만 끄덕였고, 이장 역시 먼저 말을 걸어오지 않아 감정의 교류를 거의 느끼지 않았다.

부녀회장에게 등 떠밀리기도 했지만 아버지를 생각해서라도 마을 사람들에게 감사의 마음을 전해야 할 것 같아 앞으로 나갔다. 맨 앞자리에 앉은 아버지는 나를 똑바로 쳐다보았는데, 뒷자리 구석에 앉은 이장은 연신 벙싯거리기만 할 뿐 나와 눈을 맞추려고 하지 않았다. 또 앞자리에 앉아 있는 아버지가 어쩌다 뒤돌아보는 것 같으면 얼른 고개를 숙였다. 이장의 마음을 헤아려주

고 싶은 생각은 없지만 그럴 때는 왠지 측은해 보였다. 아버지와
이장의 입지가 뒤바뀌어 기분이 좋아야 하는데 썩 좋지만은 않
았다. 우리를 그토록 무시하던 박씨들이 나와 아버지에게 박수
를 보내는데도 이상하게 우쭐한 기분이 들지 않았다. 나는 여전
히 그해 눅진했던 여름 숲에서 빠져나오지 못하고 있는 것인지도
모른다. 다 지난 일이고 더 이상 아무 일도 일어날 것 같지 않은
데도 말이다. 아니, 앞으로 무슨 일이 생긴다면 좋은 일이지 나쁜
일은 아닐 텐데 말이다. 왜냐하면 나는 지금보다 더 열심히 공부
할 것이고, 그래서 아버지가 바라는 읍장이 될 수도 있고 내가 꿈
꾸는 선생님이 될 수도 있을 테니까. 물론 앞으로 오 년이 걸릴지
십 년이 걸릴지 모를 일이라 장담할 수는 없겠지만 의지만 있다
면 어려운 일도 아니라고 믿는다.

　서해안 개발의 중심에 있는 당진은 인구가 급속하게 증가하면서 2012년 시로 승격되었다. 내가 중고등학교에 다니던 때만 해도 대단히 낙후된 지역에 속했는데, 지금은 여느 대도시 못지않을 정도로 크게 변해서 낯설면서도 익숙하다. 좋아하는 브랜드 카페와 즐겨 찾는 대형마트가 고향집 근처에도 있다는 것이 신기하면서도 편리하지만 뭔가 소중한 시간들을 잃어버린 것 같아 기억을 두리번거리게 한다. 어쩌면 내가 그 시간들을 기억할 마지막 세대일지도 모른다는 생각이 친구들을 불러내고 고향 마을의 풍경과 설화 같은 소문과 풍문을 짜깁게 만들었다.

　주인공 중미는 처음부터 여고 동창인 희만을 모델로 설정했다. 작은 체구에도 언제나 당차고 똑똑했던 그 친구라면 어려운 이야기를 쉽게 풀어낼 수 있을 것 같아서였다. 희만이라는 실제 이름이 최종 수정되면서 아쉽게도 중미로 바뀌었지만 중미와 희만은 힘들고 지루했던 과거로부터 나와 우리를 성숙한 오늘로 이끄는 데 큰 힘이 되었다.

소중한 것들은 대개 깊고 후미진 곳에 은밀히 감춰져 있다. 금방 드러나지 않고 쉽게 꺼내지지 않기에 추억이 되고 역사가 되고 삶의 화두가 된다. 끝까지 행복한 작업이었음을 고백하며 박씨와 이씨, 아니 우리 모두의 화합과 평화를 위해 건배!

이 경 희